Black Orchid – Session Two

Sammelband 2

Kitty Harper

Über die Autorin:

Kitty Harper ist das Pseudonym einer jungen Mutter, die gerne in sinnliche Erotik abtaucht, ohne dabei vulgär zu werden. Manchmal ein wenig SM, manchmal aber auch starke Frauen, die den Herren der Schöpfung zeigen, wo es langgeht. Kitty hofft, dass ihr genauso viel Spaß an ihren Geschichten habt, wie sie selbst.

Wer möchte, kann mir auf Facebook folgen: https://www.facebook.com/Kitty.Harper.Autor/

Web: https://www.kitty-harper.de

Newsletter: https://www.kitty-harper.de/newsletter/

Black Orchid – Session Two

Sammelband 2

Kitty Harper

Personen und Handlungen sind frei erfunden, etwaige Ähnlichkeiten mit real existierenden Menschen sind rein zufällig und nicht beabsichtigt.

Besuche das Black Orchid gerne auf Facebook:

https://www.Facebook.com/BlackOrchidNewYork

Falls du keine Neuerscheinung von mir verpassen möchtest, empfehle ich dir meinen Newsletter. Du erreichst ihn unter:

http://www.kitty-harper.de/newsletter/

Impressum

Texte:	© Copyright by Kitty Harper
Cover:	by Dream Design, Renee Rott
Verlag:	Kitty Harper c/o Papyrus Autoren-Club R.O.M. Logicware GmbH Pettenkoferstr. 16-18 10247 Berlin kitty@kitty-harper.de
Druck:	epubli - ein Service der neopubli GmbH, Berlin

Willkommen im

Black Orchid

PRIVATE CLUB

Der exklusivste Club von New York.

Zutritt nur mit persönlicher Einladung.

Traust du dich?

Black Orchid – Sensual Dreams

(Black Orchid 2)

Von Kitty Harper

Buchbeschreibung:
Kate Meadows braucht einen Job, und zwar schnell. Nach einem verkorksten Bewerbungsgespräch bei Paul Cooper, dem Marketing Director eines renommierten Automagazins, gibt er ihr eine geheimnisvolle Telefonnummer, an die sie sich wenden soll. Kate geht fest davon aus, irgendwo im Bikini posen zu müssen. Doch stattdessen hat Paul sie an das Black Orchid verwiesen, wo Verschwiegenheit groß geschrieben wird.
Als neue Mitarbeiterin trifft Kate im Club immer wieder auf Paul, der nicht müde wird, ihr zweideutige Angebote zu machen. Zwischen ihnen knistert es gewaltig, doch zunächst muss sich Kate rächen.

Kapitel 1

»Ihre Referenzen sind gut, aber leider kann ich Sie nicht einstellen.« Der aalglatte Paul Cooper reichte ihr seine Hand und lächelte sie eine Spur zu arrogant an, als dass sein Lächeln noch als aufrichtig durchgegangen wäre. »Ihnen fehlt der Abschluss. Kommen Sie mit einem Bachelorabschluss wieder. Damit würde die Sache schon ganz anders aussehen.« Paul ließ seinen Blick über ihren Hals abwärts wandern, verharrte eine Spur zu lange auf den Brüsten und erforschte dann weiter ihre Rundungen. »Aber vielleicht könnten Sie sich vorstellen, sich für unser Magazin ablichten zu lassen.«

Kate schluckte trocken. »Inwiefern?« Paul Cooper war Art Director eines Hochglanzmagazins für Sportwagen. Kate hatte sich auf die ausgeschriebene Stelle als Marketingassistenz beworben. Leider studierte sie noch, aber sie arbeitete daran. Sehr hart. Um weiter das College besuchen zu können, brauchte sie dringend einen Job, branchenintern wäre die Stelle bei *Modern Car Design* perfekt. Die einzige Hürde hieß Paul Cooper. Er hatte die schlanken Finger aneinandergelegt und starrte sie an, als wäre sie die Hauptspeise seines Drei-Gänge-Menüs, und das Dessert würde er glatt auslassen, wenn er sie erst einmal vernascht hatte. »Nun, Sie sehen ganz passabel aus. Ich könnte mir vorstellen, dass Sie im Bikini eine reizende Figur abgeben würden.«

»B … B … Bikini?«, stammelte Kate und schlang die Arme um ihren Oberkörper. Niemals würde sie sich ausziehen. Schon gar nicht vor Paul Cooper!

»Ja, um auf einem Sportwagen zu posieren. Den Lack und das Leder richtig in Szene zu setzen. Ich brauche ein junges, frisches Gesicht. Und Sie einen Job!«

»Aber … ich hatte mich für die Stelle im Marketing beworben?«

»Könnten Sie haben, wenn Sie eine abgeschlossene Ausbildung vorweisen könnten. Da Sie die leider nicht haben, ist das Posing das Einzige, was ich Ihnen anbieten kann.« Er beugte sich vor und funkelte sie mit seinen himmelblauen Augen herausfordernd an. »Oder haben Sie Hemmungen, mit Ihrem … Körper Geld zu verdienen?«

»Ich?«, schnappte Kate an Stelle einer schlagfertigen Erwiderung. Verdammt. Eigentlich war sie nie auf den Mund gefallen, aber irgendwie funktionierte ihr Verstand heute nicht einwandfrei. Vermutlich hatte sie auch deswegen das Gespräch in den Sand gesetzt. »Nein!«, schob sie hektisch hinterher. »Ich bin nicht prüde!«

Mr. Cooper lächelte und zückte einen Stift. »Dann darf ich Sie auf die Liste der Bewerberinnen setzen?« Was? Noch eine Vorstellungsrunde? Mal ganz davon abgesehen, dass sie niemals einen Bikini anziehen würde, noch sich vor einem anderen Menschen auszog, um praktisch in Unterwäsche zu posieren, zerrte Mr. Cooper gewaltig an ihren Nerven. Ja, sie brauchte Geld, viel Geld, aber so verzweifelt, dass sie nach jedem Strohhalm griff, war sie noch längst nicht. Kate hatte sich auf die Stelle im Marketing beworben, weil sie an ihre Fähigkeiten glaubte. Weil sie fest davon überzeugt war, dass ihre hervorragenden Noten und Beispielarbeiten, die sie ihrer Mappe hinzugefügt hatte, für sich sprechen würden, auch wenn sie noch keinen Abschluss hatte. Erneut auf ihr Aussehen reduziert zu werden, war wie ein Schlag ins Gesicht. Schon wieder. Nur war alles anders. Diesmal war sie nicht die hässliche fette Kuh, auf die alle mit dem Finger zeigten, nein, diesmal wurde sie auf ihr Aussehen reduziert, weil sie ... hübsch war.

»Nein, dürfen Sie nicht!« Hastig stand sie auf, warf dabei den Stuhl, auf dem sie gerade noch gesessen hatte, schwungvoll um und schleuderte sich die Handtasche über die Schulter. »Ich habe nicht zwei Jahre studiert, um jetzt in Unterwäsche zu posieren.«

»Bikini«, korrigierte sie Cooper lächelnd. »Sie hätten einen Bikini an.«

»Nein, habe ich nicht. So etwas kommt für mich absolut nicht in Frage. Sollte allerdings eine andere Stelle vakant sein ...«

Coopers Miene versteinerte. »Nein, leider nicht. Gut,

Ms. Meadows, ich denke, dann sind wir hier fertig. Guten Tag!« Er wandte ihr den Rücken zu, verschränkte der Arme vor der Brust und starrte aus dem Fenster. Zumindest musste sie annehmen, dass er das tat, schließlich konnte sie sein Gesicht ja nicht sehen. Paul Cooper, breitschultrig, kurzes, blondes Haar, sehr groß und Augen, bei denen jede Frau dahinschmelzen würde. Nahm sie an, denn sie tat es nicht. Nicht mehr. Wäre er nicht auf die Aussehen-Schiene aufgesprungen, hätten die Chancen nicht schlecht gestanden. Aber so ... Kate hatte nicht so viele Jahre hart für ihr Äußeres trainiert, um ... ach, was soll's. Sie würde nicht betteln, genauso wenig wie sie sich ausziehen würde. Musste sie eben einen anderen Job finden. Einen, bei dem ihre Fähigkeiten wirklich zählten und sie nicht auf die Körbchengröße reduziert wurde, die – wenn sie ehrlich war – viel zu groß war. Ein lästiges Überbleibsel.

»Das denke ich auch!« Ohne auf eine Erwiderung seinerseits zu warten, wirbelte sie auf dem Absatz herum und stolzierte mit einem gepressten »Guten Tag, Mr. Cooper!« aus seinem Büro.

*

Erst als Kate bereits auf der Straße stand, wurde ihr schlagartig klar, dass sie womöglich ihr eigenes Todesurteil auf Reisen geschickt hatte. Nicht wortwörtlich, aber sinnbildlich gesprochen.

Abrupt blieb Kate, kurz nachdem sie das Gebäude von *Modern Car Design* verlassen hatte, stehen und fluchte laut. »Du bist so eine blöde Kuh, Kate Meadows!« Hochmut kommt eben vor dem Fall. Bevor sie gönnerhaft Coopers Angebot abgelehnt hatte, hätte sie lieber einmal genau nachgedacht. Nein, ihr Verhalten hatte sie sich tatsächlich nicht leisten können. Das Wasser stand ihr wortwörtlich bis zum Hals. Noch vier Wochen und sie konnte weder die Miete noch den Studienkredit finanzieren, was im Umkehrschluss bedeutete, dass sie die letzten beiden Semester für den Bachelor nicht antreten konnte. Nur wenn sie pünktlich die Raten zahlte, war ihr der Studienplatz sicher. Und wenn sie den Anteil an der Miete nicht beisteuerte, flog sie aus der Wohngemeinschaft. Klang hart, aber war nur fair. Keiner ihrer drei Mitbewohnerinnen ging es anders. Sie lebten alle von einem Monat zum anderen, jeder hatte ein oder zwei Nebenjobs, nur für die Miete. New York war ein teures Pflaster und sie brauchte dringend einen Job. Über alles andere nachzudenken entfiel, so lange kein Geld reinkam.

Oh Mann, sie hätte Coopers Angebot annehmen sollen. Egal, wie viele Bewerberdurchgänge, egal wie viele andere Mädchen, egal, was sie hätte machen oder anziehen – in dem Fall wohl eher ausziehen – müssen, sie hätte es gemacht. Sagte sie jetzt. Doch in Wahrheit würde sie lieber auf der Stelle zurück nach Kansas zu Tante Maddy ziehen, ehe sie freiwillig jemandem ihren Körper zeigte. Zu tief saßen die Wunden. Doch was sollte sie jetzt tun? Seufzend atmete Kate durch, spielte mit dem Gedanken, umzukehren, Mr. Cooper reumütig einzugestehen, dass sie vorschnell abgesagt hatte und ihn kleinlaut darum bitten, sie doch noch auf die Liste zu setzen. Doch das Klingeln ihres Smartphones hielt sie von dieser beschämenden Dummheit ab. Ein Blick aufs Display genügte. Kayleigh. In Gedanken stöhnte sie auf. Kayleigh war diese Woche mit Einkaufen dran. Ihr Anruf konnte nur eines bedeuten: Sie hatte etwas vergessen. Oder nicht genug Geld gehabt.

»Na, Süße, was gibt's?«, meldete Kate sich betont überschwänglich.

»Hey, nichts Besonderes«, wiegelte sie ab. *Wer's glaubt.* »Ich wollte nur wissen, wie dein Gespräch verlaufen ist?« Innerlich rollte Kate mit den Augen. *Na klar. Natürlich interessierte sie sich für meine Bewerbungen, wir wohnen schließlich zusammen, aber nicht an einem Dienstag.*

»Gut, gut«, log Kate. »Was hast du vergessen?«, wagte sie einen Schuss ins Blaue. Unwahrscheinlich, dass Kayleigh sich wirklich für den Ausgang ihres Bewerbungsgesprächs interessierte.

»Nichts«, wand sie sich. »Darf ich mich denn nicht für dich interessieren? Du warst so hypernervös, dass ich mir Sorgen gemacht habe.«

Kate stutzte. Konnte es sein, dass sie Kayleigh Unrecht tat? Sie beschloss, ihren Anruf als echtes Interesse zu werten, und wenn sie ehrlich war, verspürte sie sogar das dringende Bedürfnis, sich den Ausgang des Gesprächs von der Seele zu reden. »Dein Anruf kommt gerade recht«, seufzte Kate und steuerte auf eine Parkbank zu. Direkt neben dem Firmengebäude von *Modern Car Design* befand sich ein kleiner Park.

Während sie Kayleigh von dem unsäglichen Mr. Cooper erzählte, streckte sie die Beine aus und genoss das kühle Lüftchen, das dank dem schattenspendenden Baumwuchs ihre Nase umwehte.

»Nicht gut, du hättest sein Angebot annehmen sollen. Das war doch immerhin sehr nett, oder?«, wiederholte Kayleigh den gedanklichen Monolog ihrer inneren Besserwisserin.

»Das weiß ich selbst. Habe ich aber nicht. Ich könnte mich dafür ohrfeigen. Aber zu spät ist zu spät.« Kate warf dem Gebäude einen vielsagenden Blick zu, als wäre es für die Kurzschlusshandlung verantwortlich. »Der Zug ist abgefahren.«

»Vielleicht könntest du noch mal reingehen und ...«, schlug Kayleigh vor. Schlussendlich waren Kates finanzielle Sorgen auch die ihren. Wenn sie ihr WG-Zimmer verlor, weil sie die Miete nicht aufbringen konnte, mussten sie sich eine neue Mitbewohnerin suchen. Weder sie noch Kate wollten das. Sie alle, Kayleigh, Tiffany, Susan und Kate waren ein verdammt gutes, zu einhundert Prozent eingespieltes Team. Sich eine neue Mitbewohnerin suchen zu müssen, würde nur das WG-Gefüge durcheinanderbringen. Trotzdem, Kate konnte sich nicht überwinden, ihren Stolz herunterzuschlucken und erneut das Gebäude von *Modern Car Design* betreten. Lieber würde sie ... sterben. Jawohl. Mr. Cooper wieder unter die Augen zu treten, war mit Abstand das Schlimmste, was sie sich vorstellen konnte. Okay, das Zweitschlimmste nach ihrer Auszieh-Phobie.

»Kay, ich kann das nicht. Wenn ich da noch mal reingehe, kann ich mich nie wieder im Spiegel ansehen. Dann habe ich jegliche Selbstachtung verloren und gehe lieber putzen.«

Kayleigh lachte auf. »Du und putzen? Du kannst dich ja noch nicht mal an unseren Putzplan halten. Wie willst du da für andere einen Wischmop schwingen?!«

»Na das kriege ich schon hin …« Die passende Bemerkung lag ihr bereits auf der Zunge, doch da trat Mr. Perfect *himself* Paul Cooper vor das Gebäude, zog sein dunkles Jackett aus und hängte es sich locker über den Arm. Die Ärmel seines weißen Hemdes hatte er hochgekrempelt, so dass durchtrainierte Unterarme zum Vorschein kamen. Kate schluckte. Er sah dabei so unverschämt gut aus, dass ihr die Kinnlade herunterklappte und sie nichts anderes tun konnte, als ihn wie ein Fisch auf dem Trockenen nach Luft schnappend, anzustarren. Erst sehr viel später bemerkte sie, wie dämlich sie aussehen musste und klappte ertappt den Unterkiefer wieder hoch. Sie gehörte nicht zu der Sorte Frauen, die Männer anschmachteten, schon gar nicht Paul Cooper. Der hatte garantiert seinen privaten Fanclub, aus dem er sich tagein, tagaus mit einer anderen Schönheit belohnen konnte.

»Kate?«, hörte sie Kays Stimme aus dem Smartphone, doch sie war unfähig zu antworten. Zu sehr drehten sich ihre Gedanken um Mr. Coopers Fanclub. Paul wollte sich gerade die Straße hinunterwenden und beschwingten Schrittes loslaufen, als sein Blick ihre Parkbank streifte und – natürlich – sie entdeckte. *Nein, er konnte sie nicht entdeckt haben*, versuchte sie sich einzureden. Doch da änderte er bereits die Richtung, warf einen flüchtigen Blick auf den Verkehr und fädelte sich so geschickt durch die passierenden Autos, als würden er und die PKWs ein geheimes Ballett aufführen. Oder einen Flashmob. Jedenfalls glich Paul Coopers Straßenüberquerung einer perfekt einstudierten Inszenierung. Verblüfft verfolgte sie, wie er sich ihr näherte.

»Kate? Kate? Ist alles in Ordnung?« Kayleighs Stimme überschlug sich vor Sorge, als sie die Hand, die das Telefon hielt, sinken ließ und zu Mr. Cooper aufsah.

»Ms. Meadows«, begrüßte er sie knapp, obwohl sie sich erst vor einer halben Stunde voneinander verabschiedet hatten. »Sie sind ja noch hier. Ist alles in Ordnung?«

»Ja, natürlich, Mr. Cooper.« Fasziniert starrte sie ihn an. Kays Stimme wurde immer leiser, während Pauls Mundwinkel sich amüsiert kräuselte.

»So? Warum sitzen Sie dann noch hier? Unser Gespräch ist immerhin schon eine ganze Weile her.«

Kate zuckte mit den Schultern. »Nur so«, log sie. »Der Park ist sehr schön«, setzte sie noch einen drauf und bemerkte, wie Hitze ihre Wangen rot zu färben drohte. Scheiße. Lügen gehörte nicht gerade zu ihren Stärken und trotz ihres dunklen Teints müsste Paul Cooper schon ein Idiot sein, um ihre Worte nicht als solche zu entlarven. Sein Mundwinkel hob sich wissend. Mr. Cooper war kein Idiot. Na prima. Kate bestätigte hiermit, was er bereits von dreißig Minuten erkannt hatte. Das Mädchen taugt nix, nicht mal lügen konnte sie gescheit.

»So, so«, machte er und deutete auf den freien Platz neben ihr. »Darf ich mich zu Ihnen setzen?«

Schockiert starrte Kate auf die hölzerne Sitzfläche, bevor sie ihn mit großen Augen ansah. »Wieso wollen Sie sich denn zu mir setzen?« Paul zuckte mit den Schultern.

»Nur so«, murmelte er und ließ sich neben sie gleiten. Automatisch presste sie die Schenkel einander, richtete sich auf und nahm die gleiche Haltung an – auf der Kante der Sitzfläche kauernd – wie beim Bewerbungsgespräch. Als befände sie sich nach wie vor in einem Verhör und würde nicht wie ein ganz normaler Mensch die Parkbank mit einem anderen ganz normalen Menschen teilen. Herrgott noch mal! Paul Cooper war kein Gott, er leitete lediglich die Marketingabteilung eines Hochglanzmagazins für PS-starke Autos. Nur weil sie ihm bezüglich seines Angebots einen Korb gegeben hatte, bedeutete das nicht, dass er sie auf der Stelle mit Haut und Haaren verschlingen würde. Er war auch nur ein Mensch. Kate wusste das, trotzdem konnte sie sich nicht erwehren und nahm in seiner Gegenwart automatisch Haltung an. Er hatte diese Ausstrahlung, dieses um Aufmerksamkeit heischende Talent, das die Blicke der Menschen anzog. Ob er wollte oder nicht, er stand im Mittelpunkt, sobald er einen Raum betrat.

Starr blickte Kate geradeaus und wagte kaum zu atmen. »Sie brauchen den Job, nicht wahr?«, nahm er ihr doch sehr einseitiges Gespräch wieder auf.

»Mh?«, machte sie schlicht, da sie ihrer Stimme zumindest heute keinen halben Meter mehr weit traute. Sie hatte schon genug Schaden angerichtet. Da ein schlichtes *Mh?* allerdings für jemanden wie Paul Cooper zu dünn war, schob sie ein paar erklärende Worte hinterher. »Wie kommen Sie denn darauf?« Kate konnte nicht verhindern, dass die Frage eine spitze Nuance enthielt. Cooper schlug die Beine übereinander und warf ihr einen vielsagenden Blick zu. »Haben Sie noch immer Probleme, sich auszuziehen?«

Überrascht schnappte sie nach Luft. Sollte das Schicksal ein Einsehen mit ihr haben? Ihr womöglich eine zweite Chance geben? »Nein, nein!«, murmelte Kate hastig und wandte sich ihm zu. Weiterhin geradeaus zu sprechen und direkten Blickkontakt mit ihrem zukünftigen Arbeitgeber zu meiden, wäre doch auch sehr unhöflich gewesen. »Ich ziehe mich sogar sehr gerne aus!« Mr. Cooper hatte den Ellenbogen auf die Lehne gelegt und musterte sie amüsiert. Okay, vielleicht hatte sie etwas zu viel Enthusiasmus in die Antwort gelegt. »Rein professionell natürlich!«

Sein Mundwinkel hob sich noch ein klein wenig mehr. »Ich glaube Ihnen nicht. Aber ich will mal nicht so sein. Sie sehen nämlich wie ein ziemlich kluges Mädchen aus. Den Job in meiner Abteilung kann ich Ihnen trotzdem nicht geben, aber es schadet wohl nicht, wenn ich Ihnen ein wenig unter die Arme greife!« Ihre Augen weiteten sich erstaunt und sie verfolgte gebannt, wie er in die Innentasche seines Sakkos griff und eine Visitenkarte und einen Stift zu Tage förderte.

Schwungvoll notierte er ein paar Ziffern auf der Rückseite und reichte sie ihr. Ehrfurchtsvoll nahm Kate sie entgegen, musterte den Schriftzug. *Modern Car Design, Paul Cooper.* Auf der Rückseite hatte er eine New Yorker Telefonnummer notiert.

»Melden Sie sich dort. Sagen Sie, dass ich Sie geschickt habe. Für ein Bewerbungsgespräch. Mr. Prince sucht neue Angestellte.« Vielsagend glitt sein Blick über ihren Hals abwärts, so dass sie sich am liebsten fröstelnd den Nacken gerieben hätte. »Den Job im Bikini.« Sein Lächeln wurde breiter, während ihres verblasste. Shit. »Und lächeln Sie öfter, Ms. Meadows. Der Job wird besser bezahlt, wenn Sie nicht so ernst gucken.« Mit einer fließenden Bewegung erhob er sich und wandte sich zum Gehen. »Wir sehen uns dann dort.«

»Okay«, murmelte Kate, nicht wissend, ob sie die hastig notierte Nummer wirklich wählen sollte, während ihr Blick an seinen geschwungenen Ziffern hing. »Was für eine hübsche Handschrift«, murmelte sie mehr zu sich selbst.

»Danke, Ms. Meadows. Sie sind auch nicht zu verachten. Kopf hoch, das wird Ihnen bei dem Job helfen. Auch wenn Sie natürlich recht haben und es eher auf Ihr Können ankommen sollte, ist es durchaus von Vorteil, gut auszusehen.«

KAPITEL 2

Mr. Cooper hatte – ohne es zu wissen – einen wunden Punkt getroffen. Kate mochte ihr Aussehen und sie bildete sich eine Menge darauf ein, aber sie wollte keineswegs darauf reduziert werden. Für sie zählten in erster Linie die inneren Werte und die eigene Leistung. Nur das sollte bei einer Bewerbung von Bedeutung sein. Umso schwerer tat sie sich, als sie den vorgefertigten Fragebogen, den ihr die Assistentin der Geschäftsleitung von Prince LLC Ltd nach einem nicht länger als dreißig Sekunden dauernden Telefonats übermittelt hatte, ausfüllte. Die Angaben waren so knapp gehalten, dass sie daraus unmöglich auf die Art des Jobs schließen konnte. Nur eines konnte sie mit Gewissheit sagen: Paul Cooper war Ms. Hodges kein Unbekannter. Sie hatte sogar verhalten gekichert, als sie seinen Namen erwähnt hatte.

»So, so, er hat Ihnen also empfohlen, sich bei uns zu

melden. Sehr gut, Ms. Meadows, sehr gut.« Natürlich hatte Kate sich nicht getraut, nach der Art des Jobs zu fragen. Dann hätte sie nämlich zugeben müssen, dass sie keine Ahnung hatte. Im Übrigen hatte sie ja für sich selbst beschlossen, dass sie bereit war, jeden auch nur einen Dollar erwirtschaftenden Job anzunehmen. Es spielte also überhaupt keine Rolle. Oh Gott, wenn Paul Cooper ihr eine Putzstelle vermittelt hatte, würde sie ohne zu zögern in sein Büro marschieren und ihn erwürgen, göttliches Aussehen völlig außer acht lassend.

Drei Tage später – Kate hatte schon nicht mehr mit einer Antwort von Prince LLC gerecht – trudelte die Einladung zu einem Bewerbungsgespräch ein. Per E-Mail. Sie saß gerade am großen Esstisch im Wohnbereich und atmete so lautstark aus, dass sie ihre anwesenden Mitbewohner auf sich aufmerksam machte.

»Alles okay?«, erkundigte sich Tiffany und sah von ihren Büchern auf. Sie saß ihr gegenüber und brütete über Statistik, wie ätzend. Sie nutzte jede Gelegenheit, sich von den Aufgaben ablenken zu lassen. Kate atmete wiederholt aus.

»Ich weiß nicht. Ich habe gerade eine Einladung zu einem Bewerbungsgespräch erhalten.« Sie starrte auf den Bildschirm und las die kurze Nachricht erneut. Die E-Mail enthielt nur die üblichen Floskeln sowie Adresse und Uhrzeit des Termins. World Trade Center 4, wow. Die Firmenadresse sprach für sich. Nur namhafte Unternehmen konnten sich Büros am World Trade Center leisten, noch dazu in dieser Lage. Wo immer Mr.

Cooper sie hin vermittelt hatte, die Stelle versprach auf jeden Fall interessant zu werden.

»Egal«, erklärte Kayleigh, die auf der Couch herumlümmelte und über einer Abrechnung brütete. »Du hast ein Bewerbungsgespräch. Das ist fantastisch.«

»Auch wenn ich nicht weiß, auf was ich mich da beworben habe? Ich meine, was soll ich anziehen? Ist Businesskleidung angebracht? Oder erwartet man ...«

»Quatsch«, winkte Kay ab, »mit Businesskleidung liegt man niemals falsch.«

»Und wie soll ich mich auf das Gespräch vorbereiten? Über die Prince LLC ist praktisch nichts bekannt. Ich weiß noch nicht einmal, was die überhaupt machen. Das Einzige, was ich auf die Schnelle herausgefunden habe, ist der Name des Inhabers. Ein gewisser Philip Prince. Er taucht als Besitzer mehrerer Restaurants und Clubs auf. Wofür hab ich mich da eigentlich beworben? Für einen Club? Geh ich kellnern oder ...« Kate verstummte, als ihr Coopers Worte in den Sinn kamen. Musste sie etwa einen Bikini tragen? Herrgott noch mal! Sie hätte sich niemals auf dieses Spiel einlassen sollen.

»Kneifst du etwa?«, zog Tiffany sie auf und warf ihre pinken Haare schwungvoll zurück.

Kate schob grimmig die Augenbrauen zusammen, bis sie sich vermeintlich berührten und sie hoffentlich entschlossen wirken ließen. »Natürlich nicht. Ich brauche das Geld, seit mein Onkel meine Tante verlassen hat. Sie kann unmöglich meine Studiengebühren und die Raten übernehmen. Ich bin auf den Job angewiesen.«

Verzweifelt stieß sie den Atem aus. »Es wäre nur schön zu wissen, wem ich meine Seele verkauft habe.«

Tiff lachte auf. »Ach, Süße, noch hast du gar nichts verkauft. Erst mal muss er dich überhaupt wollen.« Neugierig reckte sie den Hals, blickte Kate über die Schulter und warf einen Blick auf den nichtssagenden Firmenauftritt von Prince LLC.

»Eben«, stimmte Kate ihr zu. »Erst einmal muss ich den Job überhaupt kriegen.«

*

Schlussendlich hatte sich Kate mit Hilfe von Susan, die etwas später am Nachmittag in die gemeinsame Wohnung zurückgekehrt war und sich als eine Expertin in Mode und selbstsicherem Auftreten hervortat, für ein elegantes dunkelgraues Kostüm aus Kayleighs Fundus entschieden. Gepaart mit einer weißen Bluse, die Tiffany beisteuerte, und einer schwarzen Businesstasche von Tiffany, sah Kate so aus, als wollte sie gerade die Firmenfusion des Jahrhunderts durchziehen. Dazu ein grimmiger Blick und sie war davon überzeugt, jeden versnobten Firmenboss in die Knie zwingen zu können. Ihr Selbstvertrauen bröckelte erst, als das World Trade Center sich vor ihr erhob. *Gott im Himmel, worauf habe ich mich da nur eingelassen*, dachte sie bei sich, als sie die prunkvolle Eingangshalle des Centers betrat und interessiert die Tafeln der ansässigen Firmen musterte. Fast erwartete sie, dass die Prince LLC nicht im vierten Stock aufgeführt wurde, doch ihre Hoffnung, sich einfach unverrichteter Dinge wieder davonstehlen zu können, wurde jäh enttäuscht. Die Buchstaben auf der glatt polierten Metalltafel waren tief ins Material gefräst worden und wirkten extravagant und edel. Die Schrift – gerade sie als Marketingstudentin wusste um deren Wirkung – komplettierte das Erscheinungsbild von Luxus und Glamour. Worauf immer sie sich da eingelassen hatte, es stank nach Geld. Im Bikini.

Prostitution. Der Begriff schwebte vor Kates innerem Auge. Und er passte zu Coopers Bemerkung bezüglich Bikini und Prüderie. Edelnutte wäre zwar nicht ihre erste Berufswahl gewesen, aber sie war so verzweifelt, dass sie bereit war, selbst ihren Körper zu verkaufen. Womit sie wieder am Anfang war. Dem Ausziehen. Shit.

Kate richtete sich auf, straffte die Schultern und setzte ihren Weg Richtung Fahrstühle fort. Es half nichts, sie war bereit, alles zu tun, nur um das Studium nicht in den Sand zu setzen.

Zwei Minuten später stand sie einer hübschen Empfangsdame gegenüber, die hinter einem niedrigen Tresen saß. Hinter ihr war in protziger Goldschrift auf einem milchigen Glas der Firmenname aufgedruckt. Prince LLC, inklusive Krönchen. Der Firmeninhaber musste ein verdammt großes Ego haben und das Gold wies darauf hin, dass der dazugehörige Geldbeutel mindestens doppelt so dick war. Kate stieß einen Seufzer aus. Na gut, sie würde Mr. Prince gleich kennenlernen. So selbstsicher wie möglich stöckelte sie in ihrem zusammengestückelten Businessoutfit Richtung Tresen und legte ihre Hand auf die glatte Oberfläche. Die Dame dahinter hob den Kopf und lächelte sie freundlich an. Kates Mundwinkel hoben sich automatisch.

»Wie kann ich Ihnen behilflich sein?«, fragte die Damen und sah Kate aufmerksam an.

»Kate Meadows«, stellte sie sich vor. »Ich habe ein Vorstellungsgespräch um zehn.«

Die Dame nickte freundlich und wandte sich ihrem PC zu. Es war 9:55, nicht zu früh, nicht zu spät. Perfekt. Wenn Pünktlichkeit wichtig war, hatte sie zumindest in diesem Punkt nicht versagt. Die Dame, die ein Schildchen mit ihrem Namen – Madison Perry – am rechten Revers ihres dunkelblauen Blazers trug, klickte ein paar Mal mit der Maus herum. Der Bildschirm spiegelte sich in ihrem Augen. Sie war hübsch, ein engelsförmiges Gesicht, hohe Wangenknochen, ein spitzes Kinn. Die dunkelblonden Haare waren zu einer zweckmäßigen, aber sehr ordentlichen, Hochsteckfrisur zusammengebunden. Kate lächelte. Madisons Outfit beruhigte sie. Ihre Mitbewohnerinnen hatten recht gehabt. Mit dem Businesslook lag man niemals falsch.

»So«, machte Ms. Perry und hob das Kinn. »Ms. Hodges erwartet Sie bereits. Die vorletzte Tür rechts.« Kate atmete tief durch, bevor sie der Empfangsdame zunickte und sich dem langen Gang zuwandte. Irritiert blickte sie bis zum Ende hindurch, wo eine Bürotür offenstand und laute Männerstimmen zu hören waren.

»Lassen Sie sich nicht von Mr. Prince und Mr. Garfield irritieren.« Noch ehe Kate nachfragen konnte, wurde die Bürotür schwungvoll zugeworfen. Sie konnte nur einen kurzen Blick auf einen der Streithähne werfen, aber der genügte, um ihre komplette Selbstsicherheit zerspringen zu lassen. Feurige Augen taxierten sie für eine Zehntelsekunde. Dann war der Moment vorbei. Zurück blieb eine eingeschüchterte Kate Meadows, die sich erneut fragte, was sie hier überhaupt verloren hatte. Sie war keines dieser High Society Püppchen, sie war eine herausgeputzte feine Dame, so wie die junge Frau am Empfang. Himmel, Ms. Perry war nur der Empfang!

»Nehmen Sie nur nicht die letzte Tür am Ende des Gangs, davor abbiegen!«, präzisierte Ms. Perry ihre Anweisungen. »Sonst landen Sie direkt in der Höhle des Löwen.«

Kate hätte liebend gerne nach dem Grund des Streits gefragt, aber eine solche Information stand ihr nicht zu. Sie war ja nur eine Bewerberin – worauf auch immer.

Also zimmerte sie sich ein professionelles Lächeln ins Gesicht, schluckte ihre Panik und nickte der Empfangsdame zu. »Danke für den Hinweis. Dann werde ich mal.«

Ms. Perry nickte steif. »Viel Erfolg!«, murmelte sie und wandte sich wieder ihrem Computer zu. Ein untrügliches Zeichen, dass das Gespräch für sie beendet war. Okay, dann also los. Kate straffte die Schultern, hielt sich die Aktentasche mit ihren Unterlagen wie einen Schutzschild vor die Brust und setzte sich in Bewegung.

*

Die lauten Stimmen aus dem angrenzenden Büro veranlassten Ms. Hodges dazu, verkniffen den Mund zu verziehen. Mehr Gefühlsregung ließ die junge Frau Anfang dreißig nicht zu. Als Assistentin der Geschäftsleitung zu arbeiten, bedeutete für Mr. Prince in erster Linie Diskretion. Wenn sie nicht verstanden hätte, was dies in ihrem Job hieß, würde sie heute eine ganz andere Position bekleiden oder überhaupt nicht mehr hier arbeiten. Für Ms. Meadows galt das Gleiche – wenn sie hier beschäftigt sein wollte. Dementsprechend war das lautstark geführte Gespräch zwischen Mr. Prince und seinem Küchenchef eine gute Möglichkeit, die Fähigkeiten der – zukünftigen? – Mitarbeiterin auf die Probe zu stellen.

Kate Meadows konnte, wenn sie es drauf anlegte, sogar den Wortlaut aus dem angrenzenden Büro verstehen, aber sie zimmerte sich ein Lächeln ins Gesicht – genau wie Paul Cooper es ihr empfohlen hatte – und begrüßte Phoebe Hodges mit einem professionellen Handschlag.

»Ms. Meadows, schön, dass Sie sich so schnell Zeit für uns genommen haben.« Phoebe lächelte aufrichtig. Das Lächeln gehörte für sie genauso zu einem professionellen Auftreten wie eine tadellose Erscheinung. Sie unterzog die neue Bewerberin einer strengen Musterung und nickte zufrieden, bevor sie auf den rechten Stuhl vor ihrem Schreibtisch deutete.

»Es ist mir ein Vergnügen«, entgegnete Kate und nahm auf dem ihr angebotenen Stuhl platz. Dabei versuchte sie so elegant die Beine übereinanderzuschlagen wie ihr Gegenüber. Gar nicht so einfach in dem schmalen Bleistiftrock. »So, dann werfen wir mal einen Blick auf Ihre Daten«, begann Ms. Hodges und schlug die vor ihr liegende Akte auf. Kate senkte den Blick auf die Papierbögen und erkannte die Unterlagen, die sie per E-Mail an Ms. Hodges geschickt hatte. Während sie die Seiten überflog, ließ Kate ihren Blick schweifen und nahm das Zimmer in Augenschein. Phoebe Hodges besaß ein wunderschönes, sonnendurchflutetes Büro mit bodentiefen Fenstern, heller Einrichtung und einem schwarzen Ledersofa in der Ecke. Dezent arrangierte Grünpflanzen sowie zwei wunderschöne malvenfarbene Orchideen setzten die farbigen Akzente. Sie selbst sah aus, als wäre sie gerade einem Modemagazin entsprungen. Perfekt gestylt, dezent geschminkt und mit einem freundlichen Lächeln im Gesicht wirkten sie und das Büro, als würde sich Kate in einer Werbung für moderne Inneneinrichtung befinden, wobei Ms. Hodges die dekorativ platzierte Dame mimte. Dass Ms. Hodges aber alles andere als ein Modepüppchen war, bewies sie bereits nach wenigen Sekunden Smalltalk, mit dem jedes Bewerbungsgespräch begann. Sozusagen um die Stimmung etwas aufzulockern und Bewerber als auch Gesprächsführer einander näher zu bringen.

»Und? Haben Sie gut hergefunden?«, stellte Ms. Hodges die übliche Frage. Die entspannende Wirkung, die diese Frage auf Kate ausüben sollte, blieb aus. Instinktiv verspannte sie sich. Es begann.

»Ja, kein Problem. Das World Trade Center war nicht schwer zu finden.« Sie lächelte unsicher. Ms. Hodges nickte. »Sie studieren noch?«

»Marketing, ja. Ich bin im vierten Semester. Zwei weitere stehen noch an.« Sich über die Leistungen auszulassen, kam Kate unangebracht vor. Schließlich hatte sie einen Auszug ihrer Noten den Bewerbungsunterlagen beigefügt.

»Ich plane allerdings nicht, Sie im Bereich Marketing einzustellen. Unsere Firma benötigt so etwas nicht.« Ms. Hodges lächelte hintergründig. Wie? Kate stutzte. Jede Firma brauchte Marketing, allerdings hatte sie nach wie vor keine Ahnung, auf welchen Job sie sich überhaupt bewarb. Irgendetwas im … Bikini. Sie fröstelte. Vielleicht war dies der geeignete Moment …

»Mr. Paul Cooper hat mir Ihre Firma empfohlen. Leider wurde ich aus seinen Formulierungen nicht schlau. Er sprach über Modeln und Autos, als er mich beiläufig an die Prince LLC verwieß. Und Bikinis.« Kate räusperte sich.

Ms. Hodges‘ Lächeln verblasste. »Bikini?« Ihre Augen weiteten sich, während Kate sich ein Loch im Boden herbeiwünschte. Es war wohl keine so gute Idee gewesen, Paul Cooper zu erwähnen. »Wir sind ein seriöses Unternehmen. Keines unserer Mädchen trägt einen Bikini!« Verunsichert rutschte Kate auf dem Stuhl hin und her.

»Natürlich.« Schuldbewusst senkte sie den Kopf. »Dürfte ich vielleicht fragen, was für ein … Unternehmen …« Ihre Stimme brach, Hitze stieg ihr in die Wangen, bis Ms. Hodges empörtes nach Luft Schnappen sie aufsehen ließ.

»Ms. Meadows«, ermahnte sie ihr Gegenüber. Kate richtete sich unwillkürlich auf, vermied es aber, Ms. Hodges in die Augen zu sehen. »Hat Ihnen Mr. Cooper erklärt, was für ein Unternehmen wir sind?«

Kate schüttelte den Kopf, woraufhin sich Ms. Hodges Miene entspannte. »Hat er Ihnen erklärt, auf was für einen Job Sie sich gerade bewerben?« Wieder schüttelte sie den Kopf. »Irgendetwas im Bikini?«, schlug Ms. Hodges vor. Kate nickte.

»Dieser ...«, begann Ms. Hodges, doch sie ließ sich nicht dazu hinreißen, eine Schimpftirade auf Paul Cooper zu starten. Stattdessen setzte sie ein nichtssagendes Lächeln auf und vollführte einen eleganten Schwenk zurück zum Kern des Gesprächs. »Mr. Cooper hat verstanden, worum es in diesem Unternehmen geht. Diskretion. Aber ich kann Ihnen versichern, er hat Sie ein wenig aufs Glatteis geführt. Bikinis werden von unseren Angestellten nicht getragen.« Erleichterung durchflutete Kate, die ihr Ms. Hodges auch ansah. »Aber ich kann Ihnen versichern, dass Diskretion an oberster Stelle steht. Wenn Sie für Mr. Prince arbeiten, werden Sie eine Reihe von Verschwiegenheitserklärungen unterzeichnen müssen, deren Nichtbeachtung Sie teuer zu stehen kommen kann. Wir werden Ihnen allerdings auch ein Gehalt zahlen, wie es in der Branche nicht üblich ist. Ihre Diskretion lassen wir uns etwas kosten.«

Kate nickte aufgeregt. »Sind Sie diskret, Ms. Meadows?«

Und damit begann das wohl aufregendste Bewerbungsgespräch in Kates Leben, an dessen Ende sie einen Vorabvertrag mit nach Hause nehmen durfte. Bevor sie allerdings eingestellt wurde, brauchte sie ein Gesundheitszeugnis, eine Erklärung, dass sie noch nie in eine Straftat verwickelt gewesen war, und eine ganze Reihe anderer Formulare und Bescheinigungen, die sie fast bedauern ließen, nicht doch im Bikini auf einer Motorhaube herumzukrabbeln. Doch ihr Bedauern würde nur bis zum ersten Gehaltsscheck andauern, denn ab nächster Woche würde sie in den Abendstunden bis weit nach Mitternacht im Black Orchid arbeiten. Im Service.

Black Orchid

KAPITEL 3

Seit Tagen hielt er nach der kleinen Brünetten Ausschau. Wann immer er das Black Orchid besuchte, nahm Paul Cooper die Bedienungen ganz genau unter die Lupe, aber die Kleine, die vor gut einer Woche so verzweifelt auf der Parkbank vor seiner Firma gehockt hatte, war noch nicht wieder aufgetaucht. Natürlich hätte er nach ihr fragen können, aber so gut waren seine Beziehungen zu Philip Prince nun auch wieder nicht. Im Übrigen zweifelte er daran, dass Prince auch nur eine seiner Angestellten persönlich kannte, noch dass er wusste, wer eingestellt wurde. Prince war nicht der Typ, der sich für andere Menschen interessierte, es sei denn, sie schadeten dem Geschäft. So lange die Kleine das nicht tat, blieb sie unter seinem Radar. Allerdings hätte er schon gerne gewusst, ob sie es geschafft hatte.

Auf irgendeine verschrobene Weise hatte sie ihm leidgetan. So verloren wie sie auf der Parkbank gesessen hatte, war ihm weich ums Herz geworden. Ja, ihre perfekten Kurven, das zart geschnittene Gesicht, die üppige Oberweite und ihre sanften Rehaugen hatten ihn von Anfang an in den Bann gezogen. Nur leider hatte er sie nicht einstellen können. Am liebsten hätte er sie gleich um ein Date gebeten, was als seine Angestellte absolut unmöglich gewesen wäre. Wenn sie aber im Black Orchid arbeitete ... verdammt. Unwillkürlich biss er sich auf die Zunge und stillte den brennenden Schmerz mit einem Eiswürfel, den er aus seinem Scotch fischte und in seinem Mund hin und her schob, während er ein neues Glas bei Melanie orderte.

Für Prince zu arbeiten, bedeutete Unabhängigkeit und ganz nebenbei hätte er sie in einem Etablissement untergebracht, das er regelmäßig frequentierte und ... wo ihm – und ihr – Möglichkeiten offenstanden. Unverbindlich. Jetzt musste er nur noch herausfinden, ob es Kate Meadows – er hatte sich extra noch einmal die Bewerbungsunterlagen vorlegen lassen – es in New Yorks geheimsten Club geschafft hatte.

»Sag mal, Mel, ich habe gehört, dass ihr eine neue Mitarbeiterin habt?« Mel hob den Blick, während sie weiter Gläser polierte.

»Warum wollen Sie das wissen, Mr. Cooper?« Sie platzierte ein neues Glas vor ihm, ließ drei Eiswürfel mit der Zange hineingleiten und goss einen großzügigen Schuss Scotch darauf.

»Nur so, ich habe Gerüchte gehört.«

Melanie ließ ein unergründliches Lächeln über ihre Lippen gleiten. »Könnte es sein, dass Sie Ihre Finger im Spiel haben?«

Paul zuckte mit den Schultern. »Vielleicht.« Der Eiswürfel war derweil geschmolzen, also griff er nach dem neuen Glas und nippte an New Yorks besten Scotch. Die horrenden Mitgliedsbeiträge lohnten sich wirklich. Im Black Orchid bekam man immer nur das Beste vorgesetzt. Heute war er früh da, normalerweise suchte er den Club erst in den späten Abendstunden auf, aß hier und suchte sich dann eine unverbindliche … Beschäftigung. »Sie ist eine flüchtige Bekannte von mir und ich wollte wissen, ob sie …«, er suchte nach den richtigen Worten, brach dann aber ab und machte eine ausweichende Geste. »Ich mache mir einfach Sorgen.«

Mel lächelte flüchtig, bevor sie wieder nach einem Glas griff und polierte. »Sie wissen doch, Mr. Cooper, dass ich Ihnen keine Auskunft über eine Kollegin geben darf. Diskretion«, fügte sie verschwörerisch hinzu. Paul seufzte.

»Natürlich. Aber vielleicht könntest du mir einen Hinweis geben, ob …« Er schob einen Geldschein über die Theke, obwohl er genau wusste, dass Melanie ihn ablehnen würde. Sein Drang, etwas über den Verbleib von Kate Meadows zu erfahren, war so groß, dass er jegliche Vorsicht in den Wind schlug. Melanies Augen weiteten sich.

»Stecken Sie den weg, wenn Sie hier Mitglied bleiben wollen. Sie wissen doch genau, wie Mr. Prince tickt.« Paul seufzte. Man konnte es ja mal probieren.

»Du hast recht«, murmelte er schuldbewusst und ließ den Schein unauffällig in seiner Jackentasche verschwinden. »Verzeihung.«

»Wenn Sie nicht so hübsche blaue Augen hätten, würde ich Sie jetzt melden.«

»Aber Mel, flirtest du etwa mit einem Gast?«, zog er sie auf. Die Barkeeperin lachte herzlich.

»Nicht im geringsten.« Sie nickte Richtung Fahrstuhl. »Aber vielleicht sollten Sie sich einmal unauffällig umwenden. Ms. Hodges besucht nicht oft das Saints.«

Paul seufzte. »Was soll ich denn mit Ms. Hodges? Ich interessiere mich ausschließlich für ...« Entgegen seiner Aussage drehte sich Paul auf dem Drehhocker herum und kam ins Stocken. Wäre sein Unterkiefer nicht fest mit dem Oberkiefer verwachsen, er hätte nicht einmal mitbekommen, wie seine Kinnlade auf dem teuren Holzfußboden aufgeschlagen wäre. Die junge Brünette, die noch vor wenigen Tagen verunsichert auf der Stuhlkante in seinem Büro gekauert und sich von ihm verbal durch die Mangel hatte nehmen lassen, trat neben Ms. Hodges aus dem Fahrstuhl, gekleidet in eine elegante schwarze Hose, eine schwarze Bluse, Bistroschürze und die obligatorische purpurfarbene Krawatte, die alle Mitarbeiter im Barbereich und gastronomischen Service trugen. Die Uniform, sozusagen. Paul lächelte zufrieden. Kate Meadows hatte es also geschafft. Sie war im Black

Orchid und damit befand sie sich ständig in seiner unmittelbaren Nähe. Perfekt.

*

Kates Herz schlug Purzelbäume. Vor Aufregung. Heute war ihr erster richtiger echter Arbeitstag. Phoebe Hodges hatte sie vor zwanzig Minuten persönlich in Empfang genommen, ihr eine kurze Führung durch den Personalbereich gegeben und ihr anschließend die Uniform ausgehändigt. Kate hätte gelogen, wenn sie behauptet hätte, ihr wäre beim Anblick der Dienstkleidung nicht ein ganzer Steinbruch vom Herzen gefallen. Schwarze Hose und eine Bluse, dazu eine auf das Design des Clubs abgestimmte Krawatte. Der Stoff fühlte sich hochwertig an. Darin würde sie auch nach Stunden harter Arbeit nicht schwitzen. Noch heute Morgen war sie so nervös gewesen, dass sie kaum etwas herunterbekommen hatte.

»Ich bringe dich gleich ins Saints, hier wirst du anfangen. Melanie ist deine direkte Vorgesetzte. Sie entscheidet, wie sie dich einsetzt und ist auch für die Einweisung verantwortlich. Es gibt noch eine weitere Bar im ersten Obergeschoss. Dort geht es unter den Gästen schon etwas freizügiger zu. Im Sinners sind alle Stellen besetzt. Sollte dort etwas vakant werden, darfst du dich gerne darauf bewerben. Je nach Etage steigen die Diskretionsanforderungen, demzufolge ist auch das Gehalt besser.« Phoebe führte sie zum Fahrstuhl und drückte den Rufknopf, während Kate noch ihre Schürze festzurrte.

»Es gibt noch eine kleine Besonderheit, die Mr. Prince seinen Mitarbeitern als Bonus zugesteht«, fügte Phoebe schmunzelnd hinzu. Kate sah von ihrer Schürze auf. Was kam denn jetzt noch? Sie war bereits so geflasht vom Gehalt, den Arbeitsbedingungen und der Krankenversicherung, dass es kaum noch besser werden konnte.

Phoebe lächelte, sie schien sichtlich Spaß an Enthüllungen zu haben und kostete jeden Moment aus. »Soll ich dich direkt fragen oder sagst du es mir nach einer angemessenen Kunstpause?«, stichelte Kate gut gelaunt. Phoebe Hodges war ihr beim Vorstellungsgespräch noch sehr versnobt vorgekommen, etwas arrogant und herablassend. Aber das hatte sich schnell geändert, sobald Kate den Vertrag im Anschluss an das Gespräch unterzeichnet hatte. Heute Abend hatte sie dann direkt die Verschwiegenheitserklärung zusammen mit einer Erklärung, dass sie über keinerlei Vorstrafen verfügte, abgegeben. Von da an ging es nur noch bergauf, respektive bergab. Da die Verwaltung sich im vierten Obergeschoss befand und die eigentliche Bar, wo Kate eingesetzt werden würde, im Erdgeschoss, würden sie mit dem Fahrstuhl nach unten fahren. Die Türen glitten lautlos auf. Phoebe machte eine einladende Geste. Erst als die Türen sich hinter den beiden Frauen wieder geschlossen hatten, fuhr Phoebe fort.

»Als Mitarbeiterin ist es dir gestattet, die Annehmlichkeiten des Clubs zwei mal pro Woche kostenfrei zu nutzen. Du darfst das Restaurant und die Räumlichkeiten sowie die Bar nutzen. Speisen und Getränke gehen aufs Haus, wie bei allen Gästen. Der Spabereich ist davon ausgenommen.« Kate bekam große Augen.

»Ich darf was?«

Phoebe lächelte. »Ganz genau das, was ich gesagt habe. Mr. Prince möchte, dass seine Mitarbeiter den Club auch als Gäste zu schätzen wissen. Du darfst von dem Angebot Gebrauch machen, aber es ist nicht erforderlich, falls du …« Phoebe räusperte sich. »Nun ja, manche sind in einer festen Beziehung und möchten sich vielleicht nicht unter die Gäste mischen.«

Kate räusperte sich. »Gäste mischen? Was genau meinst du damit.« Phoebe lächelte geheimnisvoll.

»Ich finde, das solltest du selbst herausfinden. Im Black Orchid ist alles möglich.«

Kate bekam große Augen. »Was genau heißt das? Was ist das für ein Club?« Der Fahrstuhl verlangsamte. Auf der Anzeige leuchtete die Eins auf. Sie hatten das Erdgeschoss erreicht.

»Ein geheimer Nachtclub. Mit allen Annehmlichkeiten, die New Yorks Oberschicht schätzt, allen voran Diskretion.« Die Türen glitten auf und vor Kate erstreckte sich eine edle Bar mit einer Bühne, ganz in Silber und Purpur getaucht. Die Möblierung war in Schwarz gehalten, kleine Tische mit lederbezogenen Sesseln waren im ganzen Raum verteilt. Abgerundet wurde die Bar durch kleine Nischen neben den Tischen. »Das wird dein Arbeitsbereich sein. Melanie«, Phoebe deutete auf eine junge Frau, die hinter der Bar stand und sich, während sie Gläser polierte, mit einem Gast unterhielt. Er saß auf einem der unzähligen Barhocker. »Sie ist deine direkte Vorgesetzte.«

Die beiden Frauen traten aus dem Fahrstuhl. »Es ist noch früh am Abend. Noch ist nicht viel los, doch je später der Abend, desto voller wird es hier. Ich dachte, du kannst dich schon mal von Melanie einweisen lassen. Das hier ist der Gästefahrstuhl. Den benutzt du normalerweise nicht. Den Personalaufzug habe ich dir vorhin gezeigt, aber so war es einfacher, von den Büros hier herunter zu komme. Alles klar?«

Kate nickte. Gemeinsam verließen die Frauen den Fahrstuhl. »Falls du den Club nutzen möchtest, melde dich bei mir oder Ms. Perry. Dazu gibt es noch ein paar Formalitäten zu erledigen und nun an die Arbeit!« Eine Bewegung an der Bar erregte Kates Aufmerksamkeit. Melanie blickte direkt in ihre Richtung und nickte ihr freundlich zu, während sich der Gast ebenfalls nach ihr umdrehte.

»Ich wünsch dir viel Erfolg! Hab Spaß und lächle!«, sagte Phoebe zu ihr. Normalerweise vergaß Kate nicht ihre gute Erziehung und hätte sich von ihr verabschiedet, aber die intensiven Augen des Gastes, die sich bei ihrem Anblick schockiert weiteten, zogen sie fast vollständig in ihren Bann. Gerade noch rechtzeitig hatte sie sich wieder unter Kontrolle.

»Danke, Phoebe«, murmelte sie gehorsam, ohne den Kunden aus den Augen zu lassen. Paul Cooper hob sein Glas und prostete in ihre Richtung. Dabei hatte er ein unverschämtes Grinsen im Gesicht, dass sie ihm am liebsten das Glas aus der Hand genommen und es über seine perfekt gestylten blonden Locken ausgekippt hätte. Perfekt zur Unordnung gestylt, wohl gemerkt. Sie hatte noch nie einen Mann gesehen, der diesen Frisch-aus-dem-Bett-geschlüpft-Look mit solch einer Perfektion getragen hatte wie Paul Cooper. Okay, sie hatte ihn genau einmal – zweimal wenn sie ihr kurzes Gespräch auf der Parkbank mitrechnete – gesehen. Und schon war er wieder in ihr Leben getreten. Ob das Zufall war? Natürlich nicht. Immerhin hatte Paul Cooper ihr die Telefonnummer gegeben, die letztendlich zu ihrem Hiersein geführt hatte. Innerlich brodelte sie vor Wut, aber eigentlich, wenn sie es sich recht überlegte, sollte sie ihm dankbar sein. Natürlich war er Kunde im Black Orchid, sonst hätte er ja nichts von der offenen Stelle gewusst. Trotzdem wurde sie das Gefühl nicht los, von Paul Cooper verfolgt zu werden.

Kate schluckte ihren Ärger herunter, pflanzte sich ein Lächeln auf die Lippen und strebte auf die Bar zu, den Blick über Pauls Lockenkopf auf Melanie gerichtet. Hier erwartete man Professionalität von ihr und genau die würde sie zeigen.

»Hey, du musst Kate sein«, begrüßte sie Melanie und stellte Glas und Geschirrtuch beiseite, um ihr die Hand zu reichen und sie in eine schwungvolle Umarmung zu ziehen. Überrascht ließ Kate diese doch sehr herzliche Begrüßung über sich ergehen. »Hey, der Typ hier hat bereits nach dir gefragt«, murmelte Melanie dicht an ihrem Ohr. »Ich will von dir nichts als Professionalität sehen. Klar?«

Kate schluckte. Das war also der Grund für die Begrüßung. »Natürlich«, murmelte sie und löste sich wieder von Melanie. Ein wenig steif lächelten sie einander an. »Mr. Cooper, wenn Sie uns bitte entschuldigen.« Melanie wandte sich um und ging ans andere Ende der Bar. Kate wusste, dass Melanie von ihr erwartete, dass sie ihr folgen würde, aber Pauls Blick hielt sie gefangen. Gerne hätte sie ein paar knappe Worte mit ihm gewechselt, doch Melanie hatte ihr unmissverständlich klar gemacht, was sie von ihr erwartete. Professionalität bedeutete jedenfalls nicht, sich bereits nach fünf Minuten an ihrem ersten Arbeitstag mit einem Gast zu unterhalten.

»Mr. Cooper«, begrüßte sie ihn trotzdem knapp. »Danke für den Tipp.«

Paul prostete ihr zu. »Gern geschehen, Kate«, murmelte er in sein Glas und blickte sie dabei über den dünnen Rand hinweg intensiv an. Fröstelnd rieb sich Kate die Arme. »Ich wollte nur wissen, ob du den Job gekriegt hast. Sieht wohl ganz danach aus.« Sein Kinn deutete Richtung Melanie. »Ich wünsche dir viel Erfolg.« Direkt von ihm geduzt zu werden fühlte sich seltsam an, doch Kate hatte nicht die Zeit, sich jetzt darüber Gedanken zu machen. Sie lächelte unverbindlich und huschte hinter Melanie her. Na das würde auf jeden Fall interessant werden.

*

Melanie erwartete sie am Ende der Bar, wo sie bereits zwei Gläser Wasser eingeschenkt hatte. Lächelnd deutete sie auf den Hocker neben sich. Dankend nahm Kate Platz. »Danke.«

Melanie nahm ihr Glas zwischen die Handflächen und deutete auf Paul Cooper, der ihnen mittlerweile den Rücken zugewandt hatte und in sein Smartphone starrte. »Es ist äußerst seltsam, bereits noch bevor ich eine neue Mitarbeiterin kennengelernt habe, von einem Gast nach ihr gefragt zu werden.« Ihr Blick bohrte sich in Paul Coopers Schultern. »Also was hast du mit ihm zu schaffen?«

Kate folgte Melanies Blick und stieß einen tiefen Seufzer aus. »Alles und gar nichts. Ich habe letzte Woche ein Vorstellungsgespräch bei ihm gehabt. Leider ist nichts daraus geworden. Aber er wollte mir trotzdem helfen und hat mich ans Black Orchid verwiesen. Hier bin ich. Und das ist auch schon die ganze Geschichte.«

Melanies Blick ruhte lange und eindringlich auf Paul. Zum Glück schien sein Smartphone interessanter als das Geschehen im Saints. Noch gab es nichts zu sehen, die Bühne lag im Dämmerlicht, leise Musik durchspülte den Raum wie eine sanfte Brise. Nur hier und da saß vereinzelt ein Gast an einem der Tische. Ein weiterer Barkeeper hatte für Melanie übernommen und erledigte die wenigen Bestellungen der einzigen Bedienung und der Gäste an der Bar. »Es ist dir durchaus gestattet, dich mit einem Kunden einzulassen, also wenn du Lust auf ihn haben solltest, dann nur zu«, erklärte Melanie. Kate atmete innerlich tief durch und fragte sich erneut, an was für einen Arbeitgeber sie hier geraten war. Bevor sie nachfragen konnte, fuhr Melanie fort. »Aber in diesem speziellen Fall würde ich dir dringend davon abraten. Paul Coopers himmelblaue Augen, sein verschmitztes Grinsen und sein athletischer Körper haben bereits unzählige Damen genossen. Er besucht den Club seit Jahren.«

Kate kam ein seltsamer Gedanke. »Ist das hier ein ... Sexclub?«

Melanie blickte sie einen Augenblick irritiert an. »Natürlich nicht. Das Black Orchid ist sehr seriös. Ich wollte damit nur sagen, dass du nicht glücklich werden würdest, wenn du seinem Drängen nachgibst. Glaube nicht, dass er dich ohne Hintergedanken hierher vermittelt hat. Hinter seinen Gefälligkeiten steckt immer mehr.« Um ihren Worten etwas mehr Dramatik zu verleihen, nippte Melanie an ihrem Wasser und ließ ihren Blick noch einmal auf Pauls Schulter ruhen. »Wie du dich entscheidest, sollte er Interesse zeigen, ist allein deine Sache. So lange deine Arbeit nicht darunter leidet, ist es mir egal. Haben wir uns verstanden?« Sie eindringlich musternd wartete Melanie geduldig auf Kates Antwort. Intuitiv wusste Kate, dass davon ihr Verhältnis zu ihrer Vorgesetzten abhing. Sie wollte sich auf gar keinen Fall den Stempel des leicht zu habenden Mädchens aufdrücken lassen, noch dass sie für einen Job die Beine breitmachte. So jemand war sie nicht.

»Natürlich. Paul Cooper wird meine Arbeit nicht beeinflussen. Er hat mir nur einen Tipp gegeben, mich hier zu bewerben. Seine Anwesenheit beeinträchtigt meine Konzentration nicht. Schließlich ist er nur ein Mann und wir sind alle professionell genug, Beruf und Privatleben voneinander zu trennen.« Melanie lächelte sie aufrichtig an.

»Gut gebrüllt, Löwin. Dann bin ich ja beruhigt.« Sie tätschelte freundschaftlich ihre Hand. »Ich wollte dir wirklich nicht zu nahe treten, aber der Club schafft Gelegenheiten, die die mentale Verfassung einiger beträchtlich ins Wanken bringen kann. Du sollst nur wissen, dass du zu nichts verpflichtet bist, egal, was er dir einflüstern möchte.« Kurz angebunden deutete Mel auf ihr Glas. »So, und jetzt trink aus. In knapp einer Stunde wird der Laden brummen und ich möchte, dass du heute Abend voll einsteigst.«

Kate nickte mechanisch, obwohl sie Melanies letzte Bemerkung nicht ganz einordnen konnte. Das Black Orchid war laut ihren Aussagen ein seriöser Club und machte auch ganz den Eindruck, doch die Worte ihrer Vorgesetzten gärten in ihr, ließen Zweifel aufkommen. Was immer diesen Club genau ausmachte, normal war hier überhaupt nichts. Doch Kate hatte keine Zeit, sich länger den Kopf darüber zu zerbrechen. Sie war drin, verdiente das Geld, mit dem sie ihr Studium finanzieren konnte. Nur das zählte. Alles andere – was auch immer die Gäste hier trieben – war nur von geringer Bedeutung. Zufrieden lächelnd folgte sie Melanie. Sie hatte einen Job zu erledigen.

Kapitel 4

Paul fiel es ziemlich schwer, Kate nicht ständig anzustarren. Die Uniform stand ihr hervorragend, die braunen Locken hatte sie zu einem zweckmäßigen Pferdeschwanz hochgebunden und er musste sich schon sehr zusammenreißen, um nicht den ganzen Abend hier an der Bar zu hocken und ihr hinterher zu starren. Die schwarze Hose setzte ihren prallen Hintern perfekt in Szene. Jeder Hüftschwung ihrerseits, wenn sie mit dem Tablett geschickt um einen Gast herumwirbelte, ließ ihn die Enge seiner Shorts spüren. Nur zu gerne würde er eine Hand auf ihrer Hüfte platzieren, die andere in ihren Nacken legen und sie sanft nach vorne drücken, bis ... Eine gewagte Berührung ließ ihn zusammenfahren. Das Glas, an dessen Rand er seit geraumer Zeit nippte – um irgendetwas anderes zu tun, als erfolglos auf sein Smartphone zu starren – fiel ihm aus der Hand. Der

Inhalt, ein halb geschmolzener Eiswürfel und ein verwässerter Rest Scotch – ergoss sich über die Theke und seine Hose.

»Verdammt«, fluchte er, als die gewagte Berührung intimer wurde und sich eine zweite Hand um seine Taille schob, zu der ersten gesellte und sich in seinem Schritt mit der anderen traf. »Himmel«, keuchte Paul auf und sank zurück. Sanfte Lippen liebkosten zärtlich seinen Nacken.

»Hey, Süßer«, gurrte eine rauchige weibliche Stimme, während sich eine Frau an seinen Rücken schmiegte. »Hast du auf mich gewartet?« *Überhaupt nicht*, wollte Paul antworten, doch die Hände in seinem Schritt nestelten bereits an seinem Reißverschluss herum.

»Kimberly?«, krächzte er und versuchte geschickt, den intimen Berührungen Einhalt zu gebieten. »Du solltest hier unten nicht so ... forsch werden«, murmelte er, doch sie hatte seinen Reißverschluss bereits geöffnet und machte sich nun an seiner Unterhose zu schaffen. Die Dame jedenfalls empörte sich nicht über seine Vermutung über ihre Identität, was ihn zumindest insoweit beruhigte, sie nicht vor den Kopf gestoßen zu haben. Wäre ihm ziemlich übel zu stehen gekommen mit ihrer Hand an seinem besten Stück.

»Bist du etwa prüde geworden?« Kimberly schob ihren in einem knappen Cocktailkleid steckenden, perfekt durchtrainierten Mitvierzigerkörper auf den Barhocker neben ihn, während ihre Hand, begleitet von einem zuckersüßen Schmollmund der mit Collagen aufgepumpten Unterlippe, seinen Schritt verließ. Paul atmete erleichtert auf und beeilte sich, den Zugang zu seinem Schwanz wieder zu verschließen. Er und Kimberly waren alte Bekannte. Sie trafen sich ausschließlich hier im Club und trieben es miteinander – schnell, hart und unverbindlich.

»Überhaupt nicht, es törnt mich nur nicht an, so überrumpelt zu werden.« Beiläufig griff er nach seinem Glas und stellte es wieder auf. Etwas Wasser-Scotch-Gemisch hatte sich durch den *Übergriff* auf seiner Hose verteilt. Toll, wenn er später den Club verließ, würde jeder riechen können, wo er die letzten Stunden verbracht hatte. Paul streckte sich nach einer Serviette aus dem Ständer und tupfte die Flecken oberflächlich ab.

»Mh, das hat sich für mich aber nicht so angefühlt«, schnurrte die Platinblondine und beugte sich vor. »Lass mich das für dich erledigen. Schließlich bin ich ja auch für das Desaster verantwortlich.«

»Nein, das ist wirklich nicht …«, murmelte Paul, doch da hatte sich die ältere Frau bereits eine eigene Serviette geangelt und begann, seinen Schwanz damit zu malträtieren. Pauls Worte gingen in ein lang gezogenes Keuchen über. »Kim, das ist wirklich nicht nötig«, schnappte er, doch sein Gegenüber war kein Mauerblümchen, sondern eine zielstrebige und sehr erfolgreiche Immobilienmaklerin für Luxusapartments. Wenn sie etwas wollte, bekam sie es auch. Und im Augenblick wollte sie ihn.

»Oh doch, ich hab's grad sehr nötig. Henry ist bereits beschäftigt und ich hab Lust auf deinen Knackarsch. Also schieb deinen Hintern in den Fahrstuhl oder – ich schwöre – ich lecke dir den Scotch vom Schwanz.« Paul knurrte guttural. Er hatte heute absolut keinen Bock auf Kim, allerdings war sie auch jemand, der keine Probleme mit unverbindlichem Sex hatte. Wie sie bereits festgestellt hatte, war er längst hart. Nur zu seinem Bedauern war nicht Kim der Grund. Die Verursacherin lehnte sich gerade hinter Kim über die Theke und griff nach einer der vorbereiteten Schalen Erdnüsse. Dabei begegnete sich ihr Blick. Ihre Augen zuckten und fielen auf Kimberlys Hand – in seinem Schritt. Unwillkürlich stöhnte Paul auf. Kates Augen weiteten sich. Er glaubte eine Spur Erregung darin zu erkennen, doch das Entsetzen überwog. Übereilt kehrte sie ihnen den Rücken zu und hastete wieder zu ihren Tischen. Verdammt.

Ihr hinterherzurufen wäre eine beschissene Idee gewesen. Zumal Kim sich sehr bemühte, damit sich sein Verstand verabschiedete. Wiederholt entfuhr ihm ein Stöhnen, nur diesmal mit einer Spur Frustration. Kim führte heute Abend seine Prioritätenliste nicht an, aber er würde sich wohl oder übel mit ihr beschäftigen müssen. Doggystyle, wenn überhaupt. Und dabei würde er sich Kate vorstellen, ihre prallen Rundungen, wenn er gegen Kims Hintern klatschte.

»Okay«, knurrte er und pflückte ihre Hand aus seinem Schritt. »Aber danach wirst du dir einen anderen suchen müssen. Das wird das letzte Mal sein.«

»Och«, schmollte Kim gespielt und ließ sich von ihm vom Hocker ziehen, »das hast du schon so oft gesagt. Ich glaube fast, dass das deine Masche ist.«

»Das ist keine Masche«, knurrte Paul und schob sie Richtung Fahrstuhl, »das letzte Mal. Du bist absolut nicht mein Typ.«

Kim lachte, drückte den Rufknopf und presste ihren Hintern in seinen Schritt. »Wenn es dir hilft, darfst du dir gerne die kleine Brünette vorstellen. Glaubst du, mir ist entgegangen, wohin ihr Blick gefallen ist?«

»Wie bitte?«, schnappte Paul, platzierte seine Hand auf Kims Hüfte, und schob seinen Schwanz zwischen ihre Arschbacken. Das schwarze Kleid reichte ihr knapp bis über den Hintern, er brauchte es nur ein kleines Stück nach oben schieben ... seine Hand glitt von hinten zwischen ihre Schenkel und ertastete ... nichts. »Kim, könnte es sein, dass du heute ein böses Mädchen bist?«, raunte er nah an ihrem Ohr und tauchte in ihre Feuchte ein.

Kim schnappte nach Luft, ließ ihren Kopf gegen seine Schulter sinken und schnurrte genüsslich, als er zwei Finger in sie schob. »Ich bin schon immer ein böses Mädchen gewesen.«

»Böse Mädchen verdienen eine Strafe.« Kim erschauerte wohlig. »Wie böse warst du die letzte Woche?«

»Oh, sehr, böse, Paul, ich war so richtig böse. Ich konnte an nichts anderes denken, als von dir übers Knie gelegt zu werden.« Paul löste sich von ihr, als die Fahrstuhltüren sich öffneten, und schubste sie unsanft in die Kabine. »Dann sollten wir dem dritten Stock einen Besuch abstatten, oder was meinst du? Willst du, dass andere dir dabei zusehen, wie du bestraft wirst?« Kim wimmerte leise.

»Ja, Sir.«

*

Schockiert stand Kate an der Bar und beobachtete Paul Cooper und die dralle Blondine, die locker seine Mutter hätte sein können, wie sie das Saints verließen. Gebannt starrte sie auf die Anzeige über dem Fahrstuhl. Im dritten Stock hielt er an, was bedeutete, dass die beiden das Black Orchid nicht verlassen hatten. Kate nahm an, er würde die Frau mit nach Hause nehmen. Das hier war schließlich ein ganz normaler Club … oder doch nicht?

»Hey, Neue, Bestellung für Tisch 4, hopp, hopp«, kommandierte Melanie und schob ihr ein gefülltes Tablett über den Tresen zu. »Nicht starren, arbeiten!«

»Ja, ja … sag mal, was ist im dritten Stock?« Mel folgte ihrem Blick und sog scharf die Luft ein.

»Stalkst du Paul und Kimberly Wallace?«

»Nein, nein. Hab gesehen, wie sie rumgemacht haben. Ich dachte … ach, keine Ahnung, was ich dachte.« Kate griff nach dem Tablett und wollte sich abwenden, doch Melanie berührte ihr Handgelenk, sodass Kate innehielt und aufsah. »Kimberly Wallace ist die Inhaberin von Wallace&Wallace Immoblien. Sie und ihr Mann besuchen das Black Orchid von Anfang an.«

Verblüfft blickte Kate erneut zum Fahrstuhl. »Ist Paul …?«

Melanie lachte. »Oh nein, Paul und Kim ist eine andere Geschichte.« Kate wollte gerade nachfragen, als sie Mels ernsten Blick bemerkte.

»Aber das geht uns nichts an?«, startete sie einen Versuch. Mel nickte lächelnd.

»Exakt.«

»Aber was ist im dritten Stock?«

Mels Lächeln wurde eine Spur geheimnisvoller. »Nimm das Tablett, bring es zum Tisch und dann … sieh nach.« Kates Mund trocknete schlagartig aus.

»Ich soll was?«

Mel rollte mit den Augen. »Herrje, Süße, es wird dir ja doch keine Ruhe lassen. Also mach Pause, geh in den dritten Stock und sieh nach. Ich werd es dir jedenfalls nicht erzählen. Nebenbei bemerkt finde ich, du solltest wissen, wo du arbeitest. Wenn es dir Phoebe schon nicht gesagt hat, musst du es eben selbst herausfinden.« Kate war drauf und dran, Melanie zu fragen, ob sie noch ganz dicht war. Sich in den dritten Stock zu begeben fühlte sich falsch an, als ob sie etwas Verbotenes tat. Ihr Magen kribbelte vor Aufregung und sie verspürte einen Hauch Abenteuerlust. Was sollte dabei schon sein. Schließlich war Melanie ihre Vorgesetzte und wenn sie sie dazu aufforderte, nach oben zu gehen, konnte es ihr ja nicht direkt verboten sein, oder?

»Okay«, entgegnete sie mit klopfendem Herzen, nahm das Tablett, brachte es zum Tisch und fand sich wenige Augenblicke später vor dem Personalfahrstuhl wieder. Phoebe hatte ihr heute Nachmittag nachdrücklich eingeschärft, auf gar keinen Fall den großen Fahrstuhl zu benutzen. Dieser war ausschließlich den Gästen vorbehalten und durfte nur von ihr benutzt werden, wenn sie von dem Privileg Gebrauch machte, den Club privat zu nutzen. Was Kate, ganz nebenbei bemerkt, nie im Leben in Erwägung zog. Sie war nicht der Clubgänger. Lieber gab sie gemütlichen Bars den Vorzug, traf sich dort mit Freunden und genoss unverkrampft plaudernd ein dunkles Bier und ein paar Chicken Wings. Das Black Orchid spielte in einer völlig anderen Liga. Die glänzenden Oberflächen, die edlen Stoffe, die Auswahl der Getränke, die nicht vorhandenen Preise – all das entsprach einem Lebensstil, den sie sich nicht leisten konnte.

Noch rang Kate mit sich, ob sie Mels Aufforderung wirklich nachkommen sollte. Sie kannten sich nicht gut genug, als dass sie zu ihr als eine Freundin gesprochen hatte, nein, Mel hatte definitiv als ihre Vorgesetzte agiert und damit Kate im Prinzip die Entscheidung abgenommen. Sie würde einen Blick in den dritten Stock riskieren. Nervös betätigte sie den Rufknopf und wippte unruhig von einem Fuß auf den anderen. Ihre Nervosität wollte sich nicht einmal legen, als die Kabinentüren sich hinter ihr schlossen und sich der Fahrstuhl in Bewegung setzte. Das Herz schlug ihr so heftig in der Brust, dass sie glaubte, es würde die Rippenbögen beim nächsten Schlag zersprengen. Natürlich geschah nichts dergleichen, nicht einmal ein kleiner Ohnmachtsanfall wollte sich einstellen. Nicht, dass sie dazu neigte, aber ...

Ein Pling kündigte die Ankunft im dritten Obergeschoss an. Die Türen glitten auf. Vor Kate erstreckte sich ein heller Raum, von dem beschriftete Türen abgingen. Der Aufbau entsprach absolut nicht dem Personalbereich im vierten Stock, allerdings war es auch nicht sonderlich schwer, sich in Ermangelung von Türen für die Richtige zu entscheiden. Kate wandte sich der entsprechenden Tür zu. Mit klopfendem Herzen griff sie nach der Klinke, atmete tief durch und schloss die Augen, bevor sie sie herunterdrückte und in den dahinterliegenden Bereich schlüpfte.

Der vor ihr liegende Flur war in dezentes Licht getaucht, die Wände schwarz gestrichen, so dass sich die Türen perfekt integrierten. Eine innere Erregung ergriff von ihr Besitz. Kate wusste nicht, woher dieses Gefühl des Verbotenen kam, doch der Gedanke reizte sie.

Behutsam setzte sie einen Fuß in den dunklen Flur und lauschte. Sanfte Klänge ertönten. Vorsichtig tastete sie sich weiter. Vor ihr lag ein langer Gang, von dem unzählige Türen abgingen. Neugierig schlich sie weiter. Die Türen trugen seltsame Beschriftungen. *Obedience* und *Submission.* Durchnummeriert. Die Türen waren mit einem Lesegerät gesichert. An einigen leuchteten grüne, an anderen wieder rote Punkte auf. Sie konnte sich die Farbe der LEDs nur insoweit erklären, dass Rot geschlossen und grün so etwas wie *frei* bedeutete. Hieß das etwa, die Räume konnten aufgesucht werden? Von Gästen? Kate hatte zwar immer noch keine Ahnung, was hier vor sich ging, aber sie konnte es sich allmählich zusammenreimen. Vielleicht waren Paul und diese Kim ja in einem der Räume verschwunden? Enttäuscht schob Kate die Unterlippe vor. Mel hatte sie doch nicht hier hochgeschickt, um einen leeren Gang voller geschlossener Türen auszukundschaften. Probeweise legt sie die Hand auf eine Klinke einer mit einem grünen LED gekennzeichneten Tür und drückte sie herunter. Die Tür blieb verschlossen. Okay. Anscheinend konnte nicht jeder einfach so die Räume hier oben aufsuchen. Die Schlösser konnten offensichtlich nur mit einem entsprechenden Zugang entriegelt werden, über den sie nicht verfügte. Super. Wenn es hier oben nichts Aufregenderes als verschlossene Türen gab, konnte Kate auch wieder nach unten ins Saints gehen. Sie wollte sich gerade umwenden, als sie am Ende des Ganges einen dunkelroten Vorhang erblickte, der sich leicht im Windstoß bewegte ... Kate fröstelte und wandte sich automatisch in diese Richtung. Sie warf einen Blick auf das Namensschild des Raumes hinter dem Vorhang. Die Erkenntnis, was das Black Orchid für ein Club war, traf sie mit der Wucht eines Vorschlaghammers. Allmählich tröpfelte die Bedeutung all der Räume in Kates Gehirn. Was war das nur für ein Club ...?

Kate keuchte auf. Trotz des in ihr gärenden Bewusstseins über die Art des Clubs, konnte sie sich der Überraschung nicht entziehen. Was in erster Linie daran lag, dass sie sich nicht schockiert fühlte, eher ... fasziniert. *Solche Clubs gab es nicht*, hatte sie sich immer eingeredet. Sexclubs waren eine Erfindung der Pornoindustrie, um einen Hauch Realität in abgedrehte Settings zu bringen. Jetzt hier zu stehen, fühlte sich unwirklich und surreal an. Doch die erregende Neugierde, das Treiben mit eigenen Augen sehen zu können, trieb erotisierende Stromstöße durch ihr Rückgrat, bis zwischen ihre Schenkel. Und das *Paris* war nicht mit einem Türschloss gesichert. Als ob hier jeder hereinspazieren sollte.

Kate wagte kaum zu atmen, als sie die Hand nach dem Vorhang ausstreckte und hindurchtrat. Völlige Dunkelheit hüllte sie ein. Schockiert hielt sie zunächst den Atem an, bis sie begriff, dass sie noch gar nicht in dem Raum war. Sie stand zwischen zwei Vorhängen. Der Stoff wirkte so schwer, dass es unmöglich war, dass Geräusche ihn durchdrangen. Noch dazu der zweite Vorhang. Gemeinsam dienten sie nicht nur als Schleuse, sondern verschluckten jedes Geräusch aus dem Raum dahinter. Ein Lichtstoß bewegte den vor ihr liegen Vorhang und Kate wurde klar, dass nur ein unglaublicher Zufall sie hergelockt haben konnte. Aus dem Inneren des Raumes drang ein leichter Luftzug, der in genau dem richtigen Moment beide Vorhänge bewegt und damit ihre Aufmerksamkeit in diese Richtung gelenkt hatte. Was für ein Glück! Oder Pech, je nach Standpunkt. Kate rang mit sich, ob sie tatsächlich einen Blick in den Raum riskieren sollte, Melanies Erlaubnis hin oder her, ihre Erziehung gestattete ihr nicht, dem Ursprung der Geräusche auf den Grund zu gehen. Aber die Neugierde brannte wie Feuer.

Ein schmaler Streifen Licht durchschnitt die erdrückende Last beider Vorhänge. Verunsichert streckte sie die Hand nach dem zweiten Vorhang aus und schob ihn vorsichtig zur Seite. Gleich würde sie es sehen, gleich würde sie mit Gewissheit erfahren, was das Black Orchid für ein Club war. Gleich …

Verstohlen spähte sie durch den Spalt, erkannte eine Nachbildung eines riesigen barocken Schlafzimmers mit mehreren Himmelbetten und an den Seiten verteilten Chaiselongues. Dunkelroter Samt und viel Gold bildeten die vorherrschenden Farben und von der Decke hing ein Kristalllüster. Schlagartig trocknete ihr Mund aus und sie vergrößerte den Spalt, wollte mehr sehen. Auf Sex war sie vorbereitet gewesen, aber auf diesen Traum aus rot und Gold …? Abrupt wurde der Vorhang beiseite gerissen, ein Mann – nackt! – schob sich an ihr vorbei. Irritiert blickten sie einander an. Kate machte einen Schritt zurück in den Raum. Der Mann war um die fünfzig und runzelte fragend die Stirn, beachtete sie aber nicht weiter und verließ den schleusenartigen Bereich, den die beiden Vorhänge bildeten. Mit klopfendem Herzen wandte sich Kate um und plötzlich stand sie mitten drin, in einem barocken Schlafzimmer, das den tiefsten, erotischen Abgründen entsprungen sein musste.

Im Zentrum des Raums stand ein riesiges Himmelbett. Weiche Kissen türmten sich auf der Matratze, Tücher umschlangen die Stangen, die den Himmel hielten und dazwischen stand eine Frau. Sie hielt sich an den Stangen fest, den Rücken durchgebeugt, die Beine gespreizt. Ein Mann kniete vor ihr. Um herauszufinden, was er dort tat, musste Kate nicht hinsehen. Der hingebungsvoll in den Nacken gelegte Kopf der Frau, die sinnlich geschlossenen Augen und das leise Stöhnen genügten ihr. Kate fühlte sich hin und her gerissen. Ihre Erziehung gebot ihr eigentlich, hastig den Blick abzuwenden, doch unter der antrainierten Prüderie, die sie Paul gegenüber vehement abgestritten hatte, verbarg sich eine elektrisierende Neugierde, ein unbändiger Wissensdrang, den Raum zu erkunden und herauszufinden, was hier noch so stattfand. Das Pärchen auf dem zentralen Bett war jedenfalls nicht allein. Oh mein Gott! Hastig wandte sie den Blick ab und konzentrierte sich auf die Betrachtung des Raumes.

Zwischen all den Betten, Gemälden und gepolsterten Liegen befand sich noch mehr. Kleinere Schränke und Kommoden im barocken Stil standen ebenfalls darum. Kate ließ ihren Blick über die Auslage gleiten und entdeckte Lederarmbänder, Paddels und Peitschen, die keinen Zweifel über die Intension das Raumes mehr ließen – wenn sie überhaupt je Zweifel gehegt hatte. Hitze ließ die Wangen erblühen, als ihr träge in den Verstand sickerte, wozu dieser Raum gedacht war. Hier wurden Sexspiele veranstaltet. Orgien.

Ein Keuchen, dann ein Klatschen holte Kate aus der Betrachtung der Auslagen. Ruckartig flog ihr Kopf herum, hin zu dem Geräusch, dem eindeutigen Klatschen, dem hinweisgebenden Stöhnen. Shit. Vollkommen fasziniert starrte Kate einem nackten Mann auf den Hintern, der rhythmisch seinen Penis in eine Frau trieb, die über der Lehne einer Ottomane hing. Ihr Körper befand sich damit in einer perfekten Beugung, sodass ihr Hinterteil in die Höhe gestreckt wurde und die passende Arbeitsfläche für den hinter ihr stehenden

Mann bildete, der sich kräftig zwischen ihre Schenkel trieb. Jeder Stoß brachte die dralle Blondine zum Stöhnen. Sie warf den Kopf in die Höhe und schrie auf, während ihr Partner nach ihrer Mähne griff, sie überdehnte und das Tempo höhte. Hilflos musste sie die Stöße über sich ergehen lassen, aber das selige Lächeln auf ihren Lippen ließ Kate erahnen, dass sie der Position und der Behandlung ihres Partners nicht abgeneigt war.

Er ging dazu über, ihren Hintern mit Schlägen zu bearbeiten, woraufhin ihr Keuchen in Schreie überging und ihr Fleisch einen kräftigen Rotton annahm. »Na, das wolltest du doch, oder? Dass ich es dir richtig besorge? Dass ich dir den Stress rausficke und du später vor Henry angeben kannst, weil du kaum noch dazu in der Lage bist, aufrecht zu gehen!«

»Oh, ja, Paul, gib's mir richtig!«

Kate erstarrte, die pulsierende Lust zwischen ihren Schenkeln, die sich mit jedem kräftigen Stoß des Mannes verstärkt hatte, kletterte den Mount Everest der Erregung hinauf – und zwar mit schwindelerregendem Tempo! Das da war Paul! Ihr Paul! Scheiße, war sein Hintern knackig! Kate schlug sich hastig die Hand vor den Mund, da sie Gefahr lief, sich durch ein lautes Stöhnen zu verraten. Doch es gelang ihr nicht gänzlich. Ein lüsterner Ton entschlüpfte ihren Lippen. Alarmiert riss sie die Augen auf und wollte den Rückzug antreten, doch da war sie bereits bemerkt worden. Die Blondine hob den Kopf, ihre Blicke kreuzten sich und ein Lächeln huschte über ihre Lippen.

»Wir werden beobachtet«, keuchte sie selig lächelnd, warf den Kopf in den Nacken und gab ein lang gezogenes Stöhnen von sich. »Ich mag es, wenn wir beobachtet werden«, schnurrte die Blondine. Paul hob den Kopf und begegnete ebenfalls Kates Blick. Seine Augen weiteten sich vor Erkenntnis. Jeder normale Mensch wäre zurückgeschreckt, vor Schamgefühl, aber im Black Orchid schien man solche Regungen nicht zu kennen.

Pauls Lippen verbreiterten sich zu einem genüsslichen Grinsen. Kräftig schob er den Hintern zurück, um seinen Schwanz anschließend mit einem so harten Stoß in die Blondine zu treiben, dass diese entsetzt aufschrie. Wohl auch vor Schmerz. »Paul!«, schrie sie empört und handelte sich ein paar kräftige Schläge auf den Hintern dafür ein.

»Halt den Mund, oder ich gebe ihm was zu tun«, knurrte er und starrte Kate lüstern an. Schlagartig trocknete ihr Mund aus. Eigentlich sollte sie die Szene als pervers einstufen, sollte sich zurückziehen und schockiert das Weite suchen. Dieser Club war ein Sündenpfuhl, ein Schandfleck für jeden seriösen Club New Yorks. Und das, wo sich das Black Orchid doch angeblich so viel auf seine Reputation einbildete! Andererseits zog die Szene vor Kates Augen ihren Blick wie magisch an. Wie die Motte konnte sie nicht vom Licht lassen und beobachtete gebannt, wie Paul die Blondine gekonnt zum Orgasmus trieb. Dabei sah er sie ständig an, als wäre nicht die Frau diejenige, mit der er gerade schlief, sondern ... Kate. Unwillkürlich glitt ihre Zungenspitze über ihre Unterlippe. Paul stöhnte auf und hämmerte gleich noch einmal in die bereits schwer keuchende Frau.

»Bitte …«, jammerte sie und handelte sich einen kräftigen Hieb an. Die Frau schrie auf und dann kam er schließlich, während sich sein Blick in den Kates bohrte. Sie sollte wegsehen, ihm den intimen Moment lassen, aber sie konnte nicht. Wie bei einem Autounfall. Man will wegsehen, aber es geht einfach nicht. Erschöpft brach Paul schließlich auf der Blondine zusammen. Der Bann war gebrochen. Kate schüttelte sich hastig, aber die sie beherrschende Erregung wollte nicht von ihr lassen. Hektisch trat sie den Rückzug an.

Nun wusste sie, was das Black Orchid für ein Club war. Ein Sexclub für Superreiche … und sie war mittendrin gelandet. Mit einem Brennen zwischen den Schenkeln, gegen das es kein Mittel gab. Und selbst wenn es etwas gab, was sie dagegen tun könnte, würde sie es nicht wagen, die Büchse der Pandora zu öffnen. Niemals würde sie von dem Angebot, den Club selbst zu nutzen, Gebrauch machen. NIEMALS!

Kapitel 5

Mit hochroten Wangen verließ Kate ein paar Minuten später den Personalfahrstuhl. Doch statt ins Saints zurückzukehren, eilte sie zum Personalbereich im Erdgeschoss. Hastig durchsuchte sie ihre Tasche in ihrem Spind, fand das Gesuchte und eilte in eine Toilettenkabine. Hektisch löste sie die Schürze, hängte sie an den Haken und zog sich Hose und Slip herunter. Ermattet sank sie auf der Klobrille zusammen, schloss vor Scham die Augen und ließ ihre Hand zwischen ihren Schenkeln verschwinden. Die erste Berührung ihrer geschwollenen Schamlippen war wie der erste Schluck kühlen Wassers nach einem anstrengenden Marsch an einem heißen Tag. Erlösung pur. Oh Gott, das fühlte sich himmlisch an.

Die rhythmischen Stöße Pauls noch gut vor Augen, genoss sie jede Berührung, fühlte sie so intensiv, als würde er es sein, der seine Zunge durch ihre Lippen gleiten ließ. Kate erschauerte, lächelte selig hinter den geschlossenen Augen und erhöhte das Tempo. Scheiße, der Orgasmus kam so schnell und heftig, dass sie laut aufstöhnen musste. Selbst wenn sie sich konzentriert hätte, konnte sie nicht still kommen. In einem Apartment mit drei anderen jungen Frauen hatte sie gelernt, ihre Orgasmen leise zu genießen, aber die Erinnerung an das Gesehene war noch so frisch, dass es ihr praktisch unmöglich war, den Drang aufzustöhnen zu unterdrücken. Himmel, sie war allein, sie sollte sich nicht so anstellen.

Als ob der Gedanke eine innere Barriere niedergerissen hätte, überrollte sie eine zweite, noch viel heftigere Welle und stellte damit jeden jemals erlebten sexuellen Höhepunkt in den Schatten. Nicht, dass Kate über besonders viel Erfahrung verfügte, die sie zu einer Expertin für Orgasmen machte, oh nein. Sie hatte davon gelesen, aber es selbst zu erleben, war wie eine bittersüße Versuchung, nach der man sich sehnt, die man aber wie eine verbotene Frucht meidet. Kate erhöhte das Tempo, gab sich den hemmungslosen Zuckungen ihrer Schenkel hin und stützte sich verzweifelt keuchend an der Kabinentür ab, die Beine gegen die Tür gestemmt. Innerlich betete sie, dass nicht gerade jetzt eine andere Mitarbeiterin die Toilette aufsuchte. Sie konnte jetzt auf gar keinen Fall aufhören!

Der zweite Orgasmus erreichte seinen Höhepunkt und Kate fiel in eine endlose Schwärze. Wärme hüllte sie sein wie ein Kokon, ihre Glieder erschlafften und auf ihren gelösten Gesichtsmuskeln breitete sich ein seliges Lächeln aus. Doch sie konnte ihn nicht gänzlich auskosten, nicht auf einem Klodeckel in einer Personaltoilette sitzend. Hastig riss sie die Augen auf und entspannte sich sofort wieder, als sie bemerkte, dass sie noch immer saß, zwar mit weit gespreizten Schenkeln und schwer atmend, aber nicht vor der Toiletten liegend. Das wäre oberpeinlich gewesen.

Sie erstarrte. Stimmen vor der Tür veranlassten Kate dazu, panisch die Luft anzuhalten und wie ein gehetztes Tier die Tür der Kabine anzustarren. Sie wagte kaum zu atmen. Ihr war natürlich vollkommen klar, dass das absoluter Blödsinn war, aber das schmerzhafte Gefühl in ihrer Brust ließ einfach keinen anderen Schluss zu. Ihr Herz musste ebenfalls starr vor Schreck innegehalten haben, aus Angst, entdeckt zu werden, wenn es auch nur einen weiteren Schlag wagen würde. Die Tür der Personaltoilette wurde von außen geöffnet und zwei junge Frauen betraten fröhlich schwatzend den Vorraum. Kate schloss gehetzt die Augen.

Es dauerte eine Weile, bis ihr dämmerte, dass es nichts Ungewöhnliches war, sich in einer Toilettenkabine aufzuhalten. Nun ja, ihre Haltung – die Füße gegen die Kabinentür gestemmt und sich mit beiden Händen abstützend – war vielleicht etwas exotisch, aber da sie ja *in* der Kabine war und ihr frivoles Treiben bereits beendet hatte, würde niemandem auffallen, was sie hier getan hatte. Außer vielleicht auf die Toilette zu gehen – was man für gewöhnlich eben hier tat.

Es brauchte zwei weitere Minuten und die

Gewissheit, dass die beiden Neuankömmlinge nichts weiter taten, als ebenfalls auf die Toilette zu gehen, bis Kate sich traute, vorsichtig und so leise wie möglich die Beine herunterzunehmen und sanft auf den Boden zu stellen. Das war knapp. Eindeutig zu knapp für Kates angespannte Nerven. Sie atmete erneut tief durch, schlüpfte in das neue mitgebrachte Höschen und ihre Arbeitshose. Mit hochrotem Kopf und äußerst beschämten Gedanken trat sie aus der Kabine und warf einen prüfenden Blick in den Spiegel, während sie sich die Hände wusch. Sie sah leicht mitgenommen aus. Man könnte meinen, ihr Aussehen läge an der fortgeschrittenen Stunde. Es war zwar erst kurz nach acht Uhr am Abend, aber sie hatte bereits einen ereignisreichen Tag hinter sich. Normalerweise stand sie gegen fünf Uhr morgens auf, legte eine Joggingrunde im Park zurück, frühstückte um halb sieben und erschien pünktlich um acht Uhr zur ersten Vorlesung. Nach zwei Stunden Medienrecht und einem Seminar in technischem Zeichnen im Computerkabinett hatte sie nur einen viel zu alten, vom Rumstehen zusammengefallenen Salat zu sich genommen und dann zwei weitere Vorlesungen über sich ergehen lassen müssen. Gegen fünf war sie kurz zu Hause gewesen, hatte geduscht, etwas gegessen und sich dann für den Club fertig gemacht. Ja, sie war müde und erschöpft, aber dieser Job bedeutete alles. Also hatte sie Make-up aufgelegt, sich zwei Koffeintabletten eingeworfen und ein Lächeln aufgesetzt. Sie würde nicht riskieren, wegen einem ungepflegten Äußeren den Job zu verlieren. Und sie würde sich zusammenreißen. So etwas wie eben durfte nicht noch einmal vorkommen. Das Black Orchid bedeutete Diskretion und das würde sie nicht vergeigen. Nur ob sie dieses Arbeitspensum noch zwei weitere Jahre durchhalten konnte? Himmel, sie war jung und mit genug Koffein im Blut würde sie es schon schaffen.

*

Zehn Minuten später fühlte sich Kate wieder so weit hergestellt, dass sie sich ins Saints zurücktraute. Ihr kurzer Ausflug in den dritten Stock hatte nicht länger als zwanzig Minuten gedauert und als sie hinter die Bar zurückkehrte, warf ihr Melanie einen prüfenden Blick zu. Das Lächeln, das daraufhin über die Züge ihrer Vorgesetzten glitt, ließ Kate zusammenzucken. Eigentlich hatte sie angenommen, man würde ihr das, was sie gesehen hatte, nicht ansehen. Schließlich hatte sie mehrere sinnlose Minuten damit zugebracht, in den Spiegel zu starren und ihren Pferdeschwanz zu richten, das Make-up aufzufrischen und … Zeit zu schinden. Sie hatte nicht sofort wieder zur Arbeit zurückkehren wollen. Die Orgasmen – Mehrzahl! – hatten sie völlig erschöpft, aber auch eine lebendige Röte auf die Wangen gezaubert. Ihr Augen glänzten noch seltsam entrückt und sie glaubte fest daran, dass dieser Frisch-Gefickt-Ausdruck ihr praktisch auf die Stirn tätowiert war. Doch allem Anschein nach hätte sie sich den Aufwand auch sparen können. Zum einen, weil die Gäste ihr nicht mehr Beachtung schenkten als einem

Einrichtungsgegenstand, der schon immer zum Interieur des Saints gehörte und zum anderen, weil Melanie sie genauso ansah wie noch vor einer halben Stunde.

»Du weißt es also jetzt«, stellte ihre Vorgesetzte schlicht fest und wandte sich wieder dem Obst zu, das sie gerade schnitt.

»Ja«, antwortete Kate lediglich.

»Gut. Da das jetzt geklärt ist, kannst du dich voll und ganz auf die Arbeit konzentrieren. Der Laden brummt mittlerweile. Bring das zu Tisch zwölf.« Melanie deutete auf ein mit Getränken beladenes Tablet, das auf dem Tresen vor ihr stand. Kate nippte noch einmal kurz an ihrem Wasser, das hinter der Theke stand, bevor sie sich das Tablett schnappte und es, noch etwas wackelig auf den Beinen, zu dem angegebenen Tisch balancierte. Kate bemerkte nicht den zufriedenen Blick, der ihr folgte.

*

Melanie grinste still in sich hinein. So war das immer mit den Neuen. Erst schämten sie sich für das Black Orchid und dann konnten sie nicht genug davon bekommen. Einige pflegten nur hier zu arbeiten, andere nutzten den Club in vollem Umfang und wieder andere kamen mit dem manchmal doch recht ausgelassenen Treiben in den oberen Etagen nicht klar. Mel wusste noch nicht, zu welcher Gruppe sie die Neue zählen durfte. Sie hoffte, zur Ersten. Der Club konnte so viel mehr sein, wenn man sich nur darauf einlassen konnte.

Paul hatte sich dagegen entschieden, das Saints heute noch einmal aufzusuchen. Natürlich brannte er auf Kates Reaktion. Der Anblick von ihm, wie er es Kim besorgte, musste sie ziemlich schockiert haben. Aber er hatte auch etwas anderes in ihren Augen gesehen und dieser Ausdruck erregte sein Interesse. Natürlich war Kate geflohen. Er hatte auch nichts anderes erwartet. Denn im Gegensatz zu ihrem großspurigen Verhalten war sie so unschuldig, wie eine junge Frau nur sein konnte. Er würde sogar auf ihre Jungfräulichkeit wetten. Wenn sie wirklich noch Jungfrau war, würde er es sich nie verzeihen können, ihr die Telefonnummer dieses Clubs gegeben zu haben. Nein, dann hätte er lieber doch einfach mit ihr ausgehen sollen, statt seine Spielchen zu spielen. Dafür jedoch war es zu spät. Das Spiel hatte begonnen und er würde es genießen, diesen prüden Eisklotz zu erklimmen. Zumal ihr Blick bewiesen hatte, dass hinter der glatten Fassade feurige Leidenschaft loderte. Er musste nur noch den richtigen Schalter finden, um sie herauszulassen.

Zu diesem Zweck fand sich Paul Cooper am nächsten Abend erneut im Saints ein. Normalerweise wählte er zu dieser späten Stunde das Sinners. Die Musik war besser, die Leute aufgeschlossener und die Getränke hochprozentiger – als würden es alle nur so darauf anlegen, jemanden zum Flachlegen zu finden. Aber er war nicht nur wegen irgendjemanden hier, nein, er wollte Kate.

Die Dame seiner Wahl war heute von Melanie unter ihre Fittiche genommen worden und übte sich an

Cocktails. Paul grinste frivol. Er hasste Cocktails, aber das machte absolut nichts, denn Kate war praktisch hinter die Bar gebunden und er ein Gast, den sie bedienen musste.

Als hätte die kleine Kate Meadows ein nur auf ihn eingestelltes Radar, drehte sie den Kopf automatisch ihm entgegen, als er sich Richtung Bar wandte. Melanie stand neben ihr und redete auf sie ein, doch Kate hatte nur Augen für ihn, so dass er bezweifelte, dass Kate den Inhalt der doch recht einseitigen Unterhaltung wahrnahm. Paul ließ sein Lächeln auf sie wirken und glitt auf einen Hocker direkt vor Kate.

»Ich habe dich gestern Abend gesehen«, begrüßte er sie schlicht, lehnte sich über den Tresen und stützte das Kinn in die Hände. Melanie verstummte, starrte erst ihn, dann Kate an.

»Wie bitte?«, schnappte sie. Paul verzog den Mundwinkel. Natürlich hatte sich Kate gestern ohne Melanies Erlaubnis entfernt. Die Neugierde musste regelrecht in ihr gebrannt haben. Er hätte sie nicht so mutig eingeschätzt, eher dass sie sich, scheu wie ein junges Reh, hinter ihrer Vorgesetzten versteckte. Die ihn übrigens angriffslustig anfunkelte, als wäre er der Grund für die Zerstreutheit ihrer neuen Mitarbeiterin. War er auch, aber das interessierte ihn reichlich wenig. Paul war auf der Jagd.

»Hier, im Saints, Mel. Mach keine Szene«, erklärte er, ohne allerdings Kate aus den Augen zu lassen. Ihrem Blick nach zu urteilen wusste sie sehr wohl, dass er nicht auf ihr Erscheinen hier unten anspielte. Trotzdem starrte sie ihn perplex an. Mel taxierte Paul mit einem warnenden Blick, bevor sie sich zu Kate beugte und ihr etwas ins Ohr flüsterte.

»Denk daran, worüber wir gesprochen haben. Professionalität.« Kate nickte und machte sich an die Arbeit. »Was darf es für Sie sein, Mr. Cooper?«

Paul zog eine Augenbraue nach oben. Gut, sie wollte also tatsächlich ihren Job machen, statt mit ihm zu flirten? Konnte sie haben. Er war clever genug, seine Anspielungen mit stumpfsinnigem Smalltalk zu tarnen. Und so machte es ja nun auch wirklich viel mehr Spaß. Paul leckte sich die Lippen und ließ keinen Zweifel daran erkennen, dass ihm die Cocktails reichlich egal waren. Es spielte daher auch keine sonderlich große Rolle, was er bestellte.

»Was kannst du denn schon mixen, Kate?« Sein Blick wanderte zu Mel. »Ich habe euch beobachtet. Du gibst ihr doch sicher gerade eine Einweisung ins Cocktailmixen?«

Mel nickte. »Gut erkannt.«

»Dafür bin ich schon zu lange Kunde. Also was kann sie mixen? Ich stelle mich gerne als Versuchskaninchen zur Verfügung.« Er würde sich noch für so einige andere Dinge zur Verfügung stellen, zum Beispiel, wenn sie plante, sich ihre angebliche nicht vorhandene Prüderie im Paris aus dem Körper vögeln zu lassen. Paul sog scharf die Luft ein und zwang sich, das ziehende Pochen in seiner Lendengegend auf eine Verkühlung zu schieben. Ganz sicher hatte er sich erkältet, als er gestern im dritten Stock schweißgebadet über den Flur gehuscht war. So schnell, wie er es gebraucht hatte, hatte er gar nicht unter die Dusche kommen können. Unter die kalte Dusche.

»Red Russian«, erklärte Mel und holte ihn damit zwei Stockwerke tiefer. »Aber ich glaube nicht, dass das was für Sie ist, Mr. Cooper. Vielleicht kann Kate für Sie den üblichen Scotch on the Rocks ...?« Pauls Blick taxierte Kate. So lange er hier schon ein und aus ging, war Melanie für das Saints verantwortlich. Sie war so gut in ihrem Job, dass sie genau wusste, was jeder Stammgast gerne zu sich nahm. Normalerweise musste Paul nicht einmal etwas sagen, ein Nicken genügte und die Barkeeperin stellte seine bevorzugte Scotch-Sorte vor ihm ab, genau so, wie er es mochte, mit drei Eiswürfeln.

»Nein, nein. Ich will ihren Red Russian. Bitte«, setzte er mit einem Lächeln hinzu. »Ich bin gespannt, was Ms. Meadows bereits gelernt hat.« Seine Augen bohrten sich in die ihren, sodass sie erzitterte. Das Schauern, welches ihren Körper durchlief, entging ihm nicht.

»Sehr wohl, Sir«, entgegnete sie. Paul schloss die Augen. Verdammt. Die Art, wie sie *Sir* aussprach, schoss ihm direkt in die Hose. Keine Dusche der Welt würde ihn jetzt noch davon abbringen können, das Mädchen an eine Gitterwand zu ketten. Paul atmete tief ein und öffnete wieder die Augen. Kate füllte gerade unter Melanies prüfenden Blick ein Glas mit Eiswürfeln, goss den Kirschlikör hinzu und füllte mit Wodka auf. Sie platzierte eine Serviette vor ihm und stellte das Glas darauf, bevor sie eine Cocktailkirsche ins Glas gab und es mit einem Minzblatt dekorierte. Ihre Blicke begegneten sich dabei. Paul biss sich unwillkürlich auf die Unterlippe, beugte sich vor und starrte Kate intensiv an. Er wusste genau um die Wirkung seines Blicks. Eine Bewegung ließ ihn kurz den Blickkontakt unterbrechen. Melanie hatte Kates Observierung abgebrochen und kümmerte sich um Henry. Verwundert registrierte Paul, dass Kim nirgends zu sehen war. Na hoffentlich hatte er sie gestern Abend nicht zu hart rangenommen. Aber sein Bedauern hielt nur einen kurzen Augenblick an. Kimberly Wallace war ihm scheißegal, trotzdem würde er Henry nachher nach ihr fragen, einfach weil man das in ihren Kreisen eben so tat.

Einer inneren Eingebung folgend, riss er sich von Henry und Melanie los, die locker miteinander plauderten – »Wie gehts den Kindern?«, »Was macht der Job?«, »War gestern alles zu Ihrer Zufriedenheit?« – und wandte sich wieder Kate zu. Diesem gestelzten Barkeepersmalltalk konnte er absolut nichts abgewinnen. Er wusste, dass das zum Job einer guten Barfrau gehörte. Um ihre Gäste und deren Launen richtig deuten zu können, mussten sie einander kennen. Nur so war es Melanie möglich, einen Gast davor zu bewahren, sich abzuschießen. Angeheiterte Gäste waren gut fürs Geschäft, aber sturzbesoffene Männer, die andere Besucher anpöbelten, nicht. Sie waren hier schließlich nicht in irgendeiner Hinterwäldlerspelunke, nein, dass hier war das Black Orchid. Hier trank und vögelte man mit Stil. Paul grinste über seine eigenen Gedanken. Apropos Vögeln.

»Ich hätte nichts dagegen, dir beim Ausprobieren deiner Sonderprevviligien unter die Arme zu greifen«, murmelte er und nippte an seinem Red Russian. Angewidert verzog er das Gesicht. Gott, war das Zeug grässlich.

Das Geschirrtuch, mit dem sich Kate gerade die Hände reinigte, verharrte. Ihre Blicke kreuzten sich, als Paul sie vielsagend angrinste. »Wie bitte?«, keuchte sie erschrocken.

Paul stellte das Glas wieder auf die dafür vorgesehen Serviette. »Na ja«, wand er sich. Kate konnte doch unmöglich sein Angebot missverstehen. Aber vielleicht wollte sie ihn auch dazu bringen, es überdeutlich auszusprechen. Paul räusperte sich.

»Ich weiß von euren Privilegien. Mr. Prince lässt seine Angestellten mehrfach pro Woche den Club besuchen.« Paul beugte sich etwas vor und senkte die Stimme. »Als ich dich gestern gesehen habe, hatte ich nicht das Gefühl, dass er mich belogen hat.«

»Belogen?«, krächzte Kate.

»Hemmungen. Als du mein Angebot abgelehnt hast, für das Magazin zu posieren, bin ich fest davon ausgegangen, dass du nur so vor Prüderie strotzt.«

»Was?«, schnappte Kate und zog die Augenbrauen so weit zusammen, dass sie sich beinahe berührten. Die Geste sollte ihn wohl einschüchtern, doch sie bewirkte nur, dass Paul wagemutig vorpreschte.

»Du hast mir auf den Hintern gestarrt, als ich Kim Wallace gefickt habe. Also kannst du nicht prüde sein.« Schockiert klappte Kates Kiefer nach unten und sie starrte ihn an, als zweifle sie an den Fähigkeiten ihres Gehörs. Paul biss sich auf die Unterlippe und griff nach seinem Cocktail, um ihr Zeit zu geben, das Gehörte sacken zu lassen. Gerade als er das Glas mit dem widerlichen Gebräu an den Mund führen wollte, spürte er einen irritierenden Luftzug.

»Ich bin überhaupt nicht prüde!«, fauchte Kate und pfefferte ihm das Geschirrtuch so kraftvoll ins Gesicht, wie sie nur konnte. »Und übrigens habe ich Ihnen nicht auf den Hintern gestarrt! Bei so einen Knochenhintern gibt‘s jedenfalls nicht viel zu sehen!« Der wütend geschleuderte Stofflappen brachte ihn so aus dem Gleichgewicht, dass er den Rand das Glases verfehlte, das er sich gerade zum Mund führte. Doch Kate war noch nicht fertig mit ihm. Die Wut, die sich in all den Jahren, als sie noch dick und fett war, entlud sich genau auf die Person, die noch nicht einmal etwas von Kates Vergangenheit ahnte. Paul konnte ja nicht wissen, wie empfindlich sie war, wenn man sie auf ihr Äußeres ansprach. Er konnte nicht ahnen, welche Qualen sie all die Jahre erduldet hatte, wie sie gelitten und geschwitzt hatte, wie sie sich körperlich gegängelt hatte. Er sah nur das Ergebnis und tat genau das Gleiche. Er reduzierte sie auf ihr Äußeres. Nie wieder wollte Kate auf ihr Aussehen angesprochen werden. Beim zweiten Angriff mit dem Geschirrtuch traf sie das Glas, sodass Paul es sich mit einer Kippbewegung prompt über die Schulter entleerte. Das alles geschah im Bruchteil einer Sekunde. Die Schläge mit dem Handtuch, das zum Mund führen des

Glases und die fatale Kippbewegung, verstärkt durch einen wütend geschleuderten Stofflappen.

Kates Augen weiteten sich vor Entsetzen, als klatschend der komplette Red Russian auf dem Holzboden landete. Ein beträchtlicher Teil verfehlte allerdings den Fußboden und floss in einem schaurig roten Wasserfall aus Kirschlikör und Wodka über Pauls Rücken. Sein entsetzter Gesichtsausdruck begegnete Kates Blick. Wie zur Salzsäule erstarrt blickten sie einander fassungslos an, bis Pauls Gesichtszüge wie der Cocktail über seinem Rücken zerflossen und ein Ekel sich auf seinen Zügen ausbreitete. Von dem widerlichen Gefühl, welches die eiskalte Brühe in seinem Kreuz auslöste, übermannt, schüttelte er sich.

»Hast du mich etwa gerade mit einem Handtuch verprügelt?« Fassungslos blickte er erst Kate, dann das Geschirrtuch an, welches sie bereits wieder zum Schlag ausgeholt hatte.

Wütend schob Kate die Unterlippe vor. Sie glaubte, das Trauma, das das jahrelange Mobbing ihrer Mitschüler ausgelöst hatte, längst hinter sich gelassen zu haben. Doch offensichtlich hatte sie sich getäuscht. Die Narben saßen so tief, ihr Selbstvertrauen war so angekratzt, dass sie sich nicht im Griff hatte, zumindest Paul gegenüber nicht. Verwundert ließ sie das Handtuch sinken. Nein, nicht Paul war die Ursache ihres Verhaltens. Oder vielleicht doch. Wenn man Jahre lang geärgert und verspottet wird, hüllt man sein innerstes Wesen irgendwann in einen dicken Panzer, um sich vor all den Anfeindungen zu schützen. Niemand hatte diesen

Panzer durchdringen können. Außer vielleicht ihre Familie. Und Paul Cooper. Ein paar spöttische Bemerkungen hatten gereicht und sie hatte die Fassung verloren. Unglaublich.

»Ja, habe ich«, erwiderte Kate mit zitternder Stimme. »Weil du … weil Sie«, korrigierte sie sich, »es einfach nicht lassen konnten, mir zweideutige Angebote zu machen.«

Paul beugte sich vor, das grässlich kalte Fließen in seinem Rücken ignorierend. Gerade jetzt würde er nicht nachlassen. Kates Fassung bröckelte und er würde den Teufel tun und sich über ein verschüttetes Getränk auslassen, wenn die junge Brünette gerade in greifbare Nähe gerückt war. »Nun, wir sind in einem ziemlich zweideutigen Club. Natürlich bekommt man da Angebote. Du solltest lernen, darüber hinwegzusehen und sie mit einem charmanten Lächeln annehmen. Du bist eine wunderschöne, begehenswerte Frau. Dein Temperament ist unglaublich anziehend und ich würde dich gerne näher kennenlernen. Entschuldige bitte, wenn ich zu direkt war, aber in diesem Club lernt man schnell, auf ein langes Vorspiel zu verzichten. Wir haben alle zu wenig Zeit.«

Kates Augenbraue wanderte nach oben. Fassungslos starrte sie ihn an. Irgendwie fühlte sie sich geschmeichelt, aber warum tat er das? Wollte er Sex? Natürlich wollte er Sex. Mit ihr? Himmel! »Ich habe Sie gerade mit einem Handtuch verprügelt und Sie … was wollen Sie eigentlich von mir?«

Paul lachte. »Der Cocktail war nicht wirklich gut. Was ich will? Dass du mich nach oben in den dritten Stock begleitest.«

Kates Augen wurden groß. »Der Cocktail war nicht gut?« Pauls Worte brachten sie so sehr aus dem Konzept, dass sie sich an das einzig Unverbindliche klammerte, was er gesagt hatte. Den verdammten Cocktail. Sie hatte ihn genau so gemixt, wie Melanie es ihr gezeigt hatte. Ein Fehler war ihr nicht unterlaufen. »Ich habe ihn genau so gemacht, wie es das Rezept vorsieht …« Erst mit einiger Verzögerung tröpfelte die Bedeutung hinter Pauls Worten in ihren Verstand. »Ich soll Sie in den dritten Stock begleiten?«

Paul nickte. »An deinem freien Tag natürlich.«

»Aber …«

Sie vielsagend anlächelnd beugte er sich über den Tresen. »Ich erwähne den Cocktail gegenüber Melanie mit keiner Silbe.« Ihm floss die eiskalte Brühe über das dunkelgraue Jackett und hinter ihm breitete sich eine Lache, die aussah, als würde er hier ausbluten. Unmöglich, das vor Melanie geheim zu halten.

»Erpressen Sie mich gerade?«

Paul zuckte mit den Schultern. »Nenn es ein Angebot.«

Wütend reckte Kate das Kinn. Ihr Interesse, den Club auf die von Paul vorgeschlagene Weise zu nutzen, widerstrebte ihr. Doch sie würde für den Schaden gerade stehen, den sie angerichtet hatte. Auch wenn das bedeutete, an ihrem zweiten Abend bereits die Kleidung eines Gastes ruiniert zu haben. »Melanie!«, rief sie unter

Pauls entsetztem Blick. Die Gerufene unterbrach ihr Gespräch mit Henry und warf Kate einen fragenden Blick zu. Pauls Züge entgleisten, je mehr Kate sagte und die Gewissheit in seinem Verstand einzog, dass sie die erste Runde gewonnen hatte.

»Ich glaube, mir ist da ein ganz blödes Missgeschick passiert.«

Es dauerte einen Moment, bis Paul sich erholt hatte. »Wie du willst«, murmelte er, während Melanie sich ihnen näherte und Kate fortschickte, um Wischmopp und Eimer zu holen. »Morgen Abend, Runde zwei.«

KAPITEL 6

»Guten Abend, Mr. Cooper.« Kate Meadows war nun den dritten Abend im Saints und erneut sah sie sich den hellblauen Augen von Paul Cooper gegenüber. Er lächelte unverbindlich und ließ sich ihr gegenüber auf einen gepolsterten Barhocker sinken. »Das Übliche? Einen Red Russian?«, neckte sie ihn. Paul funkelte sie amüsiert an. Am liebsten würde er sich in den Spabereich begeben und sich ordentlich durchmassieren lassen, bevor er sich dann eine Escort buchte. Die liefen hier überall mit ihren hübschen Spitzenmasken herum. Der Tag war so verdammt anstrengend gewesen, dass er sich eigentlich das Verwöhnprogramm schlechthin geben wollte. Das Einzige, was gegen dieses Vorgehen sprach, räumte gerade die Spülmaschine aus. Direkt vor ihm. Und lächelte ihn an, als hätte sie ihre Gesichtszüge im Katalog bestellt. Freundlich und ehrlich, aber so was von professionell, dass es ihm gehörig gegen den Strich ging.

»Das Übliche wäre ein Ausflug in den dritten Stock. Hast du Lust, Kate?« Touché. Kates Lächeln gefror.

»Nur wenn ich Sie Ihnen eiskalt servieren darf.«

Paul beugte sich vor. »Sehr gerne. Ich würde vorschlagen, du legst die frostige Miene ab und triffst dich mit mir. Zufällig weiß ich, dass du morgen Abend frei hast.« Kates Augenbraue wanderte nach oben.

»Woher wissen Sie das?«

Paul zuckte mit den viel zu verspannten Schultern. Vivica wäre eine Wohltat, aber die blonde Schönheit war noch frostiger als Kate. Bei ihr hatte er wenigstens das Gefühl, doch vielleicht noch landen zu können, während Vivica bereits jeden Annäherungsversuch seinerseits abgeschmettert hatte. »Ich kann zählen. Das ist dein dritter Tag. Dir steht ein freier Abend zu.«

»Und was, wenn ich keinen freien Tage nehme, weil ich das Geld brauche?«

Paul lächelte. »Du könntest hier als Escort arbeiten. Dann verdienst du das, was du als Kellnerin in einem Monat bekommst, in einer Nacht.« Kates Augen wurden groß.

»Escorts? Hier?«

Paul stieß ein heiseres Lachen aus. »Behaupte bitte nicht noch einmal, dass du nicht prüde bist, Kate Meadows. Ja, hier arbeiten Escorts, männliche wie weibliche.« Er beugte sich über den Tresen. »Wenn du Lust hast, würde ich sogar eine buchen. Du müsstest dich nicht einmal ausziehen. Würde es dich reizen, uns einfach nur zuzusehen? Wie bei Kim? Ist es das, was dich anmacht? Das Zusehen?«

Trotz der spärlichen Beleuchtung konnte Paul sehen, wie Kates Wangen eine hauchzarte Röte überzog. Pah! Von wegen nicht prüde. Die Kleine hatte einen Stock im Hintern.

»Das kommt überhaupt nicht infrage. Ich bin sehr zufrieden mit meinem Job. Nur manchmal nervt ein bestimmter Gast.« Kate funkelte ihn zornig an und platzierte einen Scotch vor ihm.

»Was? Wo ist mein Red Russian?«

»Reinste Verschwendung. Bleiben Sie bei Ihrem Scotch.« Paul nickte ihr zu, griff nach dem Getränk und nippte daran. Genüsslich schloss er die Augen, als der Scotch seine Kehle hinunterrann und ihm eine angenehm brennende Schärfe folgte. Wohlige Hitze breitete sich in ihm aus. Langsam fiel der Stress des Tages von ihm ab und er entspannte sich. Eigentlich wusste er genau, dass er lieber den Mund halten sollte. Bei Kate hatte er sich schon viel zu weit vorgewagt. Normalerweise verhielt er sich wie ein Gentleman, aber die Blicke, die sie ihm im dritten Stock zugeworfen hatte, ließen ihn sämtlichen Anstand vergessen und der Alkohol löste ihm die Zunge.

»Ich glaube dir übrigens nicht«, murmelte er einige Zeit später, als Kate wieder bei ihm vorbeikam und unaufgefordert einen neuen Scotch vor ihm abstellte. Sehr aufmerksam von ihr. Paul lächelte träge. Der Alkohol hatte bereits seine Wirkung entfaltet. Egal, was er heute noch vorgehabt hatte, er würde definitiv keine Chance mehr dazu bekommen. Bei dem Promillegehalt in seinem Blut war er sowieso kurz davor, am Tresen wegzukippen. Warum er überhaupt hier saß, lag nur an Kate. Sie hielt ihn hier und er war vollkommen damit zufrieden, ihrem süßen Hintern bei der Arbeit zuzusehen, während er genüsslich einen Scotch nach dem andere kippte.

»Bitte?«, murmelte sie in Gedanken.

»Dass du nicht prüde bist. Ich glaube, du bist sogar ziemlich verklemmt«, lallte er. Seine Zunge fühlte sich unglaublich schwer an. Keine Ahnung, wie er jetzt noch nach Hause kommen sollte. Fahren konnte er so jedenfalls nicht mehr.

»Wie kommen Sie denn darauf, Mr. Cooper. Immerhin arbeite ich hier.«

»Pah«, stieß er aus und prostete ihr zu. »Wenn du gewusst hättest, was dich im Black Orchid erwartet, hättest du dich hier nie beworben. Stimmt's?« Instinktiv wusste er, dass er lieber den Mund halten sollte, aber Kate Meadows reizte ihn. Er wollte diese zarte Röte sehen. Wenn er schon nicht mit seinen Küssen und Berührungen dafür sorgen durfte, dass sie erschauerte und dieser herrlich verzückte Gesichtsausdruck über ihre Wangen flatterte, würde er sich eben mit zweideutigen Bemerkungen zufriedengeben. Erstaunlich über was für ein Repertoire er sogar noch im vollkommen betrunkenen Zustand verfügte.

Kate wischte einmal über den Tresen. »Stimmt. Aber ich bin trotzdem nicht prüde. Ich mag nur nicht Ihre ständigen Anspielungen. Ich gehe weder mit Ihnen aus, noch werde ich mich mit Ihnen im dritten Stock treffen.«

»Auch nicht, wenn ich verspreche, mit meinen Anspielungen aufzuhören, sobald du nachgegeben hast? Ich könnte mich immer noch wegen gestern Abend beschweren?«

Kate zuckte kurz zusammen, doch sie entspannte sich sofort wieder. »Das würden Sie nicht tun. Also drohen Sie nicht mit etwas, was Sie sowieso nicht bereit sind, durchzuziehen. Im Übrigen sind Sie betrunken.«

»Erwischt«, murmelte Paul und nippte an seinem Glas. »Aber da bist du nicht ganz unschuldig dran. Ich wüsste da etwas, was dich zumindest darüber nachdenken ließe«, lenkte er geschickt ab. Jetzt mit dem Trinken aufzuhören, würde bedeuten, nach Hause zu gehen. In ein kaltes, einsames Bett. Und Kate war hier. Die Entscheidung fiel ihm nicht sonderlich schwer.

»Und das wäre?«

»Ich verspreche mit den Anspielungen aufzuhören, wenn du mir beweist, dass du nicht prüde bist.«

Kate lachte auf. »Indem ich mich mit Ihnen im dritten Stock treffen?«

Paul zuckte mit den Schultern und kämpfte gegen den Drang an, seinen Kopf auf den Tresen zu legen. Scheiße, er war so verdammt schwer. »Zum Beispiel.«

Kate stützte sich auf den Tresen, nahm das Tuch und deutete mit einem Zipfel auf Paul. »Nein. Ich kann Ihre Anspielungen sehr gut aushalten. Und wo bliebe dann da der Spaß, wenn Mr. Paul Cooper plötzlich brav und folgsam hier am Tresen sitzen würde.«

Paul lachte herzlich auf. Kates Augen blitzten amüsiert. »Und jetzt, Mr. Cooper, ist Schluss.« Sie nahm sein Glas und ließ es hinter dem Tresen verschwinden. »Sie gehen jetzt nach Hause.«

Entsetzten Blickes folgte er seinem Glas. Nach Hause? Ohne Kate? Nie im Leben. »Hey!«, protestierte er, beugte sich über den Tresen und wollte sich sein Glas zurückerobern, doch das war bereits aus seiner Reichweite entfernt worden. »Du kannst mich nicht nach Hause schicken, du bist nämlich nicht meine Mutter. Außerdem bist du schuld daran, dass ich getrunken habe.«

»Ich?« Empört hob sie eine Augenbraue. »Sind Sie nicht alt genug, um auf sich selbst zu achten.«

»Nicht, wenn du so herrlich verführerisch vor mir herumwackelst und mir ständig neue Drinks präsentierst. Nur du bist Schuld daran, dass ich gesoffen habe. Ich hätte nie mehr als zwei angerührt, wenn du mit mir in den dritten Stock verschwunden wärst.« Paul war noch nicht zu betrunken, um ihre Verwunderung nicht zu merken. Es ging ihm zwar gehörig gegen den Strich, andere Menschen zu erpressen, vor allem wenn es sich dabei um Kate Meadows handelte. Sie war auf den Job angewiesen, brauchte das Geld. Wenn er nicht schon so viel getrunken hätte und so verdammt scharf auf sie gewesen wäre, hätte er sich selbstverständlich in Geduld geübt, wochenlang mit ihr gerungen, bis sie schließlich nachgegeben hätte. Aber er war weder sonderlich nüchtern, noch war er für seine Geduld bekannt. Nein, Paul wollte sie und ihm war jedes Mittel recht, sie zu bekommen. »Du bist schuld. Also musst du dich auch um mich kümmern. Sonst ...« Er ließ den Satz wie eine

Drohung unvollendet in der Luft hängen und sonnte sich in ihrem Entsetzen. Panik flackerte über Kates Gesichtszüge und er verdammte sich dafür, überhaupt dem Drang nachgegeben zu haben.

»Vergiss es. Nein, ich werde gar nichts tun. Weder Mr. Prince noch Melanie etwas sagen. Wenn du mir noch einen Scotch gibst. Bitte. Als Entschädigung dafür, dass du meine Angebote ständig abweist.«

Kates Panik verflüchtigte sich. Wohlgestimmt durch seine Entschuldigung stellte sie ein halb gefülltes Glas vor ihm ab. »Der Letzte, dann rufe ich Ihnen ein Taxi.«

Paul lächelte dümmlich, griff nach dem Glas und nippte daran. »Gib's zu. Du magst mich, ganz eindeutig.«

Kates Lippen verzogen sich zu einem winzigen Lächeln. »Vielleicht ein bisschen. Aber nicht, wenn Sie so betrunken sind. Nüchtern sind Sie viel charmanter.«

Ihre Worte trafen ihn mitten ins Herz. Wenn er nicht so betrunken gewesen wäre, hätte er vor Freude auf dem Tresen getanzt. Leider weigerten sich seine Gliedmaßen unter dem Einfluss des Alkohols beharrlich. »Ehrlich?« Dümmlich starrte er sie an, was ihr das schönste Lächeln, das er je gesehen hatte, ins Gesicht zauberte.

*

Kate konnte nicht anders, als Paul Cooper anzugrinsen. Nüchtern war er ein arrogantes Arschloch, aber so bald sich sein Alkoholpegel gefährlich einer Vergiftung näherte, redete er nur noch Blödsinn. Der sonst so überheblich wirkende Art Director sah aus wie ein liebenswerter Schuljunge, der einen über den Durst getrunken hatte. Und leider hatte er recht. Sie hatte ihm immer wieder nachgeschenkt, doch er hätte ja nicht austrinken müssen. Niemand hatte ihn gezwungen, sich wegzuballern. Er sah das offensichtlich anders. Um dies zum Ausdruck zu bringen, hatte er Worte benutzt, die ihr jetzt noch die Schamesröte ins Gesicht trieben. Angebaggert zu werden war für die Barkeeperinnen nichts Ungewöhnliches. Es gehörte ja fast schon zum guten Ton dazu, hatte ihr Mel hinter vorgehaltener Hand erzählt. Sie sollte die Versuche mit einem charmanten Lächeln abwiegeln. Die meisten Gäste kamen ja genau deswegen hier her, um zu flirten und andere Gäste abzuschleppen. Und sie weiteten ihr Zielpublikum schlicht aufs Personal aus. Kate sollte ruhig bleiben, sich nichts anmerken lassen und gekonnt durch die Gespräche hindurchnavigieren. Erst wenn einer handgreiflich wurde oder zu derbe Sprüche hören ließ, sollte sie strenger werden. Noch war ihr nichts dergleichen passiert. Paul war harmlos und irgendwie ganz süß. Aber sein erhöhter Niedlichkeitsfaktor änderte nichts an ihrer Einstellung. Verträumt sah er sie an, der Blick leicht entrückt.

»Natürlich«, antwortete sie und polierte die letzten Gläser. Ihre Schicht war fast zu Ende. »Sie sind der süßeste Betrunkene, den ich je gesehen habe. Aber das ändert nichts an meiner Einstellung. Den dritten Stock werde ich nicht mit Ihnen aufsuchen.« Mel tauchte neben Kate auf und musterte Paul eindringlich.

»Alles klar bei euch?«, fragte sie an niemand bestimmten gerichtet.

»Sie findet mich niedlich, Mel«, lallte Paul. »Hab ich grad gehört.«

Mel lachte. »Natürlich, Mr. Cooper. Meinst du nicht, er hat genug?«, raunte sie Kate zu.

»Das ist sein letzter«, entgegnete Kate. »Sollen wir ihm ein Taxi rufen?«

Mel seufzte. »Die nehmen ihn so nicht mit. Zumindest kann ich es nicht verantworten, dass er alleine fährt. Das würde Mr. Prince nicht gutheißen. Wie viel hast du ihm eingeschenkt?«

Kate seufzte. »Ich habe keine Ahnung, zehn, vielleicht zwölf?«

Mel verdrehte die Augen. »Himmel, Kate, als Barkeeperin hast du deinen Gästen gegenüber eine Verantwortung. Du musst erkennen, wie viel jemand verträgt. Fürs nächste Mal, denk daran.« Mel warf Paul, der die beiden Frauen dümmlich angrinsend beobachtete, einen sorgenvollen Blick zu. »Normalerweise würde ich ihm auch einfach nur ein Taxi rufen und er soll zusehen, wie er nach Hause kommt. Aber Mr. Prince sieht nicht gerne, wenn die Gäste seines Hauses eventuell Unruhe stiften. Das könnte ein schlechtes Licht auf den Club werfen.«

»Auf einen Club, den niemand kennt?« Kate hätte sich bei Mels Blick, den sie ihr nach diesem Kommentar zuwarf, am liebsten auf die Zunge gebissen. Schuldbewusst senkte sie den Kopf und murmelte eine Entschuldigung.

»Ein Club, den genug Leute kennen. In den oberen Kreisen ist das Black Orchid bekannt genug, damit Pauls Zustand ihm schaden könnte. Okay«, seufzte Mel, »ich bin erste Barkeeperin, du bist der Neuling. Alles, was du falsch machst, geht auf meine Kappe. Ich mache früher Schluss und du übernimmst den Rest meiner Schicht. Dann kann ich ihn heimbringen.«

»Du willst was? Nein, nein, das kann ich unmöglich von dir verlangen. Ich war ja ganz zufrieden damit, dass er einfach nur hier gesessen, getrunken und mich angestarrt hat. So hat er zumindest aufgehört, mich ständig anzugraben.«

Mel lachte. »Das ist auch eine Möglichkeit, sich die flirtwilligen Gäste von Leib zu halten.« Warnend hob sie einen Zeigefinger. »Aber das wird nicht zur Gewohnheit werden, ja? Wir füllen keine Gäste ab«, fügte sie mit einem Augenzwinkern hinzu. »Auch nicht die penetranten.«

»Ja, okay. Aber ich kann nicht von dir verlangen, dass du ihn heimbringst. Ich hab's verbockt. Ich werde ihn heimbringen.«

Mels Augen weiteten sich. »Ist das nicht ein wenig riskant? Er hat keinen Hehl daraus gemacht, dass er definitiv an dir interessiert ist. Wenn er dir auf die Pelle rückt ...« Ein Schnarchen, das vom Tresen her kam, ließ Mel verstummen. »Okay, ich glaube, von dem geht keine Gefahr für deine Tugend aus.«

»Tugend? Wie meinst du das?« Kate runzelte fragend die Stirn. Mel verzog das Gesicht.

»Nun ja, ich konnte euch belauschen. Er scheint dich

für prüde zu halten. Nicht, dass du es wirklich bist. Aber …« Mel zuckte mit den Schultern. »Ach, ist auch egal. Es geht mich nichts an.«

Kate runzelte die Stirn. Na super, jetzt hatte sie hier auch schon den Ruf weg. »Ich bin nicht prüde.«

Mel zwinkerte. »Vielleicht solltest du es ihm einfach beweisen.«

»Wie soll ich das denn machen?«

Mel lächelte. »Du hast morgen doch deinen freien Tag?«

»Ja«, bestätigte Kate nachdenklich.

»Dann besuche das Black Orchid als Gast.«

»Niemals!«, entgegnete Kate inbrünstig.

»Angst?«, neckte sie Mel.

»Nein, doch, ach, ich weiß auch nicht.«

»Bist du nicht neugierig?«

»Doch schon, aber ich habe auch eine gehörige Portion Respekt.«

»Aber willst du ihm nun beweisen, dass du nicht prüde bist oder nicht? Ich hätte da eine Idee, wie du dafür sorgen könntest, dass Paul Cooper rückwärts aus den Latschen kippt und etwas erlebt, was er so schnell nicht wieder vergessen wird.«

Kate beugte sich interessiert vor. »Lass hören.«

Mel grinste breit. »Später. Bring ihn heim und dann komm nach Schichtende wieder her. Dann erzähle ich dir alles.«

Kapitel 7

Melanie hatte ihr eine private Visitenkarte mit Pauls Adresse in die Hand gedrückt, als sie seinen vom Alkohol schweren Körper vom Barhocker schob. Zum Glück war der Kerl noch nicht so betrunken, dass er nicht mehr stehen konnte. Okay, stehen war eine ziemlich unzutreffende Beschreibung für das, was er da tat. Kate stabilisierte ihn mit einem beherzten Griff an beiden Oberarmen und nahm die Karte entgegen.

»Frag mich nicht, woher ich seine Adresse habe.« Mel verschränkte die Arme vor der Brust.

»Okay, tue ich nicht«, erwiderte Kate und ließ die Visitenkarten in ihrer Gesäßtasche verschwinden. »Aber ich kann es mir denken.«

Mel lachte. »Das bezweifle ich. Wenn er jemanden angräbt, dann nur in der Sicherheit des Clubs. Du bist die erste, die ihn nach Hause bringen darf.«

Diese Bemerkung verfolgte Kate. Selbst dann noch, als sie schon im Taxi saß und der halb dösende Paul an ihrer Schulter lehnte. »Du riechst gut«, murmelte er und sabberte ihre Schulter voll.

»Kann man von dir nicht behaupten«, entgegnete sie, schob ihn aber nicht auf seine Seite der Rückbank. Irgendwie fühlte sich sein schweres Gewicht gut an, in gewisser Weise vertraut. Immer wieder fragte sie sich, was sie von ihm halten sollte. Ein Aufreißer, das war klar. Aber irgendwie auch nicht. Klar, grub er sie an, flirtete, was das Zeug hielt. Aber irgendwie nahm sie ihm dieses Draufgängertum nicht ab. Erst als er seine Hand zwischen ihre Knie schieben wollte, schritt sie ein.

»Na, na. Nicht handgreiflich werden. Ich fange nichts mit Betrunkenen an.«

Paul kicherte leise und beschränkte sich darauf, seine Hand dicht neben ihrem Oberschenkel abzulegen. Zwar so dicht, dass er sie trotzdem irgendwie berührte, aber der Kontakt konnte auch als rein zufällig durchgehen. Kate beschloss, nicht weiter darauf herumzureiten und sich eher zu wundern, warum sie ihn gerade geduzt hatte. Auch wenn sie sich die Rückbank eines Taxis teilten, war er immer noch ein Kunde des Black Orchid. »Und wenn ich nüchtern wäre? Was dann?«, lallte er. Seine Zunge erschwerte ihm jedes Wort.

»Dann, mein Lieber, würden wir nicht gemeinsam in einem Taxi sitzen. Du kostest mich die Schicht.«

»Oh, das tut mir aber leid«, murmelte er, kuschelte sich enger an sie. Der zufriedene Klang seiner Worte ließ keinen Zweifel, dass er diesen Umstand absolut nicht bedauerte.

»Tut es gar nicht.«

»Nope. Ich fühle mich an deiner Seite sehr wohl.« Pauls Worte versetzten Kate einen Stich. Ihre Tante hatte einmal gesagt, dass betrunkene und kleine Kinder immer die Wahrheit sagten. Bezugnehmend auf die Betrunkenen hatte sie wohl von ihrem Onkel gesprochen, der die Familie kurz davor verlassen musste. In einem ziemlich alkoholisierten Zustand hatte er ihrer Tante von seiner Affäre berichtet. Tante Maddy hatte ihn noch am Abend vor die Tür gesetzt. Alkohol bedeutete für Kate seit jenem Tag Schmerz und Verlust. Doch durch Pauls Worte flutete sie eine Welle von widersprüchlichen Gefühlen. Einerseits hatte der Alkohol ihre Familie in ein tiefes emotionales Loch gestürzt, andererseits hatte er die Wahrheit zu Tage gefördert. So wie auch Paul ehrlich war. Er mochte sie, mehr noch. Er fühlte sich in ihrer Gegenwart so wohl, dass er sich entspannte. Und doch hatte ihre Anwesenheit dazu geführt, dass er sich betrank. Kate verzog das Gesicht und korrigierte sich in Gedanken. Nicht sie hatte dazu geführt, ihre Ablehnung war es gewesen. Aber konnte sie sich denn überhaupt auf ihn einlassen? Er war ein Gast und sie eine Angestellte. Außerhalb des Clubs war es strengstens untersagt, sich mit einem Kunden zu treffen. Aber innerhalb des Black Orchid war alles möglich.

Kates Gedanken wurden jäh unterbrochen, als das Taxi am Straßenrand hielt und sich der Fahrer zu ihr umdrehte. »Wir sind da, ihr Turteltäubchen«, sagte er grinsend und nannte ihr den Fahrtenpreis. Na super, jetzt durfte sie auch noch ihr sauer verdientes Geld für Paul ausgeben. Fantastisch. Kates Zorn auf Paul Cooper entflammte erneut. Vergessen war die angenehme Schwere, die sein Gewicht an ihrer Seite ausgelöst hatte. Vergessen die Wärme, die seine Nähe heraufbeschwor. Nein, im Augenblick wollte sie ihn nur noch loswerden und zurück in den Club.

»Steh auf, Paul, wir sind da«, schimpfte sie und schob ihn unsanft von sich.

»Komm, ich helf dir«, bot der Taxifahrer an. Ehe Kate ablehnen konnte, war der Fahrer ausgestiegen, um das Taxi herumgelaufen und hatte die Tür an Pauls Seite geöffnet, so dass sie ihn gemeinsam aus dem Fahrzeug bugsieren konnten. Draußen regnete es in Strömen. Na toll. Innerhalb kürzester Zeit war Kate bis auf die Haut durchnässt. Nass und frierend stand sie mit Paul, der mittlerweile kraftlos wie ein durchweichter Sack an ihr hing, vor einem riesigen Hochhaus.

»Wohnst du etwa hier?« Staunend blickte Kate an der Fassade des imposanten Gebäudes hinauf.

»Penthouse«, lallte Paul. Säuerlich presste Kate die Lippen aufeinander. Natürlich lebte der schöne und erfolgreiche Art Director dieses pornösen Motorsportmagazins in einer Luxuswohnung, ganz in dem Lebensstil, den die Zeitschrift propagierte.

»Schlüssel«, entgegnete sie einsilbig. Paul gluckste amüsiert.

»Ich könnte dir jetzt sagen, dass du einfach mal in meine Hosentasche greifen sollst und dabei würdest du ganz zufällig meinen Schwanz streifen, aber ehrlich gesagt, bin ich viel zu durch und dir eigentlich viel zu dankbar, um dich anzugraben.« Perplex blickte Kate auf den Mann neben ihr herunter. Jawohl, herunter. Obwohl Paul normalerweise größer als sie war, zwang ihn die Last des Alkohols in die Knie. Sie konnte ihn nicht so stützen, dass er seine volle Größe behielt. Die ungesunde Haltung tat ihr in keiner Weise leid. Sein Getränkekonsum ging ganz allein auf sein Konto – zumindest zu achtzig Prozent, schätzte sie. Nicht ihr Problem, wenn er sich nicht im Griff hatte. Eine leise Stimme in ihrem Hinterkopf erinnerte sie daran, dass sie nicht hier wäre, wenn es nur SEIN Problem wäre. Sie hatte ihn zu ihrem Problem gemacht, aber Kate wollte die Wahrheit nicht hören, auch wenn sie noch so offensichtlich war. Kopfschüttelnd verscheuchte sie die leise Stimme.

»Erstaunlich, wie klar du in deinem Zustand denken kannst. Man könnte fast auf die Idee kommen, du bist umgänglicher wenn du besoffen bist.« Paul grinste dämlich. Er sah dabei so unschuldig aus, dass Kate lachen musste. »Und wie schaffe ich dich jetzt in deine Wohnung? Gebe ich dich einfach wie ein Paket beim Pförtner ab?«

»Nee«, lallte Paul. »Fingerscanner am Fahrstuhl«, kommentierte er knapp und zog Kate vorwärts.

»Sehr sicher.«

»Absolut.« Gemeinsam wankten sie durch die Eingangstür in eine pompöse und vom künstlichen Licht durchflutete Eingangshalle, die eher wie der Empfangsbereich eines Luxushotels wirkte als ein Wohnhaus. Okay, Pförtner waren in New York City nichts Ungewöhnliches, das hier war eben die noble Ausgabe eines bewachten Gebäudes.

»Guten Abend, Mr. Cooper!«, begrüßte sie ein Mann mittleren Alters in einem roten Sakko, der hinter einem Tresen zu ihrer Linken stand und kurz von seiner Arbeit aufsah. Paul zuckte zusammen, als ob man ihn bei etwas Unanständigem erwischt hatte.

»Nabend, Sam«, lallte er. Sam zog eine Augenbraue nach oben.

»Brauchen Sie Unterstützung?«, fragte er hilfreich nach, doch Paul schüttelte hektisch den Kopf. »Bin ich ein Renter, oder was«, murmelte er angefressen und zog Kate zum Fahrstuhl. »Ich hasse dieses Haus. Nirgends ist man unbeobachtet.«

»Warum wohnst du dann hier? Such dir doch eine andere Bleibe?«

»Zum Beispiel? Die Wohnung gehört dem Magazin. Und ein Haus in New York? Liebes, das kann ich mir selbst bei meinem Einkommen nicht leisten.« Kate verstummte. Sollte das bedeuten, dass Paul gar nicht so abgehoben war, wie sie dachte? Sollte sie ihn vollkommen falsch eingeschätzt haben?

»Wonach sehnst du dich dann? Bestimmt nicht nach einem kleinen Vorstadthäuschen, mit Lattenzaun und

Garten und jeden Sonntag Vormittag wird der Rasen gemäht und die Familienkutsche geputzt?«

Paul lachte, während er seinen Daumen auf den Fingerprint legte. »Vielleicht nicht gerade dieses Spießertum, aber ein kleines Häuschen mit meiner Angebetenen würde ich diesem auf Hochglanz polierten High Society Leben vorziehen.« Die Türen öffneten sich und gemeinsam wankten sie in die Kabine. Erschöpft lehnte sie ihn gegen die hintere Fahrstuhlwand und wandte sich der Schalttafel zu, die allerdings keine Stockwerke anzeigte

»Und nun?«, fragte Kate irritiert.

Paul seufzte, ließ den Kopf gegen die Wand sinken und schloss die Augen. »Nichts. Der Fahrstuhl hat mich erkannt und fährt von selbst los.«

»Wie praktisch, wenn man total betrunken ist und sich nicht mal mehr an seine Etage erinnert.«

Paul vergrub die Hände in den blonden Haaren und wuschelte sich einmal stöhnend hindurch, so dass Kate ihn verblüfft anstarrte. Als er seine Hände wieder sinken ließ und sie aus seinen himmelblauen Augen anblickte, stieg ihr ein dicker Kloß in die Kehle. Er sah umwerfend aus. Das Haar stand ihm wild nach allen Seiten ab, doch seine Augen blitzten so vergnügt, um seine Lippen spielte ein so hinreißendes Lächeln, dass sich Kate sehr gut vorstellen konnte, wie er aussah, wenn er morgens die Augen aufschlug. Nach einer durchzechten Nacht – mit ihr. Shit.

»Heißt das, ich muss mich nur abschießen, um bei dir zu landen?«, startete er einen erneuten Versuch und zerstörte damit den Moment. Kate schloss seufzend die Augen. Schade.

»Kannst du nicht einfach den Mund halten!«, fuhr sie ihn an. Paul zuckte zusammen. Doch sie hatte das untrügliche Gefühl, dass dafür nicht der Inhalt ihrer Worte verantwortlich war, wohl eher die Lautstärke.

»Erst wenn du nachgibst«, gurrte er und kam auf sie zu.

Keine Chance, dachte Kate. Genau im richtigen Augenblick stoppte der Fahrstuhl. Hinter ihr öffneten sich die Türen und sie trat rückwärts gehend auf den Flur. Paul folgte ihr stolpernd, so dass sie nicht so recht wusste, ob er sie angraben oder einfach den Fahrstuhl verlassen wollte. Sie beschloss, nicht weiter darauf einzugehen, sondern die Angelegenheit möglichst schnell über die Bühne zu bringen. »Welche Wohnung? Oder ist das auch egal?«

Paul schnaubte. »15, aber du kannst gerne gehen, wenn dir das hier zu viel wird. Irgendwann kriege ich dich ja doch, Kate Meadows. Und wenn ich dazu nüchtern sein muss, werde ich jetzt schlafen gehen und morgen einen erneuten Angriff starten.« Mit einem spitzen Funkeln in den Augen wankte er an ihr vorbei. Kate wollte noch nach ihm greifen, doch da hatte er sich schon ihrem Griff entzogen und stolperte auf die Tür mit der angesagten Nummer zu. Auch diese war mit einem Fingerprint gesichert. Schwer atmend lehnte er sich dagegen. »Aber wenn du es dir anders überlegst ...« Die Tür sprang auf, während er ihr einen verheißungsvollen Blick zuwarf.

Kate rollte genervt mit den Augen. »Gute Nacht, Mr. Cooper!«

Paul lachte herzlich auf. »Gute Nacht, Ms. Meadows.«

Frustriert stöhnte Kate auf als sie wieder im Fahrstuhl stand. Paul war verdammt süß, das musste sie schon zugeben. Aber nicht in diesem Leben. Er war Gast, sie Angestellte. Hätte er ihr nicht einfach den Job in seiner Abteilung geben können? Dann wären sie zwar immer noch nicht auf einer Ebene, aber es wäre so viel einfacher gewesen, mal miteinander auszugehen, statt sich dieses ewige Getänzel im Black Orchid zu geben. So viel einfacher. Und Alkohol wäre auch nicht im Spiel gewesen!

Erst sehr viel später, als sie die Metro zum Black Orchid nahm, fiel ihr auf, dass er im Taxi und im Fahrstuhl längst nicht mehr so betrunken wie noch im Club gewirkt hatte. Sollte das bedeuten, dass er vielleicht nur geschauspielert hatte, um sie … Empört riss Kate die Augen auf. Dieser verdammte Mistkerl! Das würde er ihr büßen!

Black Orchid

KAPITEL 8

»Bist du immer noch daran interessiert, Paul Cooper eins reinzuwürgen?«, begrüßte sie Mel, als Kate eine gute Stunde später wieder im Black Orchid war und sich gerade ihre Barschürze umband.

Interessiert blickte sie auf. »Wie kommst du denn da drauf?«, fragte sie spitz. Ihre Meinung zu Paul Cooper schwankte von *süß* über *eigentlich ganz okay* bis hin zu *Aufreißer*. In jedem Fall brauchte er eine Abreibung.

Mel sah sie bedeutungsvoll an. »Er braucht offensichtlich einen deutlicheren Hinweis, dass du nichts von ihm willst, als ein klares *Nein*. Manche Kerle sind so gestrickt. Die kapieren es einfach nicht.« Kate verzog das Gesicht. Ihre Wut bezüglich Pauls schauspielerischer Fähigkeiten war noch immer präsent. Er hatte sie nach allen Regeln der Kunst verarscht. Doch in seine Wohnung war er alleine gegangen. Das stimmte sie nachdenklich. Um sich ihrer widersprüchlichen Gefühle klar zu werden, hakte sie nach. »Was hast du im Sinn?«

Mel beugte sich vor und wackelte vielsagend mit den Augen. »Wie tief sitzt der Wunsch, ihn ein für alle Male in die Schranken zu weisen?«

»Sehr tief«, bestätigte Kate, die Schmach fast körperlich spürend.

»Ich habe einen Blick auf deinen Lebenslauf geworfen, als du dich hier beworben hast. Du tanzt?«

Kate zuckte mit den Schultern und öffnete die Spülmaschine, um benutzte Gläser einzuräumen. Sie brauchte dringend Ablenkung. »Ja, meine Granny war in den Sechzigern aktiv in der rhythmischen Sportgymnastik. Sie hat es sogar in die Auswahl für Olympia geschafft, war aber dann nicht gut genug. Später hat sie dann nen Trainerschein gemacht. Da ich bei ihr und meiner Tante aufgewachsen bin, war Ballett quasi Pflicht für mich.«

Mel bekam große Augen. »Wow, bist du gut?«

Kate konzentrierte sich auf die Gläser. »Ich war mal ganz okay, aber nicht gut genug, um das Tanzen beruflich weiterzuverfolgen.«

Mel trat zu ihr an die Spülmaschine und reichte ihr die Gläser von der anderen Seite des Tresens. »Hast du mal darüber nachgedacht, dass Tanzen vielleicht hier im Club weiterzuverfolgen? Das könnte ein nettes Zusatzeinkommen geben?«

*

Ihren freien Abend hatte sich Kate völlig anders vorgestellt. Vielleicht mit einem netten Film und den anderen Mädels auf der Couch? Dazu Wein und leckere Pizza? Doch was tat sie? Genau, sie war wieder im Club und versuchte, einen Kerl in die Schranken zu weisen, ihm zu zeigen, was er niemals bekommen würde.

Zitternd vor Aufregung stand sie hinter der Bühne und linste durch den Vorhang. Da saß er und unterhielt sich mit Viktor. Mel hatte ihren Posten verlassen und hatte ihr hier hinten alles gezeigt, das Kostüm ausgewählt und ihr Mut zugesprochen.

»Meine Güte, ich kann das nicht«, stammelte Kate, als sie den Vorhang wieder losgelassen und sich abgewandt hatte.

Mel lächelte. »Mädchen, du bist wunderschön und die Männer dort draußen dürfen dich nicht anfassen.«

»Anfassen?«, keuchte sie.

Mel zuckte mit den Schultern. »Du hingegen darfst tun und lassen, was du willst. Wenn du einen richtig scharf findest, spiel mit ihm. Ansonsten mach dein Ding. Du siehst fantastisch aus. Sie werden dir aus der Hand fressen.«

Nachdenklich kaute Kate auf der Unterlippe herum und spielte mit der Kette, die Mel kunstvoll um ihren Körper gewickelt hatte. Mel folgte ihren Fingern. »Genau, mach sowas. Sie werden rasend sein. Und Paul?«

»Ja?« Nervös sah Kate auf.

»Paul wird so scharf sein, dass es im wehtut und anschließend wird er alles tun, was du von ihm willst.«

»Aber ich will doch gar nichts ...«

»Wirklich?«

Kate seufzte, drehte sich um und linste wieder durch den Vorhang. »Doch, eigentlich will ich schon.« Er saß so selbstgefällig auf seinem Barhocker, dass sich ihr Zorn wie ein roter Schleier über ihre Wahrnehmung legte und sich ihr rationales Denken ausschaltete. Paul brauchte eine Abreibung und sie würde sie ihm geben.

*

Das schlechte Gewissen kam mit der Wucht eines Vorschlaghammers. Wie hatte er sich nur so hinreißen lassen können. Er trank seit jeher große Mengen Alkohol. Zehn, zwölf Scotch on the Rocks stellten für ihn kein Problem dar. Zumindest keines, dass er von einer netten Angestellten des Clubs persönlich nach Hause gebracht werden musste. Doch genau darauf hatte er abgezielt, mit zweideutigen Hintergedanken. Dass er die Nummer schlussendlich nicht durchgezogen hatte, lag einzig und allein an Kate. Sie sollte keine weitere Kerbe in seinem Bettpfosten sein, keine bedeutungslose Bekanntschaft wie alle Frauen, mit denen er sich im Club traf. Nein, er wollte mehr, er wollte sie ganz, wollte an ihrem Leben teilhaben, sie lachen sehen und – was noch viel schlimmer war – er wollte wissen, wie sie ungeschminkt aussah, wenn sie morgens die Augen aufschlug. Er wollte derjenige sein, den sie anlächelte. Er wollte der verdammte Kerl sein, den sie als Letztes sah, wenn sie neben ihm einschlief. Scheiße.

Solche Gedanken waren ihm noch nie gekommen, aber er hatte auch noch keiner Frau erzählt, dass er sein New Yorker Apartment hasste. Zu kühl, zu viel Hochglanz, kein Zuhause. Was ihm fehlte, wusste er lange nicht. Doch allmählich wurde es ihm klar. Durch Kate. Ihm fehlte ein Heim, ein Ort zum Wohlfühlen, zum Jogginghosetragen, zum Rumlümmeln, für gemütliche Fernsehabende. Nicht, dass das auch auf seinen Job zutraf. Er war sehr gerne Art Director bei *Modern Car Design* und er liebte Autos. Welcher Kerl tat das nicht? Aber das ganze Drumherum, sein Privatleben, der Club, das alles passte nicht mehr zu ihm. Er hatte Philip Prince vor Jahren kennengelernt, als er noch persönlich nach Kunden für seinen geheimen Club gesucht hatte. Betuchte Herren, alleinstehende Damen, später auch Pärchen, vorzugsweise aus der High Society. Leute, die ein wenig Abenteuer suchten, aber ansonsten keine Zeit hatten, um lange herumzubalzen. Schnell und effizient sollte das Sexleben sein und natürlich in den Terminkalender passen. Für Paul war das ein paar Jahre vollkommen in Ordnung gewesen. Aber die immer wechselnden Partner störten ihn. Nicht der Club per se. Er machte das Sexleben anspruchsvoller und er liebte es, im dritten Stock jedes noch so abgefahrene Gerät auszuprobieren. Es törnte ihn an, wenn eine Frau gefesselt vor ihm lag, ihn erregt anblickte und ihn förmlich anbettelte, genommen zu werden. Genau solche Partner fand er im Club, Menschen, die seine Vorlieben teilten. Es interessierte ihn brennend, ob Kate genauso dachte. Ihr Blick ließ es ihn vermuten, aber sicher war er sich nicht.

Paul mochte es härter, wollte seinen Drang nach Dominanz ausleben. Manchen reichte ihr Job als erfolgreicher Manager oder CEO, aber ihm nicht. Er wollte immer mehr. Und jetzt? Mit Kate? Das wäre einfach perfekt. Sie hatte ihn beobachtet. Er hätte sich schon sehr in ihr täuschen müssen, wenn er in ihren Augen nicht deutliche Erregung gesehen hatte. Der nächste Schritt wäre ein Besuch in einem der privaten Räume im dritten Stock gewesen. Doch nach gestern Abend glaubte er nicht mehr daran, dass sie je einwilligen würde. Sein Verhalten war absolut beschämend und eines Mannes in seiner Position unwürdig. Himmel, er war wie ein saufender Fabrikarbeiter rübergekommen! So jedenfalls würde er die Frau niemals überzeugen. Er würde auch nicht mit sich selbst ausgehen.

Dennoch trieb es ihn in den Club. Denn dort war Kate. Nur heute wollte er ihr nicht begegnen. Heute hatte sie ihren freien Tag. Auf gar keinen Fall wollte er ihr heute begegnen.

Paul warf einen Blick zur Bühne, die noch in völliger Dunkelheit lag. Aber spätestens in einer halben Stunde würden dort die ersten Tänzerinnen auftauchen. Mit und ohne Anfassen. Viktor, ein Barkeeper des Saints, holte ihn mit seinem Auftauchen aus seinen Gedanken.

»Was darf ich Ihnen bringen, Mr. Cooper?«, begrüßte Viktor, der an Kates Stelle heute hinter der Bar stand, Paul und polierte einmal quer über den Tresen.

Paul wandte sich um und warf einen nachdenklichen Blick über die opulente Auswahl an Spirituosen, die hinter Viktor aufgebaut waren. Dem Barkeeper schenkte er nur wenig Beachtung. Obwohl er sie namentlich kannte, sah praktisch einer wie der andere aus. Sie alle trugen die obligatorische Uniform aus Hemd, Hose, Barschürze und purpurfarbener Krawatte. Männer wie Frauen, so dass kein Zweifel bei den Gästen aufkam, wen sie vor sich hatten. Niemand sollte sich aus Versehen am Personal vergreifen.

»Die Lust auf Scotch ist mir vergangen, vielleicht nur ein Wasser?«, murmelte er, nachdem er seinen Blick lange hatte schweifen lassen. Es stimmte. Sein Alkoholpegel vom gestrigen Abend hatte ihn nachdenklich gestimmt. Ein paar Scotch und er war nur leicht angeheitert gewesen. Oh ja, Kate hatte recht, er sollte seinen Konsum einschränken. Paul stutzte und fuhr sich über den Nacken. Was war nur los mit ihm? Dass die Meinung einer Frau solch eine Wirkung auf ihn hatte, war noch nie vorgekommen. Melanie oder Viktor hätten ihn nie darauf angesprochen. Sollte sich Kate vielleicht doch mehr für ihn interessieren, als er annahm? Frustriert seufzte Paul auf und starrte auf das absolut alkoholfreie Wasser, als wäre es für seine seltsamen Empfindungen verantwortlich. Vielleicht doch ein Schuss Wodka? Der fiel jedenfalls in der klaren Flüssigkeit nicht weiter auf.

»Alles klar bei Ihnen, Mr. Cooper?«, begann Viktor ein typisches Bargespräch. Paul seufzte.

»Ja, warum nicht?«

Viktor rieb sich den akkurat gestutzten Fünftagebart. »Sie und alkoholfrei? Das muss an einer Frau liegen. Also ist nicht alles klar.«

Paul lachte knapp auf. »Gut kombiniert.«

»Wollen Sie drüber reden?« Barkeeperpsychologie, wie er das liebte. Trotzdem fühlte er sich dazu verpflichtet, ein paar Worte zu verlieren.

»Sie lässt mich zappeln«, murmelte er einsilbig und nippte an dem Wasser. »Gott, ist das grässlich langweilig.«

Viktor schmunzelte. »Was haben Sie erwartet? Wasser schmeckt eben nach nicht besonders viel. Haben Sie sich nicht richtig angestrengt?«

»Oh doch«, wehrte Paul ab. »Ich war eindeutig, ich war direkt. Aber sie lässt mich abblitzen.«

»Zu direkt? Vielleicht ist eine etwas ausgefeiltere Vorgehensweise nötig? Blumen? Pralinen? Ein Date?«

»Pah«, stieß Paul aus. »Bis zum Date komme ich erst gar nicht.«

»Dann Blumen, das wirkt immer.«

»Ist das deine Meinung als ... Experte?« Paul warf einen vielsagenden Blick auf die Theke.

»Jep, man kriegt hier so Einiges mit und Blumen stehen immer an erster Stelle.«

»Kriegst du auch mit, wenn es funktioniert?«

Viktor zuckte mit den Schultern. »Wenn es funktioniert, sitzen sie nicht mehr hier.«

Paul nickte. »Touché.« Viktor grinste, bevor er sich abwandte, um sich um einen anderen Gast zu kümmern. Das Licht wurde gedämpft und erregte Pauls

Aufmerksamkeit. Leise Musik erklang und der Vorhang öffnete sich. Automatisch wandte sich Paul um und richtete seinen Blick auf die Stripbühne, während er träge am Wasser nippte. Gespannte Erwartungshaltung erfasste ihn, als ein einzelner Spot auf die Stelle des Vorhangs gerichtet wurde, wo sich die beiden Stoffteile berührten. Sanft bewegten sich die schweren purpurfarbenen Bahnen, was darauf schließen ließ, dass sich dahinter jemand befand. Ein dunkler Spalt wurde sichtbar, eine behandschuhte Hand griff hindurch. Paul spürte instinktiv, dass die junge Frau zögerte, doch der Moment der Entscheidung verflog und sie trat mit schwungvollen Schritten auf die Bühne. Die dunkelhaarige Schönheit trug hellblaue Overknees, die am Bund mit glitzernden Steinchen verziert waren, dazu farblich passende Highheels. Das Höschen verdeckte gerade so viel, dass seine Phantasie angeheizt wurde und er doch nichts sah. Als sie sich schwungvoll umdrehte, präsentierte sich ihm ein knackiger, in dem String perfekt in Szene gesetzter Hintern. Sie beugte sich nach vorne, wackelte provokant mit den Pobacken und rollte sich dann wieder in die Höhe. Pauls Hand kribbelte, dieser Hintern würde sich perfekt in seine Handfläche fügen, wenn er ihr einen kräftigen Klaps verpasste. Leuchtend rot würde sich der Abdruck seiner Hand auf ihrer hellen Haut abzeichnen. Paul konnte das feste Fleisch regelrecht spüren.

Ihr Haar flog von links nach rechts und zurück, bevor sie sich wieder umdrehte und sein Blick automatisch auf die prallen Brüste fiel, die in einem winzigen BH steckten. Ein Band aus glitzernden Steinchen wand sich von ihrem Busen abwärts um ihren Bauch, liebkoste die zartgebräunte Haut.

Pauls Mund trocknete schlagartig aus. Wie in Trance beobachtete er die Brünette, wie sie sich rhythmisch zur Musik bewegte. Was für eine Göttin, dachte er, erhob sich und setzte einen Fuß vor den anderen, um sich auf einem der Stühle direkt vor der Stripbühne niederzulassen. Seine Augen klebten förmlich an ihren Rundungen und als sie die Stange direkt vor ihm ergriff, pochte sein Schwanz empört auf. Er wollte sie, eindeutig. Die Kleine schob sich rückwärts an der Stange herunter, so dass das Metall ihre Pobacken teilte, und wieder hinauf. Dann wand sie sich einmal um das Eisen herum, so dass sie direkt vor ihm stand, und schob sich erneut am Metall herab. Er konnte die Blicke nicht von ihrem Körper nehmen. Perfekt in Einklang mit der Musik, wand sie sich herunter, bis sich ihre Brüste auf seiner Augenhöhe befanden. Gebannt fuhr er sich mit der Zunge über die spröden Lippen. So prall und schwer, er fühlte ihr Gewicht schon in seinen Händen, wie sie sich perfekt in seine Berührung schmiegten. Fast konnte er ihre Nippel unter seinem Daumen ertasten, wenn er über die empfindliche Stelle fuhr, konnte praktisch ihr Stöhnen hören, wenn er seine Lippen um die herrlichen Knospen schloss. Sehnsüchtig presste Paul die Lider aufeinander, genoss das herrliche Pochen und die Enge seiner Hose.

Sie kam näher, er konnte ihren Atem auf seinen Wangen spüren, konnte fühlen, wie die Erregung in ihm anschwoll, hörte sein Herz gegen die Innenseite seines Brustkorbs hämmern, so schnell, so heftig, dass er das Gefühl hatte, es würde ihm herausspringen und direkt vor ihr auf der Bühne landen. Er musste sie ansehen, musste dieses Wesen, welches solche Emotionen in ihm heraufbeschwor, mit eigenen Augen sehen. Ruckartig riss er die Lider auf und starrte sie an, blickte direkt in sanfte braune Rehaugen, in denen wildes Feuer flackerte. Er hatte dieses Feuer schon einmal gesehen. Sein Schwanz zuckte empört auf. Er kannte diese Augen, diesen Körper, hatte diesen Hintern stundenlang studiert. Nur war er da mit ein paar lästigen Stoffschichten bedeckt gewesen und hatte nicht halb so provokativ vor seiner Nase herumgewackelt.

Ihre Lippen formten sich zu einem sinnlichen Lächeln, als sie ihm ins Gesicht blies und sich dann langsam wieder von ihm entfernend um die Stange wand.

»Kate?«, stammelte er entsetzt, nicht fähig auch nur ein weiteres Wort zu Stande zu bringen. Sämtliches Blut war ihm in den Schwanz entwichen, der jetzt so heftig zog, dass er sich stöhnend zurücksinken ließ. »Was machst du hier?«

Kate Meadows wickelte ihren ziemlich biegsamen Körper um die Stange und ließ sich zurückfallen, indem sie sich mit dem Unterschenkel an der Stange einhakte und ihm ihren Oberkörper kopfüber präsentierte.

»Tanzen, Mr. Cooper«, keuchte sie, stützte sich mit den Händen auf der Bühne ab und lächelte ihn provokativ an.

»Hier? Du?«

Sie bog ihren Körper in seine Richtung, so dass er fast die Worte, die ihm auf der Zunge lagen, verschluckte. Träge hob er die Hand, wollte über ihren schlanken, von der Glitzerkette in Szene gesetzten Bauch streichen, doch sie schüttelte vehement den Kopf.

»Na, na, Mr. Cooper, Sie kennen doch die Regeln. Gucken erlaubt, anfassen tabu.«

Seine Gesichtszüge entgleisten. »Du … das machst du mit Absicht.«

Ihr Lachen dröhnte in seinen Ohren. »Natürlich. Um Ihnen zu beweisen, dass ich nicht prüde bin.«

Paul schürzte die Lippen, als sie sich wieder aufrichtete und ein elegantes Spagat an der Stange vollführte, wobei die Unterseite ihrer Beine sich über das Metall schob. Unglaublich, diese Biegsamkeit würde er gerne einmal live erleben. »Definitv nicht«, murmelte er. »Wenn du jetzt nicht mehr kellnerst«, knurrte er, »kann man dich buchen?«

Kate ließ die Beine sinken, glitt zu Boden und krabbelte, den Hintern in die Höhe gestreckt, auf ihn zu. »Was haben Sie denn vor, Mr. Cooper?«

Paul atmete schwer. »Ich will dich, privat, nur für mich.« Hastig blickte er sich um, als ihm klar wurde, dass nicht nur er Kates Show genoss. Die Stühle rund um die Stripbühne waren mittlerweile gut besetzt. Die anderen Gäste beobachteten ihn interessiert, manchen stand deutlich der Neid ins Gesicht geschrieben. Paul wollte nicht, dass sie Kate auf diese Weise ansahen, nein, er wollte sie nur für sich. »Du könntest für mich tanzen.«

Kate schüttelte den Kopf. »Ich tanze, hier, vor Ihnen, ohne dass Sie mich anfassen dürfen. Wenn Sie das tun, fliegen Sie raus. Also Hände weg«, lachte sie, legte ihre Hand auf seinen Bauch und fuhr über die Knopfleiste seines Hemdes nach oben, bis ihre schlanken Finger unter seinem Kinn lagen. Paul hob den Kopf, streckte sich, stand auf, nur um noch einen Augenblick länger ihre Berührung genießen zu können.

»Kate, bitte«, flehte er, als sie aufstand, ihn losließ und nach seiner Krawatte griff. Er hasste diese Regeln. Den Tänzerinnen war praktisch alles erlaubt, nur die Gäste mussten ihre Hände bei sich lassen, während die Mädchen nach Herzenslust an den Gästen herumspielen durften. »Komm«, murmelte sie und zog ihn hinter sich her auf die Bühne.

Paul hatte nur Augen für Kate, so dass er das Johlen der anderen Gäste gar nicht mitbekam. Nur ihr gehorchend ließ er sich auf die Bühne führen. Kates Lächeln ließ ihn praktisch zu Butter in ihren Händen werden. Sein ständiger Drang, andere zu beherrschen, ständig die Oberhand haben zu müssen, zerschmolz unter ihrem Lächeln. Geschickt führte sie ihn zur Mitte der Bühne und wies ihn an, sich hinzulegen. Irgendwo weit hinten in seinem Verstand, keuchte ein anderer Paul entsetzt auf, aber dieser hier jubelte und hatte nichts anderes im Sinn, als ihr zu gehorchen, und er tat es gerne, ja er fand regelrecht Erfüllung darin, sich ihr unterzuordnen. Scheiße. Er wollte bei ihr sein und ihm war egal, wo sie es taten, Hauptsache sie taten es.

Als Paul flach auf der Bühne lag, stellte sich Kate über ihn, so dass er einen perfekten Ausblick auf ihre nur von einem dünnen Stoffstreifen bedeckte intimste Stelle hatte. Hastig sah er weg, folgte dem Verlauf ihrer Beine hinauf und genoss den Ausblick auf ihre Brüste. Er wusste nicht, warum er sie nicht genau dort ansah, wo er hinwollte, vielleicht, weil sie sich ihm noch nicht hingegeben hatte, vielleicht weil er sie nicht mit den anderen teilen wollte. Auch wenn er hier unter ihr lag, so war dies doch kein privater Moment.

Kate tanzte über ihm, ließ ihre Hüften kreisen und ging über seiner Mitte in die Hocke. Sie machte eindeutige Bewegungen über seinem besten Stück. Seine Hose stellte sich auf und er hörte angeregte Pfiffe. Super. Stöhnend warf Paul den Kopf in den Nacken und bedeckte sein Gesicht mit den Händen. Doch Kates Becken kreiste so dicht über ihm, dass er sie spüren konnte. Hastig biss er sich in die Daumen und sah auf. Kate krabbelte über ihn, drückte ihre Brüste gegen sein Hemd und sah ihm tief in die Augen. Ihre Handfläche glitt über seine Wange.

»Zuviel?«, gurrte sie leise.

Paul schüttelte heftig den Kopf. »Mehr.« Kate lächelte und schenkte ihm einen Kuss auf die Wange.

»Vielleicht später.« Langsam erhob sie sich, entfernte sich von ihm. »Das war für gestern Abend.«

Perplex folgte er ihr. Gestern Abend? Wie? Was? Wo? Da war doch gar nichts passiert. Doch es war zu spät, um sie darauf anzusprechen. Kate war bereits hinter dem Vorhang verschwunden.

Black Orchid

Kapitel 9

»Oh mein Gott, was hab ich getan!« Kate Meadows schlug die Hände vors Gesicht und heulte laut auf. »Ich werde mich nie wieder vernünftig mit ihm unterhalten können!« Sie stieß ein leises Wimmern aus und schluchzte in ihre Hände. »Wie konnte ich mich nur so hinreißen lassen!«

Mel legte ihr fürsorglich einen Arm um die Schultern und drückte sie an sich. »Ach was, du warst fantastisch! Jeder, der dich sieht, wird wissen, wie großartig du getanzt hast!«

Kate linste durch ihre Finger. »Jeder?«

Mel nickte begeistert, woraufhin Kates Gesichtszüge entgleisten. »Das war eine so saublöde Idee!«

»Ach was«, winkte Mel ab, »das war genau das, was er brauchte. Und du auch!«

»Was?« Verständnislos sah sie Mel an.

»Na das tanzen. Wie hast du dich auf der Bühne gefühlt? Vor allem, die Stelle, wo du ihn angefasst hast und zu dir gezogen hast?«

Ein lustvolles Lächeln huschte über Kates Lippen. »Mächtig. Begehrt.«

Mel nickte verstehend. »Er durfte dich nicht anfassen, aber du konntest machen, was du wolltest. Und, was du, nebenbei bemerkt, auch getan hast.« Mel zwinkerte ihr verräterisch zu.

»Und nun? Was soll ich nun tun?«

Mel zuckte die Schultern. »Also ich weiß, was ich machen werde. Irgendjemand muss nämlich die Idioten beaufsichtigen, wenn meine neue Bardame beschließt, hier das Tanzbein zu schwingen.«

»Hey, das ist mein freier Tag.« Mel lachte. »Keine Sorge, den macht dir niemand streitig. Ich bin nur wegen dir hergekommen. Aber jetzt muss ich wieder hinter die Theke. Bevor in meiner Schicht jemand was zerlegt. Also amüsier dich gut. Wir sehen uns morgen!« Mel schwang ihre Locken und verabschiedete sich mit zwei knappen Küsschen.

»Stopp«, stammelte Kate und hielt sie fest, »du hast mich zu dieser Show angestiftet, also sag mir bitte auch, wie ich mich ihm gegenüber jetzt weiter verhalten soll.«

Mel beugte sich vor und bohrte ihren spitzen Zeigefinger in Kates Brust. »Also du könntest dich umziehen und einfach nach Hause gehen.« Kate nickte nachdenklich. Das war genau das, was sie vorhatte, doch irgendwie fühlte es sich nicht richtig an. Wie konnte sie jetzt heimgehen? Sie war heiß und dort draußen hockte ein Mann ...

»Oder«, fuhr Mel fort und wackelte vielsagend mit den Augenbrauen, »du lässt dein hammergeiles Outfit an, stiefelst raus in die Bar und lässt dich provokativ neben Paul nieder.«

Kates Augen weiteten sich entsetzt. »Ich soll was?«

»Deine Macht auskosten. Du hast ihn genau da, wo du ihn haben willst.«

»Wo genau wollte ich ihn denn haben? Eigentlich wollte ich ihm eine Lektion erteilen. Er sollte sich nach mir verzehren in dem Wissen, dass er nichts bekommen würde. Gar nichts!« Mit glühendem Blick schob sie die Unterlippe vor und verschränkte trotzig die Arme vor der Brust.

»Meine Liebe, das setzt voraus, dass du ihn wirklich nicht willst. Aber ich glaube, wir beide wissen ganz genau, dass dem nicht so ist.«

»Mel!«, stöhnte Kate leicht panisch. »Ich kann doch nicht ... Er ist ein Gast!«

»Himmel, Kate, wir sind hier im Black Orchid. Du hast dein Gesundheitszeugnis in der Verwaltung abgegeben und alle Formailitäten erledigt?«

Kate nickte. Genau das hatte sie getan. Mel fuhr fort. »Also was hindert dich daran, rauszugehen und den Abend zu genießen? Hier ist alles möglich. Willst du ihn?«

»Nun ja«, stammelte Kate und schob imaginäre Steinchen auf dem Boden hin und her. »Ein bisschen schon.«

Mel grinste. »Siehst du. Dann geh raus und hol ihn dir. Er wird dir die Sterne vom Himmel holen, nur um noch einen Blick auf dich in diesem Outfit werfen zu dürfen.« Kate hob den Kopf und sah Mel fragend an.

»Meinst du?« Nachdenklich drehte sie sich im Kreis, so dass Melanie ihre Erscheinung beurteilen konnte. Mel lächelte zufrieden.

»Wenn ich nicht arbeiten müsste, würde ich selbst über dich herfallen!« Entsetzt riss Kate die Augen auf.

»Wie bitte? Bist du etwa?«

Mel zuckte mit den Schultern. »Ein bisschen bi ... und so. Aber jetzt guck nicht so entsetzt. Hier ist alles möglich. Also geh raus und genieße die Früchte deiner Arbeit. Du hast sie dir verdient.« Mel schob Kate zum Seitenausgang, griff nach einem seidenen Bademantel und warf ihn ihr zu. »Aber denk an die Kleiderordnung. Mit diesem Outfit gehörst du definitiv ins Sinners.«

Kate machte große Augen. Sie war noch nie im Sinners gewesen. Eine Etage höher ging ihr alles etwas zu freizügig zu, aber Mel hatte recht. So konnte sie sich unmöglich zu Paul setzen. Dafür müsste sie sich umziehen. Der Bademantel bot die perfekte Zwischenlösung. »Schnapp ihn dir und geh mit ihm eine Etage höher. Oder zwei.« Sie zwinkerte. »Lad ihn locker ein. Ich wette, er wird dir hinterherlaufen wir ein ...« Mel grinste. »Nun, ja, probier es aus, Liebes.« Sie beugte sich vor und drückte Kate einen liebevollen Kuss auf die Wange. »Er begehrt dich, genieße es. Du musst ihn ja nicht gleich heiraten. Habe Spaß und sonne dich in seiner Aufmerksamkeit. Das wird dir gut tun.« Mel strich Kate eine nach vorne gefallene Haarsträhne zurück hinters Ohr. »Du siehst toll aus und du hast es dir nach all dem Stress wegen der Jobsuche wirklich verdient. Also los jetzt. Und vergiss nicht, eine Etage höher mit ihm zu gehen. Oder ihr geht gleich in ein etwas privateres Umfeld.« Mel zwinkerte ihr zu.

Kate wagte sich an ein zaghaftes Lächeln. Noch vor ein paar Minuten hatte sie auf der Bühne gestanden und sich wie eine Göttin gefühlt. Sie hatte sich einfach vom Takt der Musik tragen lassen und der erotische Vibe, den das Black Orchid versprühte, hatte sein Übriges getan und sie zu Dingen verführt, die sie sich nicht in ihren kühnsten Träumen hätte vorstellen können. Noch vor einer Woche wäre ihr nicht eingefallen, vor Paul Cooper im Bikini zu posieren, und jetzt hatte sie vor ein paar Minuten einen regelrechten Lapdance für ihn hingelegt. Himmel, was hatte sie denn da geritten? Okay, zwei Wodka Tonic hatten ihr Mut verliehen, aber jetzt? Ohne die Musik, das Scheinwerferlicht und den Vibe fühlte sie sich wieder wie die schüchterne Bewerberin, die vor dem großen Paul Cooper kauerte und auf seine Gunst hoffte.

Zorn erfasste Kate – auf sich selbst und diesen dämlichen Bewerbungszirkus, der sie in eine untergebene Position zwang. Nein, dieses schüchterne Mauerblümchen war nicht sie gewesen. Sie war wild und frei und dieser Club bot ihr endlich die Chance, ihre innersten Gelüste auszuleben. Ihre Gedanken kreisten immer wieder um den dritten Stock, was sie gesehen, wie sie sich dabei gefühlt hatte. Das Erlebte dort oben hatte sie der wahren Kate ein ganzes Stück näher gebracht. Und das Tanzen hier unten hatte dazu geführt, dass sie sich fähig glaubte, die selbst auferlegte Kette der gesellschaftlichen Zwänge endlich abzustreifen. Kates Lächeln gewann an Selbstsicherheit. Über Mels Züge schlüpfte ein zufriedener Ausdruck.

»Das ist die Kate, die ich sehen will. Also geh raus, und schnapp dir den Kerl. Und morgen möchte ich eine heiße Geschichte hören.« Mit diesen Worte drehte sich Melanie, ihre Chefin, die mittlerweile auch zu einer Freundin in den sündhaft verbotenen Abgründen des Black Orchid geworden war, auf dem Absatz um und verließ den Backstagebereich, um sich wieder hinter die Bar zu begeben und den Gästen ihre Getränkewünsche zu erfüllen.

Kate brauchte noch einen Augenblick, um sich zu sammeln, bevor sie beherzt das Kinn vorschob, in den Bademantel schlüpfte und den Bühnenbereich verließ. Immer wieder begegnete sie anderen Angestellten, die sie zu ihrem grandiosen Auftritt beglückwünschten. So kam sie zwar nicht sonderlich schnell voran, aber die vielen Glückwünsche stärkten Kates Selbstvertrauen und befähigten sie ein paar Minuten später, das Saints zu betreten. Noch vor ein paar Tagen hatte sie in einem mausgrauen Kostüm darum gefleht, jeden Job machen zu dürfen, nur um ihre Miete zahlen zu können. Nicht dass sie exotischen Tanz zu ihren beruflichen Zielen zählte, doch das, was sie heute Abend auf der Bühne verdient hatte, reichte nicht annäherend an das läppische Assistenz-Gehalt heran, das Paul ihr in seiner Abteilung hätte bieten können. Und heute Abend stolzierte sie in sündhaften Highheels nur in einen Bademantel gehüllt mit einem verboten erotischen Outfit durch eine gefüllte Bar und fühlte sich dabei so begehrenswert und stark, dass sie sich gerade nicht vorstellen konnte, sich je wieder für eine Marketingassistenz zu bewerben. Kate lächelte genüsslich, als sie einen Mann erreichte, dessen Aufmerksamkeit noch immer starr auf die Bühne gerichtet war. Sein Verhalten wäre nicht seltsam gewesen, wenn dort die nächste Tänzerin aufgetreten wäre, aber die Bühne lag einsam und verlassen in sanft gedimmten Licht.

Vorsichtig beugte sich Kate vor und legte ihre Lippen so nah an Pauls Ohr, dass sie fühlen konnte, wie er sich versteifte.

»Guten Abend, Mr. Cooper. Hat Ihnen die Show gefallen?«

*

Paul erstarrte. Er konnte spüren, wie jemand seine Hände auf seinen Schultern ablegte und sich zu ihm hinunterbeugte. Warmer Atem floss über seinen Hals und bewirkte, dass sich sämtliche Härchen in seinem Nacken aufstellen. »Guten Abend, Mr. Cooper«, hauchte sie. Pauls Körper reagierte mit einem gepfefferten Stromschlag. Jeder Nerv schoss ein Feuerwerk an Emotionen ab und sie alle schienen sich in seinem Schritt zu bündeln. Er hatte gerade seinen Körper wieder im Griff, da kam sie. Paul musste sich nicht umdrehen, er wusste, wem die Hände und der sinnliche Atem gehörten. »Hat Ihnen die Show gefallen?« Sie brachte ihre Lippen so dicht an sein Ohr, dass er erschauerte.

»Kate?«, keuchte er unnötigerweise und drehte sich zu der Barkeeperin. Sie trug einen auf den ersten Blick schwarzen Seidenbademantel, doch als sie sich neben ihn setzte, glänzte er im gedimmten Licht der Scheinwerfer violett. Der Stoff floss über ihre langen Beine zur Seite und offenbarte ihm nackte Haut, als sie sie übereinanderschlug und unter dem Bademantel die hellblauen Overknees sichtbar wurden. Ihre Füße steckten noch immer in den dazu passenden Highheels. Paul schloss die Augen und biss sich auf die Unterlippe, fühlte ganz deutlich dieses Ziehen in der Lendengegend. Dieses Outfit war sein Tod.

»Stimmt etwas nicht, Paul?« Kate stützte sich auf und beugte sich vor, so dass er gar nicht anders konnte, als in den Ausschnitt zu blinzeln. Es funkelte und blitzte. Paul sog scharf die Luft ein. Kate hatte sich in den letzten Minuten nicht mit dem Wechseln des Outfits beschäftigt, oh nein. Sie trug noch immer dieses sündhafte Stück Stoff, das ihre Brüste nur unzureichend bedeckte. Neugierig beugte er sich vor, um einen Blick auf die sich um ihren Leib windende mit Glitzersteinchen besetzte Kette werfen zu können. Ob sie die wohl auch noch trug? Nur zu gerne würde er sie daran festhalten, während er ... Paul räusperte sich.

»Nein, es ist alles in Ordnung. Du warst fantastisch«, presste er gedehnt hervor. »Ich hätte dich nie auf so einer Bühne vermutet, noch, dass du dich so bewegen kannst.«

Kate lächelte. »Mehrere Jahre Ballettausbildung. Ich bin sehr biegsam«, gurrte sie und griff nach seiner Krawatte, genau so, wie sie es schon vorhin getan hatte, und zog ihn näher. »Paul, bring mich ins Sinners, der Bademantel ist schrecklich warm.«

Erstickt schnappte er nach Luft, ließ sich aber von ihr näherziehen. Kate und prüde? Dieses Verhalten sowie ihre Bühnenshow ließen Kate Meadows in einem völlig neuen Licht erscheinen. Das passte nicht zu dem Mauerblümchen, das er kennengelernt hatte. Was war nur los mit ihr? »Was willst du denn im Sinners?«, keuchte er. Er klebte förmlich an ihren sinnlich geschminkten Lippen, hing an ihrer Zunge, die über ihre Unterlippe glitt und wieder verschwand. Bedauerlich seufzte er auf und neigte den Kopf zur Seite.

»Mich ausziehen, Paul.«

Nur wenige Millimeter trennten sie noch voneinander. »Kate«, lechzte er. »Was tust du ...«

Verträumt betrachtete sie seine Lippen. »Eigentlich hatte ich vor, dich zu küssen.«

»Nein, das meine ich nicht.« Mühsam beherrscht riss er sich los. »Du bist nicht so ... gierig nach Sex. Du bist diejenige, die mich ständig abweist, du bist die Frau, die sich nicht erobern lässt. Der Eisberg, an dem ich mir die Zähne ausbeiße ...« Ihre Hand an seiner Wange ließ ihn verstummen und sich erneut auf ihre Augen konzentrieren. Ein kaum wahrnehmbares Zittern durchlief ihren Körper.

»Ich bin es so leid, das zu sein, was die Menschen – du! – in mir sehen. Ich bin nicht prüde, ich kann sehr sinnlich sein, und sehr bestimmt. Und im Augenblick will ich dich.« Sie schob ihre Hand in seinen Nacken und zog ihn zu sich.

»Aber …«, protestierte Paul, doch Kate verschloss seine Lippen mit den ihren und erstickte jeden weiteren Protest. Paul wollte zurückweichen, doch ihre Hand in seinem Nacken und die Krawatte, mit der sie ihn näher zog, hinderten ihn daran. Hier lief etwas total falsch. Normalerweise war er derjenige, der die Frauen reihenweise flachlegte. Er wollte nicht erobert, nicht genommen werden. Kate! Die Gedanken rasten wie ein Film an seinem inneren Auge vorbei. Bevor er sich allerdings gegen sie stemmen konnte, küsste sie seinen Widerstand hinfort, verwandelte seinen Verstand in eine zähe, breiige Masse und sorgte dafür, dass sämtliches Blut, das sein Gehirn mit Sauerstoff versorgen sollte, unter die Gürtellinie schoss und seinen Schwanz aufpumpte.

Paul stöhnte in Kates Mund, kämpfte einen kurzen Moment gegen ihre Zunge und drängte sie zurück, bis er die Oberhand – zumindest über den Kuss – hatte. Erst als sie ein ersticktes Keuchen von sich gab, gönnte er sich ein zufriedenes Lächeln. Ja, so war es richtig. Er war derjenige, der Kate Meadows Töne entlockte, von deren Existenz sie nicht einmal wusste.

»Sinners? Wir sollten gleich in den dritten Stock gehen.«

Kate löste sich von ihm und schüttelte den Kopf.

»Nein, ich habe Hunger.«

Paul lächelte. »Diesen Hunger kenne ich.«

Kate ließ ihn los und schob ihn etwas von sich. »Ja, davon habe ich auch eine ganze Menge, aber ich meine es ernst. Vor Aufregung konnte ich den ganzen Tag nichts essen. Ich habe wirklich Hunger.«

Paul nickte und reichte ihr die Hand. »Dann komm. Lass uns essen.«

Kate erhob sich und legte ihre schlanken Finger in seine Hand. »Sehr gerne, Mr. Cooper. Und danach begleite ich Sie ins Sinners.«

*

Paul führte sie in eines der mit einem Vorhang vom Hauptbereich abgetrennten Separees und orderte für Kate ein Steak mit einer extra großen Portion der hier in der Küche selbst hergestellten Pommes frites, dazu eine Pepsi. Kate hatte nicht untertrieben, sie starb wirklich fast vor Hunger. Doch sie hätte lieber draußen gegessen. Hier drinnen hörte man zwar noch die Barmusik und das Stimmengewirr, doch man war irgendwie doch alleine.

Erst nachdem die Bedienung gegangen war, rückte Paul näher. »Ich dachte, hier drinnen wären wir etwas privater.«

Kate runzelte die Stirn. »Wozu?«

Paul zupfte am Ausschnitt ihres Bademantels herum. »Dir war heiß«, erinnerte er sie lächelnd. Kate schmunzelte.

»Männer«, gurrte sie, erhob sich und stellte sich zwischen Pauls leicht geöffnete Schenkel. »Mach ihn auf«, murmelte sie und legte ihre Hände auf seinen Schultern ab. »Aber egal was du tust, wenn das Steak kommt, muss ich essen.«

Paul sah sie von unten herauf an, während er den Gürtel löste. »Ich kann für nichts garantieren«, seufzte er und schob die Stoffbahnen über ihre Schultern. Wie flüssige Seide glitt der Bademantel zu Boden und bauschte sich um ihre Füße. »Oh Gott«, keuchte Paul und ließ ehrfürchtig seine Hände über ihre Oberschenkel nach oben gleiten, steifte ihre Seiten, hakte seine Finger unter die Glitzerkette und umschloss ihren Brustkorb mit beiden Händen unterhalb ihrer vollen Brüste.

»Du bist perfekt«, stöhnte er und blickte sie hingebungsvoll an. Kate lächelte und ließ ihre Finger durch seine blonden Locken gleiten.

»Beherrsch dich. Wenn du das nicht kannst, sollten wir aufs Essen verzichten und gleich nach oben gehen.«

Paul schüttelte den Kopf. »Vergiss es. Für das, was ich heute noch vorhabe, brauche ich dich bei Kräften.«

Kate hob interessiert eine Augenbraue, trat einen Schritt zurück, sodass Paul sie in aller Ruhe von Kopf bis Fuß betrachten konnte. »Was hast du denn vor?«

Paul lehnte sich zurück. »Zunächst einmal möchte ich dich ansehen und anfassen. Deine Show war heiß. Würdest du …?« Kate lächelte.

»Soll ich für dich tanzen? Nur für dich?«

Paul schnappte nach Luft, als sie sich vorbeugte und ihm ihre Brüste präsentierte. »Ja«, keuchte er.

Kate grinste, richtete sich wieder auf und ließ ihre Hüften kreisen. Ja, sie hatte sich geziert, sie hatte sich nicht ausziehen wollen, sich nicht nackt vor aller Augen zeigen wollen, aber der Drang, Paul Cooper zu beweisen, dass sie nicht prüde war, hatte sie ihre Hemmungen niederkämpfen lassen. Ihre prallen Rundungen waren durch hartes Training nur so dahin geschmolzen, das Tanzen, mit dem sie ihre Granny gequält hatte, hatte sie stark und gelenkig gemacht. Sie wusste, was sie drauf hatte und sie genoss es, dass Paul ihr Körper gefiel. Sie wollte sich ihm zeigen, ihn antörnen und sehen, wohin das führte. Okay, vorhin hatte sie sich ein wenig Alkohol gegönnt, denn ganz so mutig, wie sie sein wollte, war sie dann doch nicht gewesen. Mittlerweile war die Aufregung verflossen und sie wollte nur noch angefasst werden, von Paul.

Kate schloss die Augen und ließ die durch den Vorhang gedämpfte Musik auf sich wirken. Wie von selbst bewegte sie sich. Ihre Hände glitten über ihren Körper, hinauf zu ihren Hals, bis sie sie in die Höhe streckte und sich wie eine Schlange hin und her wand. Kate fühlte eine Bewegung vor ihr. »Darf ich?«, fragte er rücksichtsvoll. Kate lächelte und nickte, ohne die Augen zu öffnen. Das hätte nur den Moment zerstört. Pauls Hand legte sich auf ihren Bauch, wanderte höher und erkundete das Tal zwischen ihren Brüsten. Seine andere Hand schob sich in ihren Rücken und übte leichten Druck auf sie aus, so dass sie einen Schritt auf ihn zu machte und ganz dicht vor ihm stand. Sie spürte die harte Erhebung zwischen seinen Schenkeln. Instinktiv rieb sie ihr Knie an seiner Erregung. Kate öffnete die Augen und starrte Paul wissend an.

»Schlimm?«, murmelte sie, während sie weiterhin die Hüften kreisen ließ.

»Sehr schlimm. Aber du machst es besser. Dreh dich um«, erwiderte er und dirigierte sie mit sanftem Druck, bis ihr Blick auf den Vorhang gerichtet war. Paul legte seine Hand in ihr Kreuz. »Tanz für mich«, murmelte er und Kate wand sich, schlängelte sich in sinnlichen Bewegungen hin und her, als würde jeder Knochen in ihrem Körper aus Gummi bestehen. Sie fühlte Pauls schwerer gehenden Atem in ihrem Rücken und beschloss, noch einen draufzusetzen. Ihr gefiel, wie er auf ihren Körper reagierte und sie genoss das Gefühl der Macht, genoss es, solche Reaktionen bei ihm hervorzurufen. Sie hatte keine Ahnung, warum, aber eines sah sie glasklar. Sie wollte mehr, mehr von diesem Stöhnen, diesem Keuchen. Eigentlich hätte sie ihn nur anfassen müssen, um genau diese Reaktion bei ihm hervorzurufen, aber das traute sich Kate nun doch nicht. Wäre es nicht ziemlich übergriffig, die Hand in seinem Schritt zu platzieren?

Kate spreizte die Beine und stellte sie links und rechts neben Pauls Knien ab. Er gab ein entsetztes Keuchen von sich, als sie sich auf seinen Oberschenkeln niederließ, etwas zurückrutschte und sich auf seinen Knien abstützte. »Oh Gott!«, keuchte er und verkrampfte.

»Alles okay dahinten?«, gurrte Kate und begann, ihre Mitte über seiner Hose kreisen zu lassen.

»Himmel, Kate. Hör sofort auf damit oder …?«

Sie lachte leise und beugte sich, von Pauls Hand dirigiert, etwas nach vorne. Sie genoss es, wie er das Kommando an sich riss, doch genauso liebte sie es, ihn zu reizen, bis er gar nicht mehr anders konnte, als sie zu dominieren. Als müsste er ihrer Lust Grenzen setzen, Grenzen, die sie selbst noch nicht kannte.

Kate rutschte weiter zurück und spürte seine Härte. »Womit soll ich aufhören, Mr. Cooper?«, gurrte sie. Plötzlich packte er ihre Oberarme und drückte sie hinter ihrem Rücken zusammen. Dann zog er sie an seine Brust, bis sie halb auf ihm lag und seine Härte zwischen ihren Pobacken zuckte. Paul ließ ihre Arme los, legte eine Hand um ihren Hals, nur so fest, dass sie bei jedem Atemzug mit der Kehle gegen seine Handfläche drückte. Die andere Hand schickte er auf Wanderschaft und begann, ihren Körper zu erkunden.

»Du sollst niemals aufhören, aber ich warne dich. Wenn du dich so verhälst, wird mir nichts anderes übrig bleiben, als dich festzuhalten. Ich möchte dich genießen. Es soll nicht so schnell vorbei sein, nur weil du so ungeduldig bist.«

Kate keuchte, als er seine Hände auf ihre Brüste legte, die Körbchen herunterklappte und sie befreite. »Paul!«, schnappte sie empört und musste entsetzt dabei zusehen, wie er mit ihren freigelegten Nippeln spielte.

»Was denn, meine Liebe?«, seufzte er an ihrer Halsbeuge und küsste ihr Schlüsselbein. »Magst du es nicht, wenn man dich einfängt.«

Kate stöhnte. Doch, sie mochte es sogar sehr. Aber sie wollte ihn noch mehr reizen und nutzte die Gunst der Stunde, dass ihre Hände durch das Festhalten genau über seinem Schritt lagen. Ihr Stöhnen verwandelte sich in ein Lächeln, als sie die Hände noch etwas tiefer schob und über seiner Härte platzierte. Wenn er ihre Nippel berührte, dann sah sie keine Veranlassung für Zurückhaltung.

Paul keuchte auf, als sie ihn sanft massierte. »Wer hat hier wen eingefangen?«

Dieses Spiel wäre wohl noch ewig so weitergegangen, wenn nicht in diesem Augenblick das Erscheinen des Kellners sie gerettet hätte. Mit einem leisen Klopfen gegen die Seitenwände des Separees kündigte er sich diskret an. Doch statt zu warten, bis er aufgefordert wurde, schob er den Vorhang einfach beiseite. Es war allerdings nicht irgendein Kellner, nein. Kate riss entsetzt die Augen auf, als Melanie mit ihrem Essen durch den Vorhang trat. Ihre Mundwinkel zuckten amüsiert, aber sie ließ sich nichts anmerken.

»Ihr Steak, Ms. Meadows!«, sagte sie lediglich, als sie die Bestellung auf dem kleinen Tisch platzierte. »Guten Appetit.« Mit einem vielsagenden Blick an die Decke signalisierte ihr Mel, dass sie hier und jetzt aufhören sollten. Sex war in den Separees nicht gestattet. Dafür standen die Räume im zweiten und dritten Stock zur Verfügung.

Kate nickte und ließ von Paul ab. »Danke, Mel«, bedankte sie sich artig bei ihrer Cheffin, klappte die

Körbchen wieder nach oben und wandte sich ihrem Essen zu.

KAPITEL 10

Pauls Schritt pochte unablässig, während er der dunkelhaarigen Schönheit, nur gekleidet in einen Hauch von Nichts, dabei zusah, wie sie das riesige Steak verputzte wie ein halbverhungerter Trucker.

»Gott, ist das gut«, schnurrte sie. Paul lächelte, stützte den Kopf in die Hand und beobachtete Kate.

»So schlimm?«

Kate sah kauend auf und schloss hingebungsvoll die Augen. »Schlimmer.«

Nachdem das Steak und die Pommes frites restlos verzehrt waren, reichte Paul Kate die Hand. »Wohin darf ich die Dame entführen? Sinners oder der berüchtigte dritte Stock?«

Kate kicherte und legte ihre Hand in die seine. »Ich würde nur zu gerne einen Ausflug in den dritten Stock wagen, aber ich fürchte, dafür bin ich noch nicht bereit.«

Paul schenkte ihr ein ehrliches Lächeln und zog sie schwungvoll auf die Beine. Unwillkürlich stützte sie sich mit den Händen an seiner Brust ab, als sie gegen ihn prallte. Paul legte die Arme um ihren nur spärlich bekleideten Körper, platzierte seine Hände knapp oberhalb ihres blanken Hinterns und genoss die Nähe.

»Was, wenn wir ins Sinners gehen und ich jemanden für uns finde? Du hattest Spaß daran, mir zuzusehen.« Kate leckte sich die Lippen, schmeckte einen Hauch Steak. Doch für Paul sah es so aus, als würde sie die Vorstellung abwägen, ihn beim Sex mit einer anderen zu beobachten.

»Törnt dich as an?«

Kate schüttelte den Kopf. Das überraschte ihn.

»Was törnt dich dann an? Das Paris?«

Kate runzelte die Stirn. »Ich mochte, was du mit der Frau gemacht hast, aber ich mag die Öffentlichkeit nicht.«

Paul stutzte und überlegte, wen er vor einer Woche gevögelt hatte, als Kate zugesehen hatte. Kimberly Wallace, die Immobilienlady, die gerne mal den Hintern versohlt bekam, während er wie ein Wahnsinniger in sie hämmerte. Im normalen Leben würde er eine Frau wie Kim meiden. Sie war knallhart im Berufsleben, aber privat gab sie sich gerne hin. Vor allem liebte sie es, die Kontrolle abzugeben. Wenn Kate das gefallen hatte ... »Du mochtest das, was ich mit Kim gemacht habe?«, fragte er ungläubig nach.

Kate senkte schüchtern den Blick, griff nach seinem Hemdknopf und spielte daran herum, so dass er befürchtete, sie würde ihn ablösen, wenn er nichts unternahm. »Kate, daran ist nichts Verwerfliches.« Er nahm ihr Kinn zwischen Daumen und Zeigefinger und zwang sie mit sanftem Druck, ihn anzusehen. »Ich möchte nur herausfinden, wo deine Vorlieben liegen, was du gerne ausprobieren möchtest.«

Sie biss sich so verführerisch auf die Unterlippe, dass er seine Zurückhaltung vergaß und kräftig in ihren Hintern griff. Kate warf den Kopf in den Nacken und stöhnte auf. Dabei präsentierte sie ihm ihren schlanken Hals. Paul dachte nicht weiter darüber nach und stürzte sich auf sie, hielt sie, während er zärtliche Bisse über ihre bloße Haut verteilte. Kates Stöhnen wurde lauter und Paul kam eine gewagte Idee. Er grub seine Zähne tiefer in ihr Fleisch, um auszutesten, ob sie darauf stand. Zusätzlich verstärkte er den Griff in ihren Hintern, wickelte ihr Haar um seine andere Hand und zog daran, so dass er sie noch weiter verbiegen konnte. Ihr Rücken musste schmerzen, ihre Kopfhaut brennen und ihre zarte Haut unter seinen Bissen pochen. Wenn sie das mochte … Kates Stöhnen wurde lauter. Zwar stieß sie ein leises Wimmern aus, aber sie versuchte nicht, sich von ihm zu lösen. Scheiße, sie mochte es.

Paul hielt inne und blickte sie verblüfft an. Er musste es wissen, musste es aus ihrem Mund hören. »Magst du das?«, fragte er.

Kate hob den Kopf und blickte ihn aus glasigen Augen an, ihr Blick so entrückt, dass er sich fragte, ob sie die Frage überhaupt wahrgenommen hatte. »Warum hörst du auf?«, murmelte sie benommen. Paul zog amüsiert eine Augenbraue nach oben.

»Weil wir, meine Schöne, hier nicht weitermachen können. Komm, gehen wir nach oben.«

*

Oh mein Gott, was mache ich denn hier?

Kate Maedows war kurz davor, die Beine in die Hand zu nehmen und sich das nächste Loch zu suchen, welches sich im Boden vor ihr auftat. Zu dumm nur, dass das niemals passieren würde. Nein, ihr akuter Anfall von Panik lag nicht daran, dass ihr bereits am ersten Arbeitstag im Black Orchid eingeschärft worden war, unter gar keinen Umständen den großen Aufzug zu nutzen. Der sei allein für die Gäste. Oh nein, sie betrat hinter Paul Cooper, nur in einen seidenen Bademantel gehüllt, den verbotenen Fahrstuhl und blickte sich gehetzt um. Nein, sie war im Begriff, in den dritten Stock zu fahren, dort eine der Räumlichkeiten mit Paul aufzusuchen und … ja, was dann? Würden sie Sex haben?

»Komm.« Paul hielt ihr die Hand hin und führte sie aus der Kabine. Sanft legte er ihr eine Hand auf den Rücken und dirigierte sie geschickt zu den Playrooms. »Ich möchte nicht zu viel von dir verlangen. Ein einfaches, sinnliches Spiel.« Zärtlich legte er ihr einen Arm um die Schultern und brachte seine Lippen ganz nah an ihr Ohr. »Hast du Angst?«

Kate erschauerte. Sie fröstelte. »Ich weiß nicht. Es ist seltsam.«

Paul lächelte. »Bist du neugierig?«

»Ja.«

»Möchtest du in diesen Raum hineingehen?« Kate warf einen Blick auf das Schild. *Obedience, drei.* Die elektronische Schalttafel neben der Tür zeigte ein grünes Licht, das darauf hinwies, dass der Raum unbenutzt war. Ihr Herz hämmerte so heftig, dass sie befürchtete, es würde ihr aus der Brust springen.

»Was ist dort drinnen?«

Paul lächelte und hielt sein Armband gegen die Schalttafel. »Finden wir es heraus.« Ein Signal ertönte und die Tür schwang auf. Paul legte seine Hand aufs Türblatt und sah sie ernst an. »Wenn irgendetwas dort drinnen passiert, das du nicht möchtest, dann musst du es mir sagen, ja? Wir tun nur das, was du willst. Ich werde mich voll und ganz auf dich einlassen, okay? Du bist der Boss.«

Kate lächelte und nickte. Mit hoch erhobenem Kinn trat sie ein und … erschauderte. Der Raum war etwa zwanzig Quadratmeter groß. Dunkler Holzboden wurde von purpurfarbenen Wänden abgegrenzt. Links stand ein s-förmig geschwungenes Sofa, rechts eine gepolsterte Bank, die auf den ersten Blick an eine Strafbank erinnerte. Sie hatte solche Konstrukte schon in Filmen gesehen, wenn Delinquenten auf dem Marktplatz ausgestellt wurden. In der Mitte wurden Kopf und Hände eingespannt. Nur dass dieses Gerät sehr viel bequemer aussah. Der Teil, wo der Kopf eingespannt wurde, sowie die Bank, wo man die Knie abstellen konnte, waren aus purpurfarbenem Leder gefertigt, während das Gerät selbst aus schwarzem Stahl bestand.

»Dein *safeword.*« Paul trat hinter sie und strich ihr das dunkle Haar aus dem Nacken. »Du brauchst ein Wort. Etwas, was du sagst, wenn ich deine Grenzen überschreite.« Kate starrte auf das Gerät und erschauerte.

»Black Orchid, wenn ich will, dass du aufhörst, sage ich Black Orchid.« Paul umfasste ihren Nacken, bog ihren Kopf leicht zur Seite und küsste ihren Hals.

»Ein ungewöhnliches *safeword.*«

»Ist mir so eingefallen«, schnurrte sie.

Die rückwärtige Wand wurde von einem großen Bett dominiert. Vitrinen und zwei Kommoden waren neben dem aus dunklem Eisen bestehenden Gestell aufgebaut.

»Interessant.«

»Was soll ich tun?«, hauchte Kate und starrte die Strafbank an. Paul bemerkte ihren Blick und lachte.

»Du kannst gerne dort platznehmen, aber ich hatte etwas anderes im Sinn.« Seine Hände wanderten über ihren Körper. »Ich möchte dich genießen, ohne dass du dich wehren kannst, möchte dich lecken und dir den Hintern versohlen.« Kate erschauerte wohlig.

»Unerhört«, murmelte sie.

»Könnte sein. Nimm Platz.« Paul führte sie zum Bett und bedeutete ihr, sich dort hinzusetzen. Dann trat er zu einem der neben der Strafbank positionierten Diener und hängte sein Sakko darauf. Kate lehnte sich zurück.

»Strippst du für mich?«

Paul warf ihr einen Blick über die Schulter zu. »Möchtest du?« Sie nickte eifrig.

»Später. Ich steh drauf, angezogen zu sein, während ich dich in Position bringe.«

Ihre Angst verwandelte sich in wohlige Erregung. »Okay. Zeig es mir.« Ein Lächeln glitt über Pauls Züge. Er trat zu einem der Vitrinenschränke, öffnete eine Schublade und kehrte mit vier Manschetten zu ihr zurück. Vor ihr ging er in die Knie und hob ihr Bein an. »Ich würde dich liebend gerne mit diesen sündhaften Schuhen und Strümpfen verwöhnen, aber für das, was ich ihm Sinn habe, sind sie nur hinderlich. Gestattest du mir, dich von ihnen zu befreien?«

Kate nickte und ließ sich zurücksinken, während Paul leicht ihre Beine spreizte und die Innenseite ihrer Oberschenkel mit Küssen versah. Kate seufzte auf, als er den Strumpf herunterschob und jeden Zentimeter frei gelegter Haut mit seinen Lippen verzierte. Besonders viel Zeit ließ er sich bei ihrer Kniekehle. Kate kicherte. Seine Zunge kitzelte, doch je mehr er sie auszog, desto mehr entspannte sie sich. Als er sie von beiden Strümpfen und den High Heels befreit hatte, war sie so gelöst, dass sie sich auf der Matratze wie eine rollige Katze wand und leise schnurrte. Paul ragte über ihr auf und beobachtete sie.

»So wie du dich gibst, könnte ich dich auf der Stelle nehmen. Doch damit entginge uns beiden viel Spaß.« Er nahm eines ihrer Fußgelenke und versah es mit einer Manschette. Mit dem anderen Gelenk verfuhr er in gleicher Weise. Interessiert verfolgte Kate, was er da machte. »Darf ich bitte?« Auffordernd hielt er ihr die Hand hin. Kate verstand und ließ zu, dass er auch ihre Handgelenke mit Manschetten versah. Als er fertig war, begutachtete Paul zufrieden sein Werk.

»Und nun?«, fragte Kate und betrachtete die Ledermanschenten. Paul lächelte, ging zur Vitrine und kehrte mit einer etwa einen Meter langen Eisenstange zurück. Kate erschrak, doch er gab ihr mit einem sanftmütigen Lächeln zu verstehen, dass sie keine Angst zu haben brauchte.

»Nun, meine Liebste, fangen wir an zu spielen.« Paul kletterte zu ihr aufs Bett. »Knie dich hin.« Kate tat, was er von ihr verlangte, und beobachtete aufgeregt, wie er hinter sie kletterte, die Eisenstange über ihre Fußfesseln legte und die Ösen, die an den Manschetten angebracht waren, in die beiden äußeren Karabiner der Stange einhakte. »Reich mir deine Hände.« Kates Erregung schwoll an, als er auch die Ösen an ihren Handfesseln mit den Karabinern verband.

»Paul!«, keuchte sie, als die Fesseln und die Stange sie in eine äußerst exponierte Position zwangen. Paul kletterte vom Bett und begutachtete zufrieden sein Werk. »Du bist wunderschön«, knurrte er, trat auf sie zu, legte ihr eine Hand in den Nacken und küsste sie, leidenschaftlich, voller Hingabe. Kate stöhnte auf, als er seine Hand auf ihrer Vagina platzierte. Zärtlich rieb er sie, bis sie leise wimmerte.

Paul löste sich von ihr. »Normalerweise würde ich jetzt aufs Bett klettern und deinen Mund ficken. Aber ich kenne deine Vorlieben noch nicht. Also belasse ich es dabei, an dir herumzuspielen.« Kate stöhnte, als er nach ihrem BH griff und erneut ihre Brüste freilegte. Er schob die Körbchen so weit herunter, dass ihre Brüste über die Bügel quollen. Kate seufzte auf, als er seine Lippen um ihre Nippel schloss und sie sanft mit den Zähnen reizte. Seine andere Hand wanderte über ihren exponierten Körper, erkundete hingebungsvoll jede Stelle. Nach einer Weile trat er zurück und begann, sich in aller Ruhe auszuziehen und seine Kleidung auf einem Diener abzulegen. Noch einmal trat er zur Vitrine und als er zurückkehrte, hielt er ein Halsband und ein seltsam geformtes Gerät in der Hand.

»Lust?«, fragte er und hielt ihr beide Gegenstände vor.

»Ich weiß nicht ...«, murmelte Kate und betrachtete unsicher das aus glattem, schwarzen Leder bestehende ... Teil. »Was ist das?« Verunsicherung schwang in ihrer Stimme mit.

Paul nickte und warf das Halsband fort. »Vielleicht später. Das ist eine Klatsche und es soll deine Lust steigern. Möchtest du es ausprobieren?« Er trat vor sie hin und strich zärtlich mit dem glatten Gegenstand über ihre Kinnpartie. Kate erschauerte wohlig. Das Leder fühlte sich kühl an. Sie wimmerte leise.

»Mehr?«, fragte Paul und hielt inne, als er an ihrem Brustbein angekommen war, verharrte zwischen ihren Brüsten. Kate atmete heftig auf.

»Ja.«

Paul schenkte ihr ein freudiges Lächeln. »Man kann damit über deine Brüste fahren, deine Titten reizen, bis sie sich aufstellen.« Er umkreiste ihre Brüste mit dem Leder, ließ sich Zeit. »Oder aber man kann leichte Schläge ausüben. Möchtest du erfahren, wie sich das anfühlt?«

Kate keuchte auf. Ihr ganzer Körper kribbelte vor gespannter Erwartungshaltung. Es war nicht das, was Paul tat, was sie in diesen Zustand versetzte, nein, es war das, was er tun könnte. Sie kniete völlig exponiert vor ihm, unfähig, sich auch nur einen Zentimeter von ihm zu entfernen, es sei denn, sie ließ sich nach hinten fallen. Doch dann hätte er ihr Geschlecht direkt vor Augen. Keine gute Idee. Oder doch? »Paul«, stöhnte sie auf. »Bitte ...«

Er lächelte sinnlich. »War das ein *Ja, bitte tu es?* Oder ein *Nein, hör auf*? Denk dran, du hast dein *safeword.*« Kate stöhnte. Safeword? Was war das noch gleich gewesen? Die Erregung hatte ihren Verstand leergefegt. Wie sollte sie sich da an ein Wort erinnern? Paul schien ihre Gedanken zu erahnen. »Du hast es vergessen, nicht wahr?«, murmelte er leise und spielte mit ihren Brüsten. »Tja, das soll nicht mein Problem sein, was?« Kate riss die Augen auf, als er ausholte und das Leder auf ihre Haut zuraste. Sie sah es kommen, den Schmerz, die Schmach, die Angst. Adrenalin flutete ihren Körper, jeder Nerv stand förmlich unter Spannung, als das Leder klatschend zwischen ihren Brüsten landete. Kate stöhnte auf. Der Schmerz breitete sich wellenartig aus, erfasste jede einzelne Zelle ihres Körpers und vermischte sich mit dem angestauten Adrenalin. Was sie dann fühlte, war pure Ekstase. Entsetzt riss sie die Augen auf. Ein so sinnliches Stöhnen, wie sie es noch nie erlebt hatte, verließ ihre Lippen.

Paul lächelte. »Noch mal?«

Kate nickte. »Bitte, mehr.« Amüsiert hob er eine Augenbraue.

»Du bettelst um Schläge? Jetzt schon?«

Kate hob den Kopf. »Ja, Mr. Cooper.« Paul starrte sie an. Die Art, wie sie ihn ansprach, erinnerte ihn an die halbe Stunde, die sie bei ihrem Bewerbungsgespräch in seinem Büro verbracht hatten. Nicht, dass er da auch nur einen Gedanken sexueller Natur gehegt hatte. Er war professionell genug, seine Vorlieben aufs Black Orchid zu beschränken. Aber so wie sie jetzt vor ihm kniete, nackt und exponiert, um Schläge bettelnd, konnte er sich nicht mehr beherrschen.

»Du böses, böses Mädchen«, knurrte er und versetzte ihr eine Kaskade leichter Schläge zwischen die Brüste. Kate wand sich stöhnend, drohte nach hinten zu fallen. Doch noch wollte Paul sie dort nicht haben. Er hakte sich in die Glitzerkette ein, die ihren Leib umschlang, hielt sie fest, während er mit leichten Hieben zwischen ihren Brüsten hin und her wechselte.

»Gefällt dir das?«, keuchte er, sich kaum seiner immer härter pochenden Erregung gewiss. Sein ganzer Unterleib stand in Flammen und er gierte danach, seinen Schwanz in sie zu treiben. Kate wand sich stöhnend in seinem Griff.

»Oh mein Gott«, keuchte sie, warf den Kopf hin und her und schob ihr Becken vor, so dass sie dicht über den Stoff seiner Hose rieb. »Bitte«, wimmerte sie leise. Paul stieß den Atem aus, warf die Klatsche hinter sich und platzierte seine Hand zwischen ihren Brüsten direkt auf ihrem Brustbein.

»Willst du mich?«, murmelte er, beugte sich über sie und nahm eine steil aufgerichtete Brustwarze zwischen seine Lippen. Den Blick hielt er auf ihre vor Lust flackernden Lider. Auf gar keinen Fall wollte er eine Regung in ihrem wunderschön geschnittenen Gesicht verpassen. Sie stieß ein leises Geräusch aus, warf den Kopf hin und her, während sie sich so gut es ging aufrechthielt, immer wieder ihr Becken verstoßend.

»Ich brauche dich, hier, ganz dringend.« Sie riss die Augen auf, als er seine Zähne um ihre Brustwarze schloss und sanft daran zupfte. »Bitte!«

Paul lächelte, kostete noch ein paar Sekunden länger das herrliche lustverhangene Wimmern, das ihren wunderschönen Lippen entschlüpfte, bevor er sich mit leichtem Bedauern von der durchaus noch mehr Aufmerksamkeit vertragenden Brustwarze löste und sich aufrichtete.

»Nun, dann will ich dir zu Diensten sein.« Den Moment auskostend, ihren Blick in sich aufsaugend, kletterte er vor ihr aufs Bett und knöpfte sich langsam das Hemd auf.

»Vorsicht«, gurrte sie, »deine Kleidung könnte runiert werden.« Sie deutete auf einen der Diener. »Willst du sie nicht ordentlich aufhängen.«

»Ist mir scheißegal«, knurrte er und schob sich das Hemd über die Schultern, bevor er es achtlos fallenließ. »Jetzt will ich nur dich. Lehn dich zurück.«

Panik flackerte in Kates Blick. Gerade erst hatte sie sich an die ungewohnte Position gewöhnt. Sie glaubte nicht, dass sie sich noch weiter zurücklehnen konnte, da ihre Hände und Füße angekettet waren. Das würde fürchterlich schmerzhaft werden. Paul schien ihre Gedanken zu erraten. »Keine Sorge, das funktioniert.« Er legte eine Hand auf ihr Brustbein und half ihr, vorsichtig, ihre Schultern auf der Matratze abzulegen, was zur Folge hatte, dass ihr Geschlecht leicht in die Höhe gedrückt wurde, ihre Schenkel gespreizt und ihr Hintern angehoben wurde. Die Position war tatsächlich nicht angenehm, aber die Erregung, die sie durchschoss, als Paul seine Hose öffnete, ein Kondom aus der Tasche fischte, bevor er sie abstreifte, und sich vor ihrem Eingang platzierte, machte alles wett.

»Du willst mich so ficken?«, keuchte sie, eher überrascht über ihre eigene Wortwahl als alles andere. Paul lachte und streifte sich das Kondom über.

»Eigentlich nein.« Er packte ihre Hüfte und hielt sie in Position. Kate warf den Kopf in den Nacken, stöhnte, als sie ihn an ihrem noch von dem schmalen String bedeckten Eingang fühlte. Paul hackte sich in den Steg ein und schob ihn beiseite. »Am liebsten würde ich sämtliche Positionen, die diese Fesselstange erlaubt, durchprobieren, dich in jeder beliebigen Lage ficken. Aber leider müssen wir das auf morgen verschieben. Ich halte es nämlich keine Sekunde länger aus. Ich muss in dir sein.«

»Ja, bitte!«, keuchte Kate und schob ihm ihr Becken entgegen, so dass er unvermittelt in sie glitt. Als ob diese

Bewegung einen Schalter in Pauls Gehirn umgelegt hatte, löste sich jede Zurückhaltung, mit der er sich morgen sicherlich gebrüstet hätte – denn wer konnte schon behaupten, einer willigen, gefesselten Frau lange widerstehen zu können – in Luft auf und er hämmerte wie ein Besessener in sie hinein. Ungeachtet der Schmerzen, die Kate vielleicht erleiden würde, der Lust, die ihr entgehen könnte, weil er zu früh kam.

Gerade noch rechtzeitig, bevor er zu explodieren drohte, erinnerte er sich an die Frau unter ihm. Doch Kate hatte bereits jegliche Grenzen der Lust überschritten, keuchte, stöhnte und kam, als Paul seinen Daumen auf ihrer Klit parkte und sie damit über die Klippen schubste.

Noch war er nicht fertig. Zumindest war sein Verstand noch intakt, so dass er unter Kate griff, um die Karabiner zu lösen. Er wollte auf gar keinen Fall, dass sie die Position würde halten müssen, während er sich erholte. Nein, so ein Kerl war er nicht. Er brauchte drei, vier Anläufe, dann hatte er es geschafft und Kate ließ die Schenkel sinken, spreizte sich vollständig für ihn und er ließ los, ließ sich von der Lust treiben und explodierte in einer Kaskade glitzernden Sternchen, bis er auf ihr zusammenbrach und zerfloss. Genau so musste sich Eis in der prallen Sonne anfühlen. Er war das Eis, Vanille oder eine ähnlich langweilige Sorte, und Kate war die Sonne, die ihn mit ihrem Strahlen auflöste.

*

Paul schnarchte. Kate hätte ihn nicht für einen Schnarcher gehalten, aber es war irgendwie süß. Nur wenige Minuten nachdem er gekommen war, hatte sie ihn zur Seite geschoben und sich entsetzt übers Gesicht gerieben. Sie hatte noch nie in ihrem Leben so einen grandiosen Orgasmus erlebt. Kein Wunder, dass Paul keinen Finger mehr krumm machen konnte. Apropos krumm machen. Kate hob das Kinn und hielt Ausschau nach Pauls bestem Stück. Der Junge lag ermattet und ausgepowert in seiner schlaffen Gummihülle auf ihrem Oberschenkel. Nicht zu glauben, was sie hier gerade getan hatten. Aber das klebrige Latex auf ihrer Haut war der Beweis schlechthin.

Himmel. Die Scham trieb Kate die Röte in die Wangen. Es war nicht der Sex, der sie so aus der Fassung brachte, nein es war das WIE! Verdammt, sie liebte es, wenn er beim Sex etwas härter mit ihr umging. Auch ihre früheren Liebhaber hatten ihr hin und wieder nach Aufforderung einen Klaps auf den Po verpasst. Aber niemals hatte jemand ein eigens dafür entwickeltes Leder-Toy genommen und ihr auf die Brüste geklatscht. Weiß Gott, sie hatte es genossen! Und diese Position! Gab es etwas Erotischeres, als sich seinem Partner hinzugeben, die Macht freiwillig an ihn abzutreten und ihm die Verantwortung über die eigene Lust anzuvertrauen? Nein! Aber es trieb ihr dennoch die Schamesröte ins Gesicht.

Ihre Großmutter und ihre Tante hatten sie streng religiös erzogen. Schläge waren in der Kirche etwas zur Bestrafung gewesen und nichts, wobei man Lust empfand. Himmel, sie musste hier weg! Niemals wieder würde sie sich im Spiegel ansehen können.

Wie von der Tarantel gestochen sprang Kate auf, richtete ihren BH und den Slip und schlüpfte im Laufen in den violetten Bademantel. So schnell sie konnte, verließ sie den Raum.

Wo war nur ihr Mut geblieben, der Wunsch, etwas zu riskieren, die Chancen zu nutzen? Offensichtlich im Erdgeschoss hinter der Bühne oder wahlweise im Separee. Dort war sie noch total versessen darauf gewesen, Paul anzuheizen, ihm dicke Eier zu verschaffen und mit ihm zu schlafen. Und was tat sie jetzt? Er hatte mit ihr geschlafen, aber ihr Verlangen war nicht abgeebbt. Ganz im Gegenteil. Es war, als hätte er einen Lawine quälender Neugier losgetreten, zu deren Linderung nur er in der Lage war. Oh nein, das war ganz und gar nicht das, was sie sich vorgestellt hatte. Denn das bedeutete, ihn immer wieder zu treffen. Sie hatte angenommen, einmal mit ihm zu schlafen würde reichen, aber da hatte sie sich gründlich getäuscht. Das, was hinter dieser Tür passiert war, war gerade erst der Anfang.

Kate schloss die Augen und atmete tief durch. Übelkeit übermannte sie. Hastig schlug sie sich die Hand vor den Mund und schluckte. Doch der Druck auf ihren Hals war einfach zu groß. Als die Tür sich hinter ihr schloss, konnte sie nicht mehr an sich halten und stürmte los. Sie musste hier weg! Plötzlich wurde ihr alles zu viel. Pauls Zuneigung, das Black Orchid, der Auftritt, der Sex. Nein, sie konnte nicht mehr! Hastig lief sie um die nächste Ecke, ließ die Playrooms hinter sich und verschwand in der geheimen, in der Wand eingelassenen Personaltür. Sie hörte Paul nicht hinter sich, aber das war auch egal. Er würde ihr nicht folgen können, denn nur wenn man genau wusste, wo sich die Tür befand, würde man sie auch finden.

Klopfenden Herzens sank sie gegen die Wand und beschränkte sich für ein paar Minuten aufs Atmen. Himmel, was hatte sie sich nur dabei gedacht? Mit Paul Cooper im Black Orchid zu schlafen? War sie noch ganz bei Trost? Kate raffte ihre Selbstachtung zusammen, ging zu ihrem Spind, zog sich die Ersatzkleidung, die sie hier oben aufbewahrte, an und verließ den Club über die Personaleingänge. Zwar befand sich die Kleidung, in der sie heute Abend gekommen war, noch in der Garderobe, aber das war egal. Sie wusste sowieso nicht, ob sie je wieder herkommen könnte. Nein, jetzt wollte sie nur noch nach Hause und in aller Ruhe mit Kay, Susan und Tiff einen Film genießen.

KAPITEL 11

Sein Bewusstsein befand sich irgendwo zwischen den tiefen Schichten des Schlafes, doch er war noch nicht so abgedriftet, dass er nicht mitbekam, wie Kate aufstand. Ein seliges Lächeln legte sich auf seine Lippen und er kuschelte sich enger in die Kissen. Die letzten Nächte waren sehr anstrengend gewesen – nicht körperlich, rein vom Alkoholkonsum hatte er sein normales Pensum weit hinter sich gelassen und das forderte zunehmend seinen Tribut. Er brauchte dringend ein paar erholsame Nächte. Dass er die nicht bekommen würde, begriff er viel zu spät. Erst als er die Tür des Playrooms ins Schloss knallen hörte, wurde ihm klar, wo er war – und dass seine liebreizende Gespielin gerade das Weite gesucht hatte. Paul fuhr kerzengerade hoch. Shit. Im Black Orchid zu schlafen, kam absolut nicht in Frage.

Seufzend stieß er den Atem aus und rappelte sich auf. Am liebsten hätte er Kate mit zu sich nach Hause genommen, aber sie hatte offensichtlich keine Lust, sich über den Club hinaus mit ihm zu befassen. Also raffte er seine Sachen zusammen und verließ den Playroom. Bevor er jedoch die Tür hinter sich zuzog, ließ er seinen Blick noch einmal über das Zimmer schweifen, belächelte das zerwühlte Bett, die auf dem Boden liegende Klatsche und die Fesseln. Er fühlte sich völlig zufrieden und gesättigt. Heute Nacht würde er wunderbar schlafen können.

*

Zwei Tage später suchte Paul den Club erneut auf. Leider war er kurz vor Redaktionsschluss immer so sehr eingespannt, dass er praktisch im Büro schlief. Dem Design musste der letzte Schliff verpasst werden, ein neuer Artikel musste noch ins Layout gequetscht werden, ohne die Seitenzahl zu übersteigen, und ein paar Fotos mussten neu geschossen werden, weil die Platzierung des neuen Mercedes Sportster seitenverkehrt war und dies erst beim Erstellen des Layouts aufgefallen war. Was für ein Stress. Er hätte es eben nicht dem Praktikanten überlassen sollen, der zwar ein abgeschlossenes Studium, sich dafür im Berufsalltag als beinahe untragbar erwiesen hatte. Vielleicht hätte er doch Kate eine Chance geben sollen. Doch der Zug war längst abgefahren. Nein, er wollte sie nicht in seiner Abteilung haben, nicht als seine Untergebene, die mit ihrem Boss schlief. Nein, er wollte ihr auf Augenhöhe begegnen, mit ihr ausgehen, sie bezirzen und ja, verdammt, so antiquiert das auch klang – er wollte ihr den Hof machen.

Mit diesem Vorsatz – Kate um ein Date zu bitten – ging er zwei Tage nach ihrer ersten heftigen Begegnung ins Black Orchid, setzte sich auf seinen Stammplatz und wartete geduldig, bis ihre Schicht begann.

Mel beobachtete ihn eine Weile. Immer wieder glitt ihr Blick zu ihm, bis er schließlich aufsah und sich ihre Augen lauernd betasteten. Mel zog grimmig die Brauen zusammen und starrte ihn an, als ob er für die Ungerechtigkeit in dieser Welt verantwortlich war. Was zur Hölle …? Paul interessierte sich wirklich nicht für die erste Barkeeperin des Saints, aber ihr Blick verursachte ein Brennen in seiner Magengegend, dass er unruhig auf dem Hocker hin und her rutschte.

»Was darf es sein, Mr. Cooper?«, begrüßte sie ihn geschäftsmäßig, als sie erst nach einer gefühlten Ewigkeit zu ihm kam, um seine Bestellung aufzunehmen. Seltsam. Zudem klangen ihre Worte ziemlich unterkühlt. Kein Vergleich zu der sonst so aufgeschlossenen und freundlichen Barkeeperin.

»Scotch, wie immer. Sag mal, Mel, wann kommt Kate?«

Mel starrte ihn an. Er konnte ihr an der Nasenspitze ansehen, dass ihr etwas auf der Zunge lag, aber sie verkniff säuerlich das Gesicht und donnerte ein Scotchglas so dicht vor seine gefalteten Hände, dass er erschrocken zusammenzuckte. Schwungvoll beförderte sie drei Eiswürfel hinein und pfefferte eine Ladung der billigen Sorte hinterher. Paul lupfte die Augenbraue.

»Was soll das? Seit wann kriege ich als Premiumkunde nicht die teure Sorte?«

Mel beugte sich vor. »Seit Sie dafür gesorgt haben, dass mir eine Mitarbeiterin fehlt«, fauchte sie und rauschte davon. Wie bitte? Eine Mitarbeiterin? Kate?

Erst als Melanie Minuten später zufällig an ihm vorbei kam, bekam er Gelegenheit, sie auf ihre seltsame Bemerkung anzusprechen. »Wie meinst du das, ich solle dafür gesorgt haben, dass du eine Mitarbeiterin weniger hast? Meinst du Kate?«

Melanie stellte das Tablett mit benutzten Gläsern auf den Arbeitsplatz hinter der Theke. »Natürlich spreche ich von Kate. Seit Sie mit ihr verschwunden sind, ist sie nicht mehr hier aufgetaucht. Gerade einmal eine Woche ist sie hier gewesen, bevor …« Mel warf die Arme in die Luft, packte ihn am Revers und zog ihn halb über den Tresen. »Was immer Sie veranstaltet haben, es hat sie dermaßen aus der Bahn geworfen, dass sie nicht mehr hier auftaucht. Ich vermute mal, um Ihnen nicht zu begegnen. Also was immer es war, machen Sie das nie wieder mit einer meiner Mitarbeiterinnen.«

Paul wollte gerade dazu ansetzen, Mel darauf hinzuweisen, dass Kate sich ihm freiwillig hingegeben hatte, doch auf ihren wilden Blick hielt er lieber den Mund. Für Kate hatte er sich heute Abend richtig in Schale geschmissen, war sogar noch mal nach Hause gefahren und hatte sich umgezogen, bevor er hergekommen war. Was ihm eine Stunde gekostet hatte, die er nicht bei ihr sein konnte. Und jetzt musste er erfahren, dass sie nicht mal mehr hier war? Das war zu viel, um nicht die Fassung zu verlieren.

»Ms.«, Paul runzelte die Stirn und schielte auf Melanies Namensschild, das sie am Saum der Brusttasche ihres schwarzen Hemdes trug, doch da stand nur ihr Vorname. Mist, er hatte keine Ahnung, wie Melanie mit Nachnamen hieß. »Melanie«, setzte er süffisant lächelnd hinzu. »Wärst du so freundlich, deine entzückenden Finger von meinem Sakko zu lassen. Diese Dinge wollte ich eigentlich Kate überlassen.«

Mel schnappte nach Luft und ließ ihn so hastig los, als ob sie sich an ihm verbrannt hatte. »Was wollen Sie dann noch hier, Paul? Kate kommt nicht mehr. Dank Ihnen.«

Paul seufzte. »Ich weiß, wir hatten eine sehr ...«, er suchte nach den richtigen Worten, die Kate vor ihrer Chefin nicht brüskieren würden, »intensive Zeit.« Er lächelte verträumt. »Und ich würde sie gerne wiedersehen.«

»Hier?« Mel zog eine Augenbraue hoch. »Als Kunde und Angestellte? Was wird das hier, Mr. Cooper? Wollen Sie Kate daten oder ihr nur im Black Orchid an die Wäsche?«

Paul stützte sein Kinn in die Hände und blickte gedankenverloren an Mel vorbei. »Am liebsten würde ich sie daten, aber dann könnte ich sie nur hier sehen. Ich will mehr.«

»Mehr, Mr. Cooper? Ich glaube, mich verhört zu haben. Wenn Sie mehr wollen, dürften Sie kein Mitglied sein oder Kate nicht mehr hier arbeiten. Also schlagen Sie sich das ganz schnell aus dem Kopf.«

Paul runzelte die Stirn. Er kannte die Regeln, jeder in diesem Club hatte sie unterschreiben und damit anerkennen müssen, sobald man den Mitgliedsausweis überreicht bekamen. Sein Blick fiel auf sein Handgelenk. Seit mehr als drei Jahren ging er im Club ein und aus, er mochte es hier, auch wenn er sich manchmal in seinem Leben nach etwas mehr Konstanz in der Wahl seiner Gespielinnen sehnte. Er hatte diesen ständigen Partnerwechsel so satt. Kate könnte diejenige sein, mit der es niemals langweilig wurde. Doch genau darin lag das Problem. Das Black Orchid bot genau die Art von sexueller Abwechslung, die er wollte. Mit Kate. Verdammt. Wegen ihm könnte sie ihren so dringend benötigten Job verlieren. Aber auf sie verzichten konnte und wollte er auch nicht. Es war zum Verrücktwerden.

Hastig stürzte er seinen Scotch herunter und erhob sich. Bevor er sich da in etwas verrannte, etwas sah, dass in seiner Wahrnehmung vollkommen anders ankam, als Kate es empfand, musste er mit ihr reden. Abend für Abend darauf warten, dass sie wieder hier auftauchte, konnte er auch nicht. Mel hatte ihm klargemacht, dass sie nicht mehr kam. Aber so recht konnte er das nicht glauben. Kate brauchte den Job, das Geld. Ihn? Vielleicht eher nicht, aber statt hier herumzusitzen und brütend in seinen Scotch zu starren, machte er Nägel mit Köpfen und verließ das Black Orchid. Wie gut, dass Kate beim

Bewerbungsgespräch mit ihm unterschrieben hatte, dass ihre Unterlagen aufbewahrt werden durften.

*

Immer wieder vergrub Kate den Löffel tief in dem halb geschmolzenen Schokoladeneis und schob ihn sich in den Mund. Ihr war egal, dass sie seit zwei Tagen weder zur Arbeit noch zu irgendeiner Vorlesung gegangen war. Sie war fest davon überzeugt, dass man ihr das, was sie mit Paul getan hatte, an der Nasenspitze ansehen würde, dass jeder, der sie auf der Straße anblickte, genau wusste, was für eine verruchte Person sie war. Dass sie Schläge genoss, dass sie es mochte, gefesselt und dann ge … Kate schob sich hastig den Löffel in den Mund und erhöhte die Lautstärke der Shoppingsendung, die sie vor ein paar Stunden eingeschaltet hatte, als die Türklingel ertönte. Nichts half besser gegen Frust als eine sinnlose Dauerwerbesendung. Wie gut, dass die Sendung praktisch kein Ende hatte. Zwar wurde auch nur immer wieder das Gleiche wiederholt, aber das war ihr egal. Sie wollte sich nur berieseln lassen, um ja keine Gelegenheit zu haben, über das, was passiert war, nachzusinnen.

Allein schon der Gedanke, wie Mel sie ansehen würde, wenn sie ihr gegenüber trat. Oh Mann. Hitze färbte ihre Wangen rot. Mist. Hastig schob sie einen Löffel Eis hinterher, aber das half auch nicht. Sie musste einfach …

»Kate, Schätzchen, du hast Besuch!«, flötete Kayleigh und betrat das Wohnzimmer. Noch bevor Kate überhaupt die Chance bekam, felsenfest zu behaupten, keinen Besuch empfangen zu können. Sie war krank! Krank vor Scham. Ob Schamgefühl für ein ärztliches Attest taugte? Wohl kaum. Aber das war ihr im Augenblick herzlich egal. Sie konnte nicht raus, sie war todsterbenskrank – vor Beschämung vor sich selbst.

»Nein, ich will keinen Besuch!«, jammerte Kate und starrte auf einen riesigen Strauß roter Rosen, den Kayleigh im Schlepptau hatte. »Ich bin krank«, flüsterte Kate perplex, denn der Blumenstrauß hatte zwei Beine.

»Bist du nicht! Du bist nur nicht ganz dicht!«, erwiderte Kay und verließ kopfschüttelnd den Raum, den widernatürlichen Strauß zurücklassend.

»Ich will nicht ...«, maulte Kate, doch da hatte Kay bereits die Tür hinter sich zugezogen und ließ sie mit dem Strauß, der eindeutig in Begleitung war, mit ihr allein.

»Kate«, redete der Blumenstrauß sie an. »Ich weiß, dass das übergriffig ist, dass ich anrufen hätte sollen oder dir einen Brief schreiben müssen, aber ich musste dich sehen. Und als du nicht im Club aufgetaucht bist, bekam ich es mit der Angst zu tun.« Paul Cooper schob seinen Kopf mit den himmelblauen Augen um das Blumenstraußungetüm herum und lächelte sein schönstes Werbelächeln.

»Stimmt, das ist übergriffig!«, entgegnete Kate. *Ich trage einen verdammten Walmart-Jogginganzug!* Das war total übergriffig. Kate stutzte. Halt, Moment mal. Hatte er gerade gesagt, dass er Angst hatte? »Du hattest Angst?«, erkundigte sie sich. »Wovor?«

Paul ließ den Strauß sinken, sah sich nach einer geeigneten Ablagemöglichkeit um und fand sie in dem großen Esstisch, der neben der Küchenzeile die ganze Fensterfront einnahm. Das Apartment besaß einen kombinierten Wohn-Ess-Bereich, wohingegen jede Bewohnerin ein eigenes Zimmer hatte. Kate liebte diese Wohnung und um sie sich leisten zu können, hatte sie auch den Job im Black Orchid angenommen. Nur deshalb.

Paul legte den Strauß auf den Esstisch und kam zu ihr. Fragend deutete er auf die am weitesten von ihr entfernte Ecke. Während Kate in der gemütlichen Kuschelecke kauerte, eingeschlagen in eine Decke und mit einer Einliterbox Schokoladeneis versorgt, nahm Paul auf der Ottomane platz. Kate erschauerte. Er sah verdammt gut aus in seinem Anzug und mit den himmelblau funkelnden Augen, viel zu gut, als dass sie ihm lange würde widerstehen können. Grimmig umklammerte sie den Löffel. Nun gut, wenn er sie weiter mit seinem guten Aussehen bedrohte, konnte sie ihn mit einer Ladung Schokoladeneis verunzieren. Kate grinste in sich hinein.

»Dass ich etwas falsch gemacht haben könnte.« Paul rang die Hände. »Dass es mit mir durchgegangen sein könnte. Dass du dich unwohl gefühlt hast und nur nichts gesagt hast, um mir zu gefallen. Wenn dem so war, dann tut es mir leid. Schrecklich leid.«

Kate stutzte. »Nein«, beeilte sie sich zu sagen, »du hast nichts falsch gemacht. Die Stunde mit dir war absolut berauschend.«

»Warum bist du dann nicht zur Arbeit gekommen? Irgendetwas ist doch passiert?« Paul fasste sie ins Auge.

Kate rieb sich über die Arme. »Vielleicht war es falsch.« Hastig wich sie ihm aus.

»Was war falsch? Das, was wir getan haben?«

Kate nickte unsicher. »Ich dachte, wenn ich einmal mit dir schlafe, erkenne ich, wie falsch das ist. Was für ein Aufreißer du bist und dass ich unmöglich mehr von dir bekommen werde, als diese eine Nacht. Aber das Schlimme ist, dass es mir gefallen hat. Und das war falsch. Ich hätte nie mit dir da hochgehen dürfen.«

»Wie kann etwas, was uns beiden gefallen hat, falsch sein? Hat es dir gefallen?«

Kates Wangen färbten sich rot. »Das ist ja das Schlimme. Sehr sogar.«

»Mir auch.« Paul rückte näher an sie heran. »Also ich bin hergekommen, um dir das zu sagen. Ich möchte dich um ein weiteres Treffen bitten. Ach was, um eintausend weitere Treffen. Mit Sex, ohne Sex. Im Black Orchid oder außerhalb. Ist mir völlig egal. Ich will dich kennenlernen, Kate Meadows. Von Kopf bis Fuß, will wissen, wer du bist, wie du lebst, welche Filme du magst, was du am liebsten isst ...«

Kate hob die Hand und stoppte seinen Redeschwall. Abrupt hielt Paul inne. »Das ist wirklich alles sehr süß von dir, aber ich kann mich unmöglich privat mit dir treffen. Du kennst die Regeln des Clubs. Also entweder du verlässt den Club oder ich tue es.« Kate presste die Lippen aufeinander. Von Paul zu erfahren, wie er zu der Sache stand, machte es für sie etwas leichter. Sie hatte die Zeit mit ihm sehr genossen und sie brannte regelrecht darauf, die Erfahrung zu wiederholen. Mehr noch. Ihr Entdeckergeist war geweckt. Sie wollte jedes Gerät, das der Club in seinem Repertoire hatte, mit ihm ausprobieren. Aber das, was Paul da vorschlug, ging noch viel weiter. »Warte«, hielt sie inne und sah ihn durchdringend an. »Willst du ... mit mir zusammensein? Über den Club hinaus?«

Paul stieß ein herzerweichendes Seufzen aus und blickte sie so offen und ehrlich an, dass ihr Herz einen Hüpfer direkt gegen die Begrenzung ihres Brustkorbs wagte, davon abpralle und enttäuscht auf dem Hintern landete, als ihr Verstand sich ihm entgegenstellte. »Das geht nicht. Du kennst die Regeln.«

Paul nickte. »Natürlich kenne ich sie. Aber was, wenn ich dir eine Möglichkeit bieten würde, doch mit mir zusammenzusein, weiterhin für Mr. Prince zu arbeiten und zudem noch das Black Orchid besuchen zu dürfen?« Kate schnappte nach Luft.

»Wie das?«

Paul zuckte mit den Schultern. »Mr. Prince und ich kennen uns schon eine Weile. Ich habe ihm von einer Mitarbeiterin vorgeschwärmt, deren grandiose Talente im Bereich Marketing gerade als Servicekraft verkümmern und konnte einen Termin für dich arrangieren. Ich habe deine Mappe gesehen, sie war wirklich gut.«

Kate sog scharf die Luft ein und gab ihm mit einer Handbewegung zu verstehen, dass er fortfahren sollte. »Mr. Prince ist zwar noch nicht davon überzeugt, überhaupt ein Marketingkonzept zu benötigen, aber hier, meine liebe Kate, kommst du ins Spiel. Deine Chance.«

Kate atmete tief durch. »Du meinst, ich soll ihm ein Konzept unterbreiten, das Black Orchid ...«

»Und seine anderen Clubs«, unterbrach sie Paul.

»... zu vermarkten, obwohl der Club nicht öffentlich zugänglich ist? Wie stellst du dir das vor? Die Katze im Sack verkaufen?«

Paul nickte. »Schon Ideen?«

Kate legte nachdenklich den Finger an die Lippen und überlegte. Studierte sie nun Marketing oder nicht? Das war die Gelegenheit, ihre Fähigkeiten unter Beweis zu stellen. Doch es würde nicht einfach werden. Wie sollte man auch etwas verkaufen, wovon niemand wissen durfte? Aber vielleicht lag genau darin der Reiz? Gezielt gestreute Informationen, in den richtigen Bereichen, den richtigen Zeitschriften ... ja, das könnte funktionieren. Doch um eine solche Kampagne auszuarbeiten, brauchte sie Monate. »Wie lange habe ich Zeit?«

Paul zuckte mit den Schultern, lehnte sich in die Polster und schob seine Hand unter die Decke, um nach ihrem Fuß zu angeln, den er sich auf den Schoß legte und zärtlich ihre Zehen massierte. »Bis übermorgen.«

Kate schnappte empört nach Luft, als sein Daumen gekonnt Druck auf einen Punkt ihrer Fußsohle ausübte. Automatisch entspannte sie sich. »Das ist nie und nimmer zu schaffen.«

»Doch, ist es. Eine Herausforderung. Reizt dich das nicht? Mr. Prince davon zu überzeugen, eine Marketingabteilung zu brauchen?«

»Doch schon.« Wohlig schnurrend glitt sie in die Kissen und schloss die Augen.

»Ich helfe dir dabei«, erwiderte Paul im gleichen Tonfall, streifte seine Schuhe ab und kletterte auf die Couch. Langsam schob er sich über sie. Kate lächelte, genoss sein Gewicht auf sich.

»Wobei?« Lauernd beobachtete sie ihn dabei, wo er seine Lippen über den ihren platzierte, den Kopf neigte und so aussah, als suche er lediglich die richtige Stelle für seinen ersten Kuss. »Mich auf die Kampagne zu konzentrieren oder die Herausforderung um eine Hürde zu erweitern? Mit deinen Verführungskünsten zum Beispiel?«

Paul grinste. »Ich habe noch ganz andere Qualitäten als Art Director.«

Kate legte die Hände in seinen Nacken, vergaß dabei, dass sie eigentlich nicht mit ihm schlafen wollte und zog ihn enger an sich. »Oh, davon bin ich überzeugt, Mr. Cooper.«

EPILOG

Seit Jahren hatte Paul Cooper keine Zigarette mehr angerührt. Er war nie ein sonderlich starker Raucher gewesen, griff nur hin und wieder zu einer Kippe um seinen Händen etwas zu tun zu geben, wenn sein Verstand Amok lief. Was er genau in diesem Augenblick tat. Er hätte sich nie für einen dieser empathischen Typen gehalten, die mit anderen litten. Aber bei Kate war das vollkommen anders. Sie war ihm wichtig. Von ihrem Können hing alles ab. Die Möglichkeit, sich näher kennenzulernen, miteinander Spaß zu haben und neue Ebenen ihrer Sexualität zu erkunden. Nie hätte er für möglich gehalten, jemals eine Frau zu finden, die genau so auf ihn reagierte, wie er das brauchte. Alle anderen, die er vor ihr gehabt hatte, verblassten, wenn er auch nur an sie dachte. An Kate in Ketten, in Leder, sich vor ihm windend, stöhnend, bereit, seine Zuwendung zu empfangen. Paul knurrte und warf die Kippe auf den Gehweg vor dem World Trade Center Nummer vier. Dort oben, im vierten Stock, hatte Philip Prince seine Heiligen Hallen und dort hin hatte er Kate geschickt.

Zunächst wollte er wirklich vorher mit Kate reden, ob sie überhaupt ein Gespräch mit ihrem Boss wagen wollte. Doch dann war er in puren Aktionismus verfallen, hatte zum Telefonhörer gegriffen und kurzerhand einen kleinen Gefallen von dem ach so versnobten und von sich selbst eingenommen Mr. Prince eingefordert. Er brauche kein Marketing, hatte er gesagt. Der Club lief gut, die Mundpropaganda mit den persönlichen Einladungen funktioniere hervorragend. Das stimmte. Unter Geldmangel litt ein Philip Prince garantiert nicht. Worunter er aber sehr wohl litt, war das Image. Er hatte ihm eingeredet, dass er dringend jemanden fürs versteckte Marketing benötigte. Diesen Jemand würde er sogar in seiner Angestelltenliste finden. Und sie hätte ein fantastisches Konzept, das sie ihm gerne vorstellen würde.

»Du fickst sie?«, war Mr. Princes einzige Frage gewesen.

»Nein, eigentlich …«

»Du fickst sie, alles klar. Ich gebe ihr eine halbe Stunde. Ich nehme an, du willst weiter mit einer meiner Mitarbeiterinnen ausgehen und den Club nutzen?« Erschreckend, was für eine gnadenlose Intention dieser Mann aus zwei winzigen Wörtern herausholte. Aber Paul hatte nicht die Lust gehabt, Philip anzulügen.

»Natürlich will ich den Club weiter mit ihr nutzen. Sieh, was du dafür bekommst. Ein Konzept des Art Directors eines renomierten Designer-Magazins. Ich hasse übrigens deine Regeln.«

»Regeln, Paul Cooper, sind nicht dazu da, gebrochen zu werden. Diese Regeln sind dazu da, damit der Club funktioniert«, hatte er süffisant hinzugefügt. »Wenn du sie auch privat haben willst, darf sie nicht mehr im Club arbeiten.« Prince hatte eine nachdrückliche Pause eingelegt.

»Heißt dass, wenn sie in einem deiner anderen Clubs arbeitet, dürfte sie …«

»Natürlich. Schließlich bin ich kein Unmensch. Wenn ich dein Konzept nicht mag, kann sie ja immer noch woanders kellnern.«

»Es ist nicht mein Konzept, es ist ihres.«

Säuerlich presste Paul die Lippen aufeinander. Kate sprühte nur so vor Ideen. Ihre Talente hinter der Theke zu verschwenden war absolut verwerflich. Wenn er gekonnt hätte, hätte er sie eingestellt. Andererseits war es vielleicht ein Wink des Schicksals gewesen, dass er diese bescheuerte Vorgabe hatte und nur Mitarbeiter mit einer abgeschlossenen Ausbildung einstellen durfte. Wäre sie seine Mitarbeiterin gewesen, wäre es unmöglich gewesen, sich auf sexueller Ebene anzunähern. Nein, nein, so wie sie sich kennengelernt hatten, war es genau richtig gewesen. Und Kate würde es schaffen.

Paul blickte an der glänzenden Fassade des Gebäudes empor. Wenn Kate Philip Arschloch Prince überzeugte, würde sie nicht mehr im Black Orchid arbeiten, konnte ihre Freizeit mit ihm verbringen und zwei Mal die Woche den Club besuchen. Das wäre perfekt. Wenn sie es schaffte.

*

Eine halbe Stunde später schlotterten Kate Meadows regelrecht die Knie. Ihr Magen hatte sich bereits von ihr verabschiedet, noch bevor sie überhaupt das Gebäude betreten hatte und war auch jetzt nicht wieder zu ihr zurückgekehrt. Stattdessen kämpfte sie gegen akuten Brechdurchfall und stolperte zitternd um Beherrschung bemüht auf den Ausgang des World Trade Centers zu. Das, was da oben passiert war, konnte sie immer noch nicht glauben. Wie ein Film flimmerten die letzten sechzig Minuten vor ihren Augen vorbei. Wie auf Autopilot hatte sie Mr. Prince und Ms. Hodges ihr Konzept präsentiert, hatte überrascht bemerkt, wie die beiden Interesse gezeigt hatten. Nicht das Philip Prince je zu sonderlich vielen Regungen fähig wäre, aber eine interessiert hochgezogene Augenbraue, während er an seinem Wasser nippte und sie mit einer gönnerhaften Handbewegung dazu aufforderte, fortzufahren, war wohl mehr, als Kate erwarten konnte.

Viel mehr Reaktionen hatte sie nicht mehr von ihm bekommen, außer ein paar Worten, die er wohl eher an Ms. Hodges gerichtet hatte, als an sie. »Ms. Meadows bekommt das kleine unbenutzte Büro, Ms. Hodges. Sie wird die Chance bekommen, ihr Konzept auf

Markttauglichkeit zu überprüfen. Setzen Sie einen neuen Arbeitsvertrag sowie einen Auflösungsvertrag für ihren alten Vertrag auf.« Und damit hatte er sich zum Gehen gewandt. Doch bevor er den Konferenzraum verlassen hatte, hatte er sich noch einmal zu ihr umgewandt.

»Sie haben sechs Monate, um die Zahlen zu verbessern. Enttäuschen Sie mich nicht.« Kates Knie schlotterten immer noch, wenn sie sich seine frostigen Worte ins Gedächtnis rief. Niemand wagte es, Philip Prince zu enttäuschen. Auch sie nicht. Ganz bestimmt sie nicht! Doch das waren nicht die Worte, die sie gänzlich aus der Fassung gebracht hatten. Nein, es waren seine Letzten gewesen, die, die er mit einem süffisanten Lächeln untermalt hatte. »Und grüßen Sie Paul von mir.«

*

Kates Magen zog sich zusammen, als sie auf die Straße stolperte und sich suchend nach demjenigen umsah, für den Mr. Princes Worte gedacht waren. Kates Blick hastete über die Straße, suchte sämtliche Parkbänke ab, als eine Bewegung am äußeren Rand ihres Gesichtsfeldes ihre Aufmerksamkeit auf sich zog. Paul Cooper lief auf sie zu, das Jackett geöffnet, die blonden Haare vom Wind zerzaust und ein Gesicht zur Schau tragend, das sie ihren Zorn vergessen ließ. Fast.

»Sag mal, was hast du dir eigentlich dabei gedacht, mit Philip Prince über die Art unserer Beziehung zu reden!«, fuhr sie ihn an und donnerte ihm seine teure

Aktentasche, die er ihr für das Meeting ausgeliehen hatte, gegen die Brust.

»Wie bitte?!«, ächzte Paul und griff aus reiner Vorsicht nach der Tasche. Nicht, dass Kate sie erneut als Waffe gegen ihn verwendete.

»Ach tu nicht so scheinheilig. Prince hat mich angesehen, als wüsste er Bescheid. Als wäre ich ein verdammter Kanarienvogel und er die Katze, die um den Käfig schleicht.«

»Silvester?«, überlegte Paul.

»Nein, verdammt! Aber genau so habe ich mich gefühlt. Mist, warum musstest du ihm erzählen, warum ... Shit. Jetzt komme ich mir vor, als hätte er mir nur den Job gegeben, um dir einen Gefallen zu tun.« Kate schniefte. Sie hatte sich so unglaublich viel auf ihre Fähigkeiten eingebildet. Mit dem Wissen das Gebäude zu verlassen, dass ihr neuer Job nur ein Gefallen unter Männern war, die vermutlich ihre Eroberungen miteinander verglichen, tat unglaublich weh.

»Aber Kate«, wehrte sich Paul. Er konnte förmlich in ihrem Gesicht lesen, was sie dachte. »Philip Prince gibt niemandem einen Job, nur um jemandem einen Gefallen zu tun. Seine Anerkennung muss man sich hart erarbeiten und wenn er dir eine Chance gibt, dann nur, weil du ihn überzeugt hast und er an dich glaubt.« Paul hielt inne. »Du hast ihn doch überzeugen können?«

Kate schniefte, angelte in ihrer Handtasche nach einem Taschentuch und putzte sich schnäuzend die Nase. »Ja, hat er. Aber es fühlt sich nicht wie ein Sieg an, eher wie ein Trostpreis.«

Paul seufzte auf. »Aber nein, das ist ein Sieg. Wenn du ihn überzeugt hast, hast du gewonnen. Verdammt, du hast alles gewonnen. Wenn du willst, können wir deinen neuen Job gerne im Club feiern.«

Kate rollte mit den Augen. »Ich weiß noch nicht, ob ich dir böse oder dankbar sein soll. Philip Prince weiß, dass wir miteinander schlafen. Das gefällt mir überhaupt nicht.« Paul lachte und legte ihr einen Arm um die Schultern, um sie in Richtung Metro zu führen.

»Schätzchen, im Black Orchid schläft jeder mit jedem. Was soll er denn anderes denken?«

Kate stöhnte. »Er ist mein Boss, und ich muss ihn jetzt jeden Tag sehen.« Gott, daran hatte sie ja noch gar nicht gedacht. Hastig schlug sie die Hände vors Gesicht. »Das wird so peinlich.«

»Peinlich muss dir überhaupt nichts sein. Außer vielleicht die Erinnerung an das, was ich heute Abend mit dir vorhabe.«

Interessiert lugte sie zwischen ihren gespreizten Fingern hervor und blickte ihn lauernd an. »Will ich gar nicht wissen, Paul Cooper. Denn heute Abend tanzt du nach meiner Pfeife. Dass du es Prince erzählt hast, wird dich was kosten.«

Paul biss sich auf die Unterlippe. Er hatte Philip überhaupt nichts erzählt, aber die Vorstellung, von Kate dominiert zu werden reizte ihn. »Heißt das jetzt, dass du meine Freundin bist?« Kate hielt inne und starrte ihn lauernd an. »Du willst mich als deine Freundin? Eine feste Beziehung? Paul Cooper, Aufreißer Nr. 1 im Black Orchid, will eine feste Freundin? Das bedeutet dann aber, dass du mit keiner anderen Frau schlafen darfst, außer mit mir. Ist dir das klar?«

Paul seufzte gespielt theatralisch. »Wir müssen alle unsere Opfer bringen. Aber ja, ich will mit dir gehen. Willst du auch?«

Kate boxte ihn gegen die Schulter. »Mal sehen. Wenn du dich gut führst.«

Paul lachte leise und zog sie enger an sich. »Ich werde mein Bestes geben.«

~ Ende ~

Danksagung

Ich bin wahrlich kein Fan von Danksagungen. Mir fallen sie unheimlich schwer, weil ich ständig das Gefühl habe, eine wichtige Person zu vergessen und mir damit den Ärger eines liebgewonnenen Menschen zuzuziehen. *hüstel*

Aber wenn ich gar nichts schreibe, fühlt es sich auch nicht richtig an. Also versuche ich es Mal. Doch falls ich jemanden vergesse, der der Meinung ist, er oder sie hätte an dieser Stelle erwähnt werden müssen, so habe ich das garantiert nicht mit Absicht gemacht. Ich vergesse einfach zu schnell zu viel. Dickes sorry!

Also zunächst möchte ich Katie danken. Ihr ist die Idee des Black Orchid zu verdanken und wir sprudeln sozusagen über vor Ideen. Ich danke ihr unglaublich, dass sie mich gefragt hat, ob ich bei dieser Reihe mitmachen möchte. *kisses*

Dann möchte ich mich auf jeden Fall bei der zauberhaften Steffi bedanken, die mich mit ihrer liebevollen Art immer wieder auf Fehler hinweist und mich sogar beim Kritisieren zum Lachen bringt. Sie weiß einfach, wie sie mich anpacken muss und kitzelt Höchstleistungen aus mir heraus.

Ja und zu guter Letzt möchte ich mich noch bei allen Lesern der Reihe bedanken. Ihr seid unglaublich! Ohne euer Interesse gäbe es das Black Orchid erst gar nicht und die vielen wundervollen und einzigartigen Protagonisten wären nie erschaffen worden.

Ach, und falls ihr mir nicht schon über die sozialen Medien folgt, könnt ihr das ab sofort auch via Newsletter tun. Die Adresse hänge ich euch an. Dort erwarten euch in unregelmäßigen Abständen Neuigkeiten, natürlich auch, wenn es eine neue Geschichte aus dem Black Orchid gibt.

Vielen Dank!

Eure Kitty

Homepage: Http://www.kitty-harper.de

Newsletter: http://www.kitty-harper.de/newsletter

Black Orchid – Be My Master

(Black Orchid 4)

Von Kitty Harper

Buchbeschreibung:
Evie Stevens ist jung, erfolgreich und Inhaberin eines aufstrebenden Start-ups. Nur eines kommt in Evies Leben definitiv zu kurz: der Sex. Die Mitgliedschaft im Black Orchid sieht sie eher praktisch. Massagen, Wellness und gutes Essen in direkter Nähe zu ihrer Firma. Perfekt für eine vielbeschäftigte Jungunternehmerin.
Ash Hunter zeigt wenig Talent für die Geschäfte seines Vaters. Höflich wurde er aus der Firma gebeten und für sein Stillhalten mit einer ansehnlichen Apanage ausgestattet, mit der er sich den Club finanziert. Erst die hübsche Blondine an der Bar im Saints erregt seine Aufmerksamkeit. Ihre Distanziertheit zieht ihn magisch an und er nimmt sich fest vor, die kühle Schönheit in die Freuden ungezügelter Leidenschaft einzuführen.

KAPITEL 1

Evie Stevens saß an der großen Bar im Saints, nippte gedankenverloren an ihrem Martini und blätterte in der neuesten Ausgabe des *Lancet*. Eigentlich wollte sie nicht gerade im Black Orchid mit dem renommiertesten Wissenschaftsmagazin der Welt erwischt werden, doch sie hatte ihre Neugierde nicht zügeln können. Sie musste einfach wissen, wie das Journal auf die Forschungsergebnisse ihres Start-ups reagierte. Die Studie, die sie im Bereich DNA-Methylierungsdaten veröffentlicht hatte, wartete auf die Revision. Wenn das Urteil der Wissenschaft positiv ausfiel und ihre Testrate von 95% bestätigt wurde, hätte sie die Behandlung von Krebspatienten auf der ganzen Welt revolutioniert. Ihr Start-up arbeitete bereits jetzt mit mehreren großen Laboren zusammen, belieferte sie mit Ausrüstung und der Software. Obwohl die Studie noch nicht einmal veröffentlicht gewesen war, flatterten ihr bereits hunderte Aufträge ins Haus. Das Wachstumspotential von Biotronic Systems lag bei über eintausend Prozent im zweiten Jahr. Erst vor ein paar Tagen hatte sie den Mietvertrag für ein neues Bürogebäude unterschrieben, nächste Woche würde sie den *Archer*, ihre Validierungssoftware, auf einer öffentlichen Veranstaltung präsentieren und dann erst die Termine mit der Bank für die Finanzierung neuer Server und Hardware. Kurzum, Evie qualmte der Kopf und sie brauchte dringend Ablenkung.

Das Black Orchid bot genau die richtige Kulisse, um auf andere Gedanken zu kommen. Nicht, dass sie nicht wusste, was das Black Orchid für ein Club war. Ihr war sehr wohl bewusst, weshalb die Schönen und Reichen New Yorks sich hier tummelten. Doch Evie sah sich nicht als das typische Klientel. Sie hatte die Einladung für den Club vor einem Jahr bekommen, als sie auf einer Party auf Philip Prince getroffen war. Er fand, dass eine junge Unternehmerin wie sie Zerstreuung bitter nötig hatte. Doch nach dieser Art von Zerstreuung suchte Evie nicht. Evie genoss einfach nur das angenehme Ambiente, das gute Essen – denn fürs Kochen hatte sie nun wirklich keine Zeit – und den Wellnessbereich. All das fand sie im Black Orchid unter einem Dach. Wenn sie wollte, musste sie nicht einmal mehr nach Hause. Vom Club aus konnte sie direkt wieder in die Firma fahren und dort übernachten. Sie hatte sich ein Zimmer hinter ihrem Büro als Schlafbereich eingerichtet, die nötigsten Kosmetika und ein paar Kleidungsstücke platziert, so dass sie sich immer frisch machen und ein paar Minuten hinlegen konnte, wenn sie mal ein wenig Luft hatte oder vor einem wichtigen Meeting eine Pause brauchte. Und wenn sie ehrlich war, hatte sie diese Möglichkeit in den letzten Wochen immer häufiger genutzt.

Evies Gedanken kehrten zurück zum *Lancet*, als sie den gesuchten Artikel entdeckte. Ihr Augen huschten über die Überschrift und dann zum Schlusswort. Hastig überflog sie die Worte, atmete erleichtert aus, lehnte sich zurück und stürzte den Martini in einem Zug herunter. Gott sei Dank, das Urteil der Fachpresse war positiv ausgefallen.

Mit einem knappen Blick und dem gehobenen Zeigefinger orderte sie einen neuen Martini bei Melanie, der Barkeeperin hier im Saints, bevor sie den knappen Rock des Kostüms über ihren Knie zurechtrückte und sich vorbeugte, um in aller Ruhe das Urteil der Fachpresse zu genießen. Evie war schon in den ersten Absatz vertieft, als Melanie den Martini vor ihr abstellte und einen Blick auf die mit Text zugepflasterten Seiten warf.

»Keine Modezeitschrift?«, kommentierte die Barkeeperin.

Evie hob den Kopf und taxierte Melanie. »Uninteressant«, kommentierte sie knapp.

Melanie stutzte. »Verzeihung, Ms. Stevens, diese Bemerkung war unangebracht. Ich nahm an, bei Ihrem stets modischen Auftreten, dass Sie auch Zeitschriften aus diesem Bereich konsultieren.« Evie versuchte sich an einem sympathischen Lächeln, doch es wollte ihr nicht so recht gelingen. Sozialer Umgang war ihr nicht gerade in die Wiege gelegt worden. Auch ein Grund, warum sie das Black Orchid schätzte. Diskretion, nicht nur vom Personal, sondern auch von den Gästen. Und Stil. Während ihres Studiums war sie oft genug Ziel männlicher Mutproben gewesen, musste sich mit Jungs abgeben, die sich ganz und gar nicht ihrem Alter entsprechend benahmen, sondern Frauen angruben wie ein Rudel junger Wölfe. Im Black Orchid würde ihr so etwas nicht passieren. Wer hier herkam, verfügte über einen sehr gut gefüllten Geldbeutel und wusste sich zu benehmen. Gehobene Gespräche und ein stilvoller Umgang, das war es, was sie hier schätzte. Doch das änderte nichts an der Tatsache, dass ihr Smalltalk noch immer schwerfiel. Deshalb entschuldigte sie sich auch sofort bei der Barkeeperin. Die Frau wollte nur nett sein.

»Ich habe mich noch nie für Mode interessiert.« Evie schlug das Magazin zu und drehte es so, dass Melanie die Titelseite in Augenschein nehmen konnte. Ungläubig weiteten sich ihre Augen.

»Lancert? Ist das nicht diese Wissenschaftszeitung?«

Evie nickte lächelnd. »Mein Start-up hat eine Software im Bereich der Biotronik entwickelt und an einer Studie teilgenommen. Ich wollte den Fachartikel dazu jetzt lesen.« Melanies Augen weiteten sich.

»Wow«, entfuhr es ihr ehrfürchtig. Evie strebte eigentlich nicht nach der Aufmerksamkeit anderer, sie wusste, zu was sie fähig war und brauchte keine Beweihräucherung ihrer Leistungen. Dennoch konnte sie es sich nicht nehmen lassen, noch einen draufzusetzen, sie war unglaublich stolz auf die Leistung ihres Teams – zurecht. »Krebsdiagnostik«, murmelte sie. Mels Augen weiteten sich noch ein klein wenig mehr, doch dann schenkte sie Evie ein freundliches Lächeln.

»Kann es sein, dass ich an meiner Bar eine richtige Koryphäe sitzen habe?«

Evie lachte erleichtert. Normalerweise schreckte ihr beruflicher Erfolg die Menschen ab, doch nicht Melanie, und schon gar nicht im Black Orchid. Denn hier tummelten sich ausschließlich erfolgreiche Unternehmer, Anwälte und Superreiche. Niemand wurde für Erfolg gemieden, nein, hier erwartete man das sogar. Evie musste sich allerdings erst noch daran gewöhnen. »Vielleicht.« Sie zuckte mit den Schultern.

Melanie schob ihr den frisch gemixten Martini zu. »Dann lassen Sie sich den Artikel und Ihren Martini schmecken, Ms. Stevens.«

*

Ash Hunter saß am Ende der Bar und beobachtete die junge Blondine, mit der Melanie, die Chefbarkeeperin des Saints, sich gerade unterhielt. Er hatte einen Blick für kühle, distanzierte Schönheit und diese Frau erweckte in ihm den Eindruck, genau das zu sein. Trotz ihrer schlanken Beine, dem perfekt sitzenden Kostüm und der akkuraten Hochsteckfrisur spürte er in ihr eine Wildheit, die verlangte, von ihm gebändigt zu werden. Weder ihre Haltung noch ihr Verhalten ließen ihn erahnen, was unter der kühlen Oberfläche lauerte, nein, es war ihr

Blick. Als sie sich von Melanie ab und dem Magazin vor ihr zuwandte, kreuzten sich zufällig ihre Blicke. Hinter den schmalen Brillengläsern loderte ein messerscharfer Verstand. Keine Frau im Black Orchid hatte ihn derart fasziniert, wie diese. Und er kannte sich mit Frauen aus. Dafür hatte er zu viel Zeit hier verbracht. Was sollte er auch anderes machen? Den Job hatte man ihm genommen und ihn höflich gebeten, irgendwoanders Chaos zu stiften – mit einer hübschen monatlichen Zuwendung seines Vaters konnte er tun und lassen, was er wollte. Und das tat er auch, zugegeben hauptsächlich in der Horizontalen, wenn er die Damen der feinen Gesellschaft nicht gerade ablichtete.

Ash nippte ein seinem Scotch und nahm wieder die Frau in Augenschein. Zwar war Ash nicht so vermessen zu behaupten, alle Frauen zu kennen, doch er konnte sich rühmen, einen Großteil von ihnen bereits gesehen zu haben. Nackt, entblößt, willig. Nur manchmal kam es zum Sex, häufig wollten sie nur seine Linse auf ihrem Körper. Ash hatte nicht vorgehabt, das Architekturbüro seines Vaters in die roten Zahlen zu treiben, er war einfach nur nicht fürs Geschäft gemacht. Verdammt, er war ein Künstler und als solcher kehrte er die Seele eines Menschen nach außen und bannte sein innerstes Wesen auf Polaroid oder Leinwand. Nein, er hatte sie nicht alle flachgelegt, obwohl er sich vor Angeboten kaum retten konnte, nein, sie hatten die Hüllen vor ihm fallengelassen, damit er sie ins rechte Licht rückte. Ash Hunter war ein Jäger, ein Künstler, und er verstand es, das Beste aus jeder Frau herauszulocken. Sie wählten ihn, weil er es schaffte, ihre innere Schönheit nach außen zu kehren und für die Ewigkeit festzuhalten.

Wieder nippte Ash an seinem Scotch. Die kleine Blondine an der Bar reizte ihn. Sie war schön, keine Frage. Aber in ihrem Blick lag etwas Wildes, Rohes, was er nicht greifen konnte. Meist genügte ihm ein Blick und er wusste, wie die Frau vor ihm tickte, wo ihre Hemmungen lagen, welche Knöpfe er drücken musste, damit sie sich ihm öffnete, doch diese Frau war ihm ein Rätsel und das reizte ihn. Ihre Unnahbarkeit zog ihn an.

Ash nippte nochmals an seinem Glas. Der Scotch brannte ihm in der Nase. Scharf sog er die Luft ein, um dem Brennen entgegenzuwirken, rutschte von seinem Hocker und schlenderte zu ihr hinüber. Im Vorbeigehen griff er Melanies Blick auf. Die Barfrau schüttelte hastig den Kopf, während sie ein Getränk mixte, doch er gehörte nicht zu der Sorte Mann, der sich von einer so simplen Geste abschrecken ließ. Die Dame wollte ihre Ruhe haben? Schön, dann sollte sie es ihm sagen. Bis dahin würde er das tun, was er am allerbesten konnte: Anderen auf die Nerven gehen.

»Guten Abend, die Dame«, stellte sich Ash knapp vor und ließ sich auf den Hocker neben ihr gleiten. Sein Glas platzierte er auf der Theke und ließ seinen Finger provokativ um den Rand gleiten. Das Black Orchid suchte man in Ashs Augen nur für eine Sache auf. Mann - und Frau – wollte stilvollen Sex ohne große Verpflichtungen. Er dachte gar nicht erst daran, seine Absichten kundzutun. Diese Frau war heiß und er wollte sie. Punkt.

Doch offensichtlich schien er sich in dem zarten Geschöpf getäuscht zu haben. Ihr Blick klebte zwar an seinem Glas, aber nicht, weil er lasziv seine Finger um den Rand gleiten ließ, oh nein. Sie hob den Blick und betrachtete ihn wie ein Ärgernis, einen Störfaktor, eine lästige Fliege auf ihrer Windschutzscheibe.

»Der Abend kann gar nicht gut sein, wenn Sie mich derart stören. Nehmen Sie Ihr Glas von meiner Zeitschrift. Sie hindern mich am Lesen!«, holte sie zum Gegenschlag aus, fegte seine Hand zur Seite und schob das Glas von dem Magazin. Ein feuchter Kreis verunzierte das Textbild, woraufhin sie kritisch die Nase kräuselte. »Sehen Sie, was Sie angerichtet haben!«, schimpfte sie und deutete auf den Fleck.

Völlig perplex starrte Ash die junge Frau an. »Das ist nur ein Fleck!«, verteidigte er sich. Ihm war gar nicht bewusst, was er getan haben konnte, um eine solche Schimpftirade verdient zu haben.

»Nur ein Fleck!« Gequält schloss sie die Augen und atmete ein paar Mal tief durch.

»Beruhigen Sie sich, Ms. Stevens, Mr. Hunter hatte es sicher nicht auf den Artikel abgesehen, in dem Ihre Firma lobend erwähnt wird«, ging Melanie dazwischen. Verwirrt starrte er die Barkeeperin an. Vielsagend schüttelte sie den Kopf. *Ich hatte Sie gewarnt. Aber Sie wollten ja nicht hören!*, schien diese Geste zu sagen. Ash atmete tief durch und antwortete mit einem knappen Nicken. Ja, er hatte nicht hören wollen, weil er grundsätzlich nie hörte, egal, wer ihm etwas zu sagen versuchte. Ob seine Eltern, seine Freunde oder seine Ex. Er war nun mal der geborene Rebell.

»Entschuldigen Sie«, murmelte er reumütig, griff nach einer Serviette und versuchte, den Fleck von dem Magazin zu tupfen. »Es war nicht meine Absicht, den Artikel zu ruinieren.«

»Nein, hören Sie auf!«, wehrte Ms. Stevens ab und versuchte, seine Hand wegzuschieben, während er den Fleck abtupfte. Doch Ash war mehr als nur gewillt, den Schaden wiedergutzumachen. Wie sollte er sie ergründen dürfen, wenn er bereits das erste Gespräch versiebte? So jedenfalls nicht.

»Nein, nein. Lassen Sie mich machen. Und wenn der Artikel wirklich ruiniert ist, kaufe ich Ihnen ein neues Magazin.« Er ignorierte ihr »Das ist doch nicht nötig!«, zog die Zeitschrift unter ihren Händen hervor und schlug sie zu, einen Finger als provisorisches Lesezeichen zwischen die Seiten geschoben. »Was ist das überhaupt ...?«, murmelte er und betrachtete das Cover. »*Lancet*?!«, entfuhr es ihm. Auch wenn er nicht in der Wissenschaftsszene tätig und nur ein schnöder Fotograf war, wusste er durchaus, welchen Stellenwert der *Lancet* in der Szene darstellte. Ein hochrangiges, wenn nicht DAS Wissenschaftsmagazin der Welt, welches renommierte Studien im Wissenschaftssektor abdruckte und sich vor allem durch Peergroup Reaktionen auszeichnete. Kurzum, wer im *Lancet* genannt wurde, war von Bedeutung. So richtig von Bedeutung! Und vor allem niemand, der sich im Black Orchid herumtrieb. Die

Frau war eine Wissenschaftlerin! Was suchte sie hier? Jetzt hatte sie definitiv sein Interesse geweckt.

Ms. Stevens stellte ihre Versuche, ihm die Zeitschrift zu entreißen, ein und senkte ertappt den Kopf. »Ja«, bestätigte sie.

»Ihre Firma im *Lancet?*«, wiederholte er und kam sich dabei reichlich bescheuert vor. Sie hätte wohl kaum das Magazin gelesen, wenn dem nicht so wäre. »Ich bin beeindruckt«, murmelte er, ohne dem Artikel Beachtung zu schenken. Stattdessen ließ er seinen Blick über ihre langen Beine gleiten, hinauf zu dem kurzen Bleistiftrock, der gerade mal eine Hälfte ihres Oberschenkels bedeckte. Seine Augen glitten zu ihrem schlanken Bauch, den knackigen Brüsten, die sich ihm unter der cremefarbenen Seidenbluse verführerisch entgegen wölbten. Intelligent und sexy, genau der Typ Frau, der ihn total scharf machte. Als Ash ihren zarten Hals in Augenschein nahm, fiel sein Blick schlussendlich auf ihren verkniffenen Mund. Gekränkt zog sich seine Libido zurück. Sie mochte vielleicht wie eine Göttin aussehen und einen scharfen Verstand haben, aber sie hielt nichts von seiner Anmache. *Tja, Kumpel, intelligente Frauen wollten eben auch intelligent angegraben werden.* Doch das Black Orchid war nicht der Ort, wo man ewig herumbalzte. Wer hier her kam, wollte Sex in der gehobenen Klasse mit Personen auf seinem Bildungsniveau. Er hatte unmissverständlich klar gemacht, was er wollte.

»Ich nicht«, zischte Ms. Stevens und entriss ihm das Magazin. Ihr kurzer Anfall von Demut war verflogen, doch die Art und Weise, wie sie die Augen niedergeschlagen hatte, ließ seinen Jagdtrieb vor Freude jubilieren. Ja, in diesem Club gab es schnellen, unkomplizierten Sex, doch erst als sie ihn abblitzen ließ, wurde ihm klar, dass er das gerade gar nicht wollte. Was ihn an ihr reizte, war die Tatsache, dass sie ihm nicht gleich die Hand reichte und in die oberen Stockwerke bat.

Ash lächelte genussvoll. »Womit kann ich Sie dann beeindrucken, Ms. Stevens? Eine Frau, die bereits erreicht hat, was sich die meisten Männer erträumen?« Er stützte sich auf der Theke ab und beugte sich leicht vor.

Ms. Stevens drückte sich ihr Magazin schützend vor die Brust. Ash beobachtete ihre Reaktion interessiert. Schüchtern und angriffslustig zugleich? War da ein Hauch Unsicherheit in ihrem Blick? Im Black Orchid? Himmel, hatte sie sich verlaufen? Es schien, als müsste er bei dieser Rose behutsam die Dornen stutzen. »Ich bin nicht an einer sexuellen Begegnung interessiert, wenn Sie das meinen.«

»Nicht? Weshalb sind Sie dann hier, Ms. Stevens?«

Sie verzog die Lippen. »Zeitmangel. Und weil ich in aller Ruhe meinen Artikel lesen möchte«, fuhr sie ihn an.

Ash seufzte. »In Ordnung, dann störe ich Sie nicht weiter.« Sie stöhnte erleichtert auf und er war schon drauf und dran, den Rückzug anzutreten. Doch sie hatte sein Interesse geweckt, mehr noch, er fühlte, dass sie erobert werden wollte. Natürlich konnte er sich auch täuschen, allerdings nahm er die Herausforderung zu gerne an. Er hatte ja sonst nichts zu tun. »Aber nur, wenn Sie mir erlauben, Sie an einem anderen Abend zu einem Essen hier im Club überreden zu können. Sie essen doch?«

Ms. Stevens runzelte die Stirn. »Jeder Mensch isst. Und wenn ich keine Lust auf Ihre Gesellschaft habe?«

»Genau deshalb sitzen Sie auch an der Bar. Weil Sie mit sich alleine sein wollen und nur ab und zu von unserer guten Melanie nachgeschenkt haben möchten?« Ash lachte auf. »Meine Gesellschaft hat noch keiner Frau geschadet. Nur ein Abendessen, Ms. Stevens. Was halten Sie davon?« Er beugte sich noch etwas weiter nach vorne, widerstand allerdings der Versuchung, ihr in den Ausschnitt zu sehen. Diese Frau war ganz klar nicht auf Sex aus. Aber was wollte sie dann hier? Zeitmangel war in der heutigen Gesellschaft – vor allem in ihren Kreisen – ein weit verbreitetes Problem. Man ging in diesen Club, weil man eben keine Zeit für eine feste Partnerschaft hatte, die gepflegt werden wollte wie eine empfindliche Orchidee. Schneller, stilvoller, aber unverbindlicher Sex, um sich nach ein paar vergnüglichen Stunden wieder ins Businesskostüm zu werfen und ins Hamsterrad zu springen. Nein, das war nicht das, was Ms. Stevens wollte.

»Was habe ich denn davon?« Um ihre Mundwinkel zuckte ein Hauch Amüsiertheit. Oha, sie war ihm gegenüber nicht mehr gänzlich abweisend. Ash beschloss, noch einen Schritt weiterzugehen. Aber nur so viel, dass sie sich nicht wieder hinter ihrem Panzer aus Reserviertheit verschanzte.

Er deutete auf ihr Magazin. »Sie können in aller Ruhe den Artikel lesen und morgen Abend, sagen wir, gegen acht, essen wir gemeinsam und Sie versuchen meinem beschränkten Verstand zu erklären, wie es Ihre Firma ins *Lancert* geschafft hat.«

Ms. Stevens runzelte die Stirn. »Der *Lancert*, es heißt, DER *Lancert*.«

Ash lächelte. »Klugscheißer werden im Wald ausgesetzt, aber Ihnen, Ms. Stevens, steht die Intelligenz.«

Empört hoben sich ihre Augenbrauen. Sie sah dabei so reizvoll aus, dass er sich einen winzigen Augenblick vorstellte, wie sie zu ihm aufblicken würde, wenn sie vor ihm kniete. Shit. Seine Libido reagierte sofort. Der Gedanke war eindeutig zu gewagt für den Versuch, sie zum Abendessen zu überreden. »Das war ein Kompliment, meine Liebe. Also DER *Lancert*. Sie können mir offensichtlich noch viel beibringen. Morgen Abend?«

Ms. Stevens rang sichtlich mit sich, doch dann deutete sie ein Nicken an. »Morgen Abend. Sehr gerne.«

Ash pflückte ihre Hand vom Cover des *Lancert*, beugte sich unter ihrem entsetzten Blick darüber und hauchte einen zarten Kuss auf ihre Haut. Dabei blickte er sie verführerisch an und registrierte genüsslich, wie sie schockiert die Luft angehalten hatte. Ihre Wangen zierte eine verführerische Röte.

»Bis morgen Abend, Ms. Stevens. Ich freue mich darauf.« Als er ihr den Rücken zugewandt hatte und zurück zu seinem Tisch schlenderte, hörte er sie keuchend um Atem ringen. »Bis morgen Abend«, murmelte er zufrieden.

Kapitel 2

Evie Stevens stand vor dem Spiegel und wusste absolut nicht, was sie anziehen sollte. Das war ihr noch nie passiert! Gerade unter Informatikern legte man keinen Wert auf das äußere Erscheinungsbild. Die meisten erschienen im Kapuzenpulli zur Vorlesung und wenn man nächtelang in Quellcodes starrte, war ein adrettes Businessoutfit nun wirklich hinderlich. Doch als sie ihre Firma gegründet hatte und damit in die Geschäftswelt eingestiegen war, hatte sie ihre Einstellung grundsätzlich überarbeiten müssen. Weite Kapuzenpullis und ausgewaschene Jeans gehörten der Vergangenheit an, ab sofort trug sie nur noch Businesskleidung. Doch damit stand sie vor einem weiteren Problem. In ihrem Kleiderschrank befand sich nur Kleidung, die in die eine oder andere Kategorie passte. Sie hatte keine Zeit fürs Ausgehen gehabt und nun stand sie vor dem einen

Problem, was Millionen von Frauen beim ersten Date beschäftigte: Sie hatte nichts anzuziehen!

»Das ist doch lächerlich!«, murmelte sie wütend und schlug die Türen des Kleiderschranks zu. Es war gar kein Date, nur ein verdammtes Abendessen von zwei Menschen, einer Gelegenheitsbekanntschaft. Er musste das Essen ja noch nicht einmal bezahlen! Er ... mit der Wucht eines Vorschlaghammers drängte die Erkenntnis in ihren Verstand, dass sie noch nicht einmal seinen Namen kannte, er aber den ihren wusste. Mist.

Evie hätte die verbliebene Zeit nutzen können, sich ein neues Outfit im Schnelldurchgang zu suchen, so wie sie das immer tat. Rein in den Laden, zielstrebig die gewünschte Kleidung auswählen oder eine Verkäuferin in die Spur schicken und wieder raus aus dem Laden. Effizient und ohne sinnlos Zeit zu verschwenden. Aber da dies ja kein Date war, griff sie einfach zu Rock und Blazer. Doch vor der obligatorischen Bluse hielt sie inne. In ihrem Schrank tummelten sich unzählige cremefarbene Seidenblusen, mal mit Stehkragen, mal mit lockeren Bändern, die sie stilvoll in einen Knoten legen konnte, mal mit schlichtem V-Ausschnitt. Aber irgendwie war ihr heute nicht nach langweiligen Farbtönen. Nein, heute wollte sie etwas Besonderes, etwas Verruchtes. Mit einem sinnlichen Lächeln auf den Lippen griff sie nach der knallroten Bluse. Die Verkäuferin hatte behauptet, sie bräuchte dringend etwas Farbe, etwas, das ihre helle Haut richtig zur Geltung brachte. Evie überlegte nicht lange, ja, heute war ein Tag für Farbe.

Es war noch recht früh, doch Evie wollte die Zeit nutzen, um Melanie, die Barkeeperin, nach dem Typen, mit dem sie sich verabredet hatte, auszuhorchen. Informationen waren Macht, das wusste sie besser als jeder andere. Gerade in ihrer Branche wurden Daten heißer gehandelt als die neueste Modedroge. Wer über genügend Wissen verfügte, es strukturierte und die Muster erkannte, konnte Menschenleben retten. Nun gut, ganz so dramatisch würde es heute Abend nicht werden, doch Evie würde sich deutlich besser fühlen, wenn sie wusste, auf wen sie sich da eingelassen hatte. Ihre Kontrollsucht zwang sie regelrecht, sich bereits eine halbe Stunde vor der verabredeten Zeit an der Bar zu platzieren. Zu ihrem Glück hatte Melanie heute wieder Dienst. Die Barkeeperin kam sofort zu ihr.

»Was darf ich Ihnen bringen, Ms. Stevens?«, begrüßte sie sie freundlich. »Einen Martini?«

Evie registrierte erfreut, dass sich Melanie ihr bevorzugtes Getränk gemerkt hatte. »Gerne, und eine Auskunft?«

Melanie zog eine Augenbraue hoch. »Über den Mann von gestern Abend, der Sie so rüde am Lesen gehindert hat?«

Evie nickte und beobachtete, wie Melanie geschickt den Martini mixte, eine Olive in ein flaches Glas gleiten ließ und gekonnt die klare Flüssigkeit eingoss, mit genau dem richtigen Schwung, so dass sich die mit einem Zahnstocher aufgespießte Olive leicht hob und schließlich auf der Oberfläche schwamm. »Ihr Martini,

Ms. Stevens.« Melanie platzierte eine Serviette vor ihr und stellte das Glas darauf ab.

Während Evie an ihrem Martini nippte, beugte sich Melanie über den Tresen. »Was wollen Sie wissen?«

Evie hätte mit »Alles!« antworten können, wenn sie ihrem Credo »Wissen ist Macht« folgte, aber dafür hätte sie vermutlich den ganzen Abend die Barkeeperin in Beschlag nehmen müssen und da Melanie sicher noch andere Dinge zu tun hatte, als einem Gast Rede und Antwort zu stehen, beschränkte sich Evie auf die wichtigsten Fragen.

»Sein Name, zum Beispiel.«

Melanie wischte einmal über den Tresen. »Der Mann heißt Ash Hunter. Er ist Fotograf.«

»Paparazzi?«, hakte Evie nach. Ihre Finger wanderten um den Rand des Glases, fingen einen verirrten Tropfen auf.

»Nein, Paparazzi würden vielleicht gerne ins Black Orchid, aber Mr. Prince schätzt Diskretion.« Wie jeder Gast des Clubs. Selbstredend das Promifotografen keine Chance hatten, auch nur in die Nähe des Black Orchids zu gelangen. Dafür sorgte das ausgeklügelte System privater Einladungen. »Er ist ein Künstler. Mehr weiß ich nicht über ihn, außer dass er sehr begehrt ist.« Evie war beeindruckt. Kunst lag ihr überhaupt nicht. Etwas so Irrationales und Subjektives schreckte sie ab. Ihr fehlten die klaren Strukturen, die erkennbaren Muster, die unzureichenden Daten. Schönheit war relativ, wurde immer behauptet, aber selbst ein schönes Gesicht konnte bewertet werden. Symmetrie wurde als ansprechend empfunden, reine Haut, geschwungene Formen. All das ließ sich bewerten. Nahm man zum Beispiel Picasso. Seine Bilder waren weder symmetrisch, noch elegant, noch besonders detailgetreu. Aber die Gemälde waren Millionen wert. Kunst war völlig irrational.

»Also ist er gut, in dem was er tut?«, fuhr Evie fort.

Melanie nickte. »Verdammt gut, sonst wäre er nicht hier.« Die Augen der Barkeeperin huschten über ihre Schulter. »Ihre Verabredung, Ms. Stevens.«

Evie nippte erneut an ihrem Martini. Ihr Herz schlug bis zum Anschlag. Die Plauderei mit Melanie hatte sie kaum ablenken können. Seit gestern Abend kämpfte sie mit einer unterschwelligen Nervosität. Sie hatte gehofft, der Martini würde ihre Nerven etwas beruhigen, doch stattdessen sorgte er für glühende Wangen, so dass sie sich fragte, ob das rote Oberteil wirklich eine so gute Idee gewesen war. Ihre helle Haut neigte zu übermäßiger Durchblutung und hässliche rote Flecken überzogen ihr Dekolletee. Oh Mann, sie hatte keine Ahnung, warum sie plötzlich so nervös war. Mr. Hunter war nur ein Mann und sie hatten sich lediglich für ein gemeinsames Abendessen verabredet. Das war kein Date. Wenn es natürlich ein Date gewesen wäre, würde das selbstredend ihre Nervosität erklären. Sie hatte schon seit Jahren keine Verabredung mehr gehabt und …

»Ms. Stevens!«

Ein Schauer rieselte über ihren Rücken und ließ sie frösteln. Evie wünschte sich plötzlich, sie hätte ihren Blazer nicht an der Garderobe abgegeben. In dem Blüschen fühlte sie sich nur unzulänglich vor seinen

Blicken geschützt. Hastig griff sie nach dem Martini, stürzte den Inhalt herunter und zwang sich mit ein paar tiefen Atemzügen zur Ruhe. Melanie beobachtete sie interessiert und nickte ihr schließlich aufmunternd zu. Evie erwiderte ihren Blick mit einem gezwungenen Lächeln, bevor sie die Schultern straffte und sich schwungvoll auf dem Drehhocker umwandte.

»Mr. Hunter«, begrüßte sie ihn und schlug sich im gleichen Moment die imaginäre Hand vor den Kopf. Evie konnte nur hoffen, dass er sich nicht daran erinnerte, ihr gestern seinen Namen nicht genannt zu haben.

»Sie kennen meinen Namen?« Mist. Jetzt bloß nicht nervös werden.

»Natürlich. Warum sollte ich Sie auch nicht kennen?«

Ash runzelte die Stirn, bevor er an ihr vorbei zu Melanie blickte. »Sie haben mich verraten, Melanie!«

Die Barkeeperin zuckte mit den Schultern. »Ihr Name ist kein Geheimnis, Mr. Hunter.« Damit wandte sie sich einem anderen Gast zu, der gerade am anderen Ende der Bar Platz nahm.

»Was hatten Sie denn mit Ihrem Namen vor?«, reizte ihn Evie. Ihr Herz klopfte immer noch vor Aufregung, doch das Geplänkel um seinen Namen verlieh ihr etwas Macht.

»Ich wollte lediglich herausfinden, ob Sie an mir Interesse zeigen.«

Evies Augenbraue wanderte nach oben. »Sie haben mich getestet?«

Lächelnd nahm er neben ihr Platz. »Ein wenig. Und Sie haben mich nicht enttäuscht.« Ash warf ihr einen Blick zu, der ihr Blut in Wallung brachte. Die Aufregung sammelte sich in ihrem Magen und erinnerte sie schamlos daran, dass sie heute noch nichts hatte essen können. Wenn das so weiterging, würde sie auch später nichts runterkriegen. Ashs Blick ging ihr direkt zwischen die Schenkel. Das Gefühl erschreckte sie. Am liebsten hätte sie die Beine zusammengepresst und die Augen abgewandt, doch die Art, wie er sie betrachtete, zog sie magisch an. Sie wollte wegsehen, doch sie konnte nicht. Es war, als hingen ihre Augen in den seinen fest und nur, wenn er es gestattete, würde sie wegsehen können. Doch er erlaubte es nicht, bannte sie und sie sehnte sich danach, dass er seine Hände auf ihre Knie legte und ihre Schenkel auseinander drückte. Evie keuchte erschrocken auf. So etwas hatte sie noch nie gefühlt. Dieser Wunsch, von ihm angefasst, berührt und … Evies Gedanken versagten.

Ashs Lippen umspielte ein zufriedenes Grinsen, als ob sie genau so reagierte, wie er erwartet hatte. Urplötzlich ärgerte sie sich, erst über ihn, doch dann wurde ihr klar, dass sie sich eher über sich selbst ärgerte. Himmel, sie war eine emanzipierte Frau, sie sollte sich nicht danach sehnen, von einem Mann derart dominiert zu werden. Doch dann tat er etwas, was sie ihren Ärger vergessen ließ. Ash legte eine Zeitschrift vor ihr auf dem Tresen ab. »Ich habe Ihnen etwas mitgebracht, Ms. Stevens.«

Evies Blick löste sich von ihm und fiel auf das

Mitbringsel. »Ein *Lancert?*«, entfuhr es ihr überrascht.

Ash nickte. »Ich habe den Artikel gelesen.«

»Wie haben Sie ihn gefunden? Ich habe Ihnen weder die Seite noch den Namen meiner Firma genannt.«

»Das war auch nicht nötig. Ich habe ein scharfes Auge und die Seitennummer erkannt, bevor Sie die Zeitung als Schutzschild verwendet haben.«

»Schutzschild? Muss ich mich etwa vor Ihnen in Acht nehmen, Mr. Hunter?« War sie gerade dabei zu flirten? Evie Stevens flirtete nicht, sie wusste ja noch nicht einmal, wie das überhaupt funktionierte.

»Immer, Ms. Stevens, immer.« Die Art, wie er ihren Namen aussprach, ließ sie erschauern. Der Wunsch, auch ihren Vornamen mit dieser sinnlichen Stimme ausgesprochen zu hören, breitete sich immer mehr in ihr aus. Oh ja, und sie wollte noch so vieles mehr von ihm hören. Laute und Worte, die nicht für die Öffentlichkeit bestimmt waren. Evie schüttelte sich innerlich. Nein, so etwas würde nicht passieren. Ihre ganze Konzentration gehörte ihrer Firma und ihren Kunden. Sie würde sich nicht durch Ash Hunter ablenken lassen. Trotzdem, ein klein wenig Zerstreuung konnte nicht schaden. Zumindest für die nächsten ein bis zwei Stunden.

*

Ash liebte es, Evie Stevens zu provozieren. Die Röte ihrer Wangen wanderte in ihr üppiges Dekolletee und er ertappte sich dabei, einen flüchtigen Blick auf ihre Brüste zu werfen und sich zu fragen, ob ihre Nippel sich bereits nach ihm sehnten. Zu gerne hätte er wie zufällig seinen Handrücken über ihre Brüste streifen lassen, doch es wäre viel zu riskant gewesen. Evie war eine Herausforderung, wie er sie noch nie erlebt hatte. Ihre kühle Distanziertheit bröckelte. Immer wieder reagierte sie auf seine verruchten Anspielungen genau so, wie er wollte.

»Ich fand, Ihnen stünde ein unversehrtes Exemplar zu. Nachdem ich es ruiniert habe.« Er schlug die betreffende Seite mit dem Artikel auf. »Ohne Flecken.«

Evies Blick hing an seinen schlanken Fingern. Seine Haut kribbelte, dort wo ihre Augen ruhten. Nur um das Gefühl noch einen Augenblick länger auszukosten, zeichnete er die Stelle nach, die sein Glas am gestrigen Abend verunziert hatte. Wie hypnotisiert folgte sie den Kreisbewegungen. »Allerdings muss ich gestehen, dass ich nicht ein Wort von dem verstanden habe, was dort stand.« Ash blickte auf. »Vielleicht können Sie es mir beim Essen erklären?« Ash glitt von seinem Barhocker, reichte Evie die Hand und zog sie galant vom Polster. Nur mit Mühe widerstand er dem Drang, sie mit etwas Schwung an sich zu ziehen, so dass ihr unmissverständlich klar wurde, was er wollte. Stattdessen setzte er ein Lächeln auf, das die Damenwelt normalerweise dahinschmelzen ließ, drehte sich zur Seite und legte ihre Hand in seine Armbeuge. Diese Frau würde freiwillig die Hüllen vor ihm fallen lassen, sie würde sich gänzlich auf seinen Befehl hin entblößen und vor ihm knien. Er wollte sie nicht unterwerfen, nein, er wollte, dass sie sich ihm hingab, ihm vertraute und sich von ihm leiten ließ, dass sie vergaß, wer sie war, sich auf ihre Gefühle und Emotionen verließ und den Panzer der Selbstbeherrschung, den sie sich in all den Jahren als Geschäftsführerin und Wissenschaftlerin zugelegt hatte, ablegte und nur noch für die Lust existierte. Er war fest davon überzeugt, ihr beibringen zu können, wie man sich selbst vergaß, seinen Geist befreite, um danach gestärkter, motivierter und entspannter zur Arbeit zurückzukehren. Instinktiv spürte er, dass ihr genau das fehlte. Jemand, der ihr die Verantwortung für ein paar Stunden abnahm. Jemand, der an Orte führte, wo ihre ungezügelte Lust wohnte.

Während Ash sie zu ihrem Tisch, den er wohlweislich vorbestellt hatte, führte, fühlte er, wie sie sich ihm erst widersetzte. Evie wollte sich losreißen und alleine gehen, doch er ließ es nicht zu. Ash hielt ihren Arm in seiner Armbeuge fest. Als sie bemerkte, dass er nicht nachgab, seufzte sie auf und ließ sich von ihm führen. Na bitte.

Leicht beugte sich Ash zu ihr herunter. »Lassen Sie zu, dass ich Sie verwöhne. Bitte«, murmelte er vertraulich. Evie seufzte leise.

»Ich kann nicht …«

»Doch, Sie können. Es ist ganz einfach. Lassen Sie los.« Er nahm ihre Hand aus seiner Armbeuge, führte sie vor sich und legte ihr die andere Hand ins Kreuz. Nur ein ganz leichter Druck und sie ging neben ihm. Genau so wie er es wünschte. Verunsicherung flackerte in ihrem Blick auf und er verstärkte den Druck in ihrem Rücken, so dass sie halb vor ihm ging. »Nach dem Essen, Ms.

Stevens, tanzen wir.« Evie versteifte sich und starrte ihn schockiert an.

»Ich kann nicht tanzen!«, wehrte sie ab.

»Ach was.« Ash ließ sie vor dem Tisch stehen, trat hinter ihren Stuhl und rückte ihn vom Tisch ab. »Bitte, nehmen Sie Platz.« Völlig schockiert starrte sie erst ihn, dann den Stuhl an. Ash wurde ziemlich schnell klar, dass noch kein Mann sie so behandelt hatte. Ihm war es eine innere Freude, sie spüren zu lassen, dass er sie wie eine Königin behandeln wollte, dass er ihr all das geben wollte, wonach sie sich sehnte, sich aber niemals trauen würde zu fragen. »Evie, bitte, setzen Sie sich.«

»Aber, noch nie hat jemand einen Stuhl für mich zurecht gerückt. Ich kann das alleine!«

Ash lächelte. »Natürlich können Sie das. Erlauben Sie mir, es heute für Sie zu tun?« Er würde noch viel mehr für sie tun, sie von ihrem Zwang befreien, immer und überall die Kontrolle zu behalten. Er hatte nicht gelogen, als er behauptet hatte, den Artikel nicht verstanden zu haben. Die Fachjargons waren ihm nicht geläufig und seine medizinischen Kenntnisse beschränkten sich auf ein rudimentäres Wissen über die Einnahme von Aspirin, aber eines hatte er aus dem Artikel mitgenommen: Evie Stevens war unglaublich intelligent und in den letzten Jahren zielstrebig ihren Weg gegangen. Sie hatte ein klares Ziel vor Augen und erlaubte sich keinerlei Freizeit. Sie war erst neunundzwanzig Jahre alt und hatte bereits alles in ihrem Leben erreicht. Ash wusste, was es bedeutete, erfolgreich im Berufsleben zu sein. Man musste sein

Privatleben einstampfen und sich zu zweihundert Prozent dem Job verschreiben. Er hatte es am eigenen Leib erfahren. Und war daran zerbrochen. Ihn vor die Tür zu setzen, war das Beste, was sein Vater für ihn tun konnte. Obwohl der fade Beigeschmack des Versagens blieb. Jetzt fotografierte er nur noch und war damit sehr glücklich. Wenn auch manchmal etwas gelangweilt.

Ash sah den Widerwillen in Evies Augen für einen Moment aufblitzen, doch dann überraschte sie ihn erneut, indem sie nickte und sich auf den Stuhl setzte. Er lächelte zufrieden, als er ihn vorsichtig heranschob. Evie behinderte ihn dabei eher, aber er hatte auch nichts anderes erwartet. Immerhin wusste sie nicht, wie man sich verhielt, wenn jemand den Gentleman gab und ihr den Stuhl zurechtrückte. Als sie endlich saß, ging er um den Tisch herum und setzte sich ihr gegenüber. Evie wollte schon nach der Karte greifen, doch er nahm sie ihr einfach aus der Hand.

»Nein, die brauchen wir heute nicht. Ich habe bereits bestellt.« Evie versteifte sich erneut.

»Sie haben was? Sie haben ja gar keine Ahnung, worauf ich Lust habe!« Behutsam griff er nach ihrer Hand. Ash spürte, dass sie sich ihm erneut entziehen wollte, doch er hatte Jahre im Fitnessstudio verbracht, um den Erwartungen seiner Kunden zu entsprechen. Jung, erfolgreich und natürlich perfekt im Aussehen zu sein lohnte sich endlich. Kraftvoll hielt er ihr Handgelenk umfangen und zog es zu sich.

»Entspannen Sie sich, Evie. Lassen Sie mich für Sie denken. Ich verspreche, Sie werden es nicht bereuen.«

Zärtlich ließ er seinen Daumen über ihr Handgelenk gleiten, malte sachte Kreise auf ihre Haut.

»Und wenn ich nicht möchte, dass Sie für mich denken? Ich kann sehr gut für mich alleine sorgen, darüber bestimmen, was ich essen möchte und …« Je länger sie sprach, je länger er Kreise auf ihr Handgelenk malte, desto mehr verlor sich der Zorn aus ihrer Stimme.

»Warum …«, setzte Evie erneut an. »Warum sollte ich Ihnen all das erlauben?«

Ash war auf diese Frage vorbereitet. »Weil Sie es können, Evie. Im Büro geben Sie die starke Geschäftsfrau, im Privaten brauchen Sie nicht stark zu sein. Ich glaube, dass Sie irgendwann ausgebrannt sein werden, wenn Sie kein Ventil bekommen, wenn Sie nicht lernen, sich fallen zu lassen. Glauben Sie mir, ich habe das bereits hinter mir.«

»Sie verwirren mich. Ich bin nicht hier, um mit Ihnen zu schlafen«, erwiderte sie und entzog ihm kraftvoll seine Hand. »Wenn es das ist, was Sie wollen.«

Ash neigte leicht den Kopf. »Jeder Mann will mit Ihnen schlafen, Ms. Stevens.« Evie feuerte zornige Blicke in seine Richtung. »Aber ich werde Sie nie zu etwas drängen. Ich werde Ihnen nur eine Kostprobe darauf geben, was es bedeutet, sich von mir leiten zu lassen. Sie können sich fallen lassen, mir die Verantwortung übergeben. Sie werden es nicht bereuen.«

Er griff nach dem trockenen Rotwein, den der Kellner bereits in einem Kühler auf ihrem Tisch platziert hatte, hob unter ihren zornigen Blicken die Flasche an und deutete auf ihr Glas. »Rotwein?«

Ash sah die widersprüchlichen Gefühle in ihrer Mimik miteinander ringen. Sie wollte loslassen, aber ihre antrainierten Verhaltensmuster standen ihr eindeutig im Weg. Just in dem Moment, als er ihr dennoch eingießen wollte, sprang sie so schwungvoll auf, dass der Stuhl nach hinten gestoßen wurde und dem Kellner, der gerade ihre Steaks brachte, in den Weg rutschte. Gerade noch rechtzeitig wich der junge Mann dem hölzernen Geschoss aus und drehte sich geschickt zur Seite, so dass die Teller nicht in die Schusslinie von Evies Wut gerieten.

»Nein!«, schimpfte sie, griff nach ihrer Tasche und schwang sie sich über die Schulter. »Ich bin eine emanzipierte Frau, ich muss mich nicht von Ihnen hofieren lassen. Gute Nacht, Mr. Hunter!« Und damit wirbelte sie auf dem Absatz herum und stürmte zum Ausgang.

Ash sah ihr mit einigem Bedauern hinterher. Es wäre ihm wirklich eine Freude gewesen, Evie Stevens heute Abend zu zeigen, was es bedeutete, sich von ihm führen zu lassen. Aber offensichtlich war sie eine ziemlich harte Nuss und zu sehr in ihren Vorstellungen gefangen, um sich auf ihn einzulassen.

Der Kellner trat an den Tisch und stellte die beiden köstlichen Steaks vor ihm und dem verwaisten Platz seiner ehemaligen Begleitung ab. »Nur für einen heute, Mr. Hunter?« Ash goss sich Wein ein.

»Ja, Ms. Stevens hatte es eilig.«

Der Kellner nickte vielsagend. »Wie Sie wünschen.«

Evie Stevens knallte die Wohnungstür hinter sich zu und lehnte sich schwer atmend dagegen. Die High Heels in der einen und ihre Gucci-Clutch in der anderen Hand sank sie mit dem Rücken an die Tür gelehnt zu Boden und wünschte sich nichts sehnlichster, als noch tiefer zu sinken. Konnte sich frau eigentlich mehr blamieren? Da hatte ihr der perfekte Kerl angeboten, sie nach Strich und Faden zu verwöhnen, und was machte sie? Genau, sie rannte um ihr Leben, weil all das Selbstwertgefühl, das sie als eine Frau in einer Männerdomäne brauchte, hart erarbeitet war und sie daran hinderte, sich einmal wie eine echte Frau zu fühlen. Anatomisch war sie eine Frau, darin bestand kein Zweifel. Aber wenn man in der IT bestehen wollte, musste sich Frau zwangsläufig wie ein Kerl verhalten. Da wurden derbe Sprüche gerissen, sexuelle Anspielungen waren an der Tagesordnung und vom Leistungsniveau her hatte sie statt einhundert Prozent immer das Doppelte geben müssen. Nur so war es ihr gelungen, dorthin zu kommen, wo sie heute war. Ihre eigene Chefin zu sein und die Krebsdiagnostik zu revolutionieren. Doch was hatte Evie das alles gekostet? Wann hatte sie die letzte ernsthafte Beziehung geführt? Oder war sie jemals verführt worden? Viel zu lange her, vom Verführtwerden wollte sie gar nicht erst anfangen.

Ash Hunter hatte genau die Seiten in ihr angesprochen, die sie die letzten Jahre verleugnet hatte. Emanzipiert war sie ihren Weg gegangen und hatte sich dabei selbst verloren. Er wollte sie umwerben, ihr den Stuhl zurechtrücken, sie umsorgen und führen und was tat sie? Rannte davon, na klar! Weil dieses Verhalten gänzlich dem widersprach, was sie die letzten Jahre gelebt hatte.

»Ich bin verkorkst«, stellte Evie nüchtern fest, während sie sich langsam wieder hochrappelte und über das edle Echtholzparkett ins Wohnzimmer schlurfte. Im Vorbeigehen ließ sie ihre High Heels fallen, warf die Clutch auf die Anrichte im Flur und machte einen knappen Abstecher in die hochmodern eingerichtete, dafür aber noch niemals benutzte, Küche, griff sich eine überteuerte Weinflasche und schlenderte so bewaffnet ins Wohnzimmer. Per Sprachsteuerung aktivierte sie den Flachbildschirm und angelte nach einem Weinglas. All diesen Luxus konnte sie sich gönnen, doch glücklich hatte sie das bisher noch nicht gemacht. Ihre Wohnung sah aus wie aus einem Hochglanzmagazin. Sie könnte sie theoretisch für Fotoshootings vermieten, an Ash Hunter. Evie lachte auf und verschluckte sich am Wein. Na toll, jetzt drang dieser Kerl schon in ihre Gedanken ein. Das mit der Emanzipation musste sie dringend überdenken.

Während im Fernseher Pretty Woman vor sich hin flimmerte, veränderte sich mit dem Grad des Alkoholpegels in ihrem Blut auch das Aussehen der Charaktere. Richard Gere trug statt seiner sexy angegrauten Kurzhaarfrisur plötzlich dunkle Locken, perfekt gestylt im Ash Hunter Stil und Julia Roberts mutierte zu einer Blondine im Businesslook. Verwirrt schüttelte Evie den Kopf, doch sie genoss die Vorstellung, so verwöhnt zu werden, irgendwie. Gerade als Ms. Julia »Evie« Roberts in der Badewanne versank, holte sie ein jähes Klingeln an der Tür aus den Gedanken. Evie schreckte hoch und schaffte es gerade noch rechtzeitig, ihr weißes Ledersofa vor verschüttetem Rotwein zu retten. Hastig hielt sie die Luft an und manövrierte das Glas vorsichtig Richtung Couchtisch. Erst als sie es sicher dort abgestellt hatte, gestattete sie sich wieder einen Atemzug. Was war nur los mit ihr? Ihr innerer Gemütszustand glich dem, den sie vor Jahren gehabt hatte, als sie kurz vor dem Durchbruch stand, als sie die Testreihen mit der Software gestartet hatten. Mittlerweile war der *Archer* in die dritte Version gegangen und Testreihen zum Tagesgeschäft geworden. Ob das an Ash Hunter lag? Bestimmt. Nur ihm war es zu verdanken, dass sie so neben sich stand.

Es schellte erneut, so dass Evie sich laut fluchend aufrappelte. »Ich komme ja«, schimpfte sie, kämpfte sich aus der Sofalandschaft und stolperte in den Flur. Nur in Strümpfen schlitterte sie über das blank polierte Parkett und drohte schon wieder hinzufallen. »Scheiße!«, fluchte sie und rutschte Richtung Wohnungstür. Hastig langte sie nach dem grünblinkenden Knopf, betätigte ihn und griff nach dem Telefonhörer. »Ja?!«, keuchte sie atemlos in die Muschel.

»Ms. Stevens? Eine Lieferung für Sie.« Genervt rollte sie mit den Augen. Es war nach zweiundzwanzig Uhr. *Welcher Paketbote arbeitete um diese Uhrzeit?*, fragte sie sich noch, als sie bereits den Türöffner gedrückt und den Boten gebeten hatte, raufzukommen. Irritiert starrte sie den Knopf an. Vielleicht hätte sie etwas reservierter sein sollen und ihn bitten müssen, das Paket im Büro abzugeben. Immerhin war sie eine alleinstehende Frau, sie wohnte zwar in New York, hatte sich aber bewusst für ein Apartment in einem Gebäude ohne Pförtner entschieden. Sie hatte gerne die Kontrolle. Aber vielleicht war das die falsche Art von Kontrolle, vielleicht hätte sie mehr über ihre Sicherheit nachdenken sollen.

Evie hätte noch weiter darüber nachgesonnen, wie dumm es von ihr gewesen war, nicht in ein Gebäude mit Zutrittskontrollen zu ziehen, als der Bote bereits ihre Wohnungstür erreicht hatte. Evie, von ihren Sicherheitsbedenken zur Vorsicht ermahnt, öffnete die Tür nur einen Spalt breit und schielte unter der Kette hindurch. Ein junger Mann mit dunklem Basecap und UPS-Weste trat in ihr Sichtfeld.

»Eine Lieferung für Sie, Ms. Stevens«, begrüßte er sie lächelnd. »Es tut mir leid, Sie so spät noch stören zu müssen, aber wir wurden angewiesen, das Paket sofort zuzustellen.« Er schob ihr ein Klemmbrett unter der Kette hindurch zu. »Wenn Sie bitte so freundlich wären, den Empfang zu quittieren. Dann bin ich auch schon weg und Sie können das Paket reinholen.« Sein Lächeln beruhigte sie keineswegs. Serienmörder lächeln auch immer. Doch sie nahm das Klemmbrett entgegen, unterzeichnete bei der mit einem Kreuz markierten Stelle und reichte es ihm samt Stift zurück. »Danke, Ma'am, ich wünsche noch einen angenehmen Abend.«

»Gute Nacht«, erwiderte Evie und wartete misstrauisch, bis seine Schritte im Eingangsbereich des Apartmentgebäudes verklungen waren. Erst dann löste sie die Verriegelung der Kette und öffnete die Tür. Misstrauisch hockte sie sich hin, drehte das Paket zu sich und überprüfte den Adressaufkleber. Entsetzt weiteten sich ihre Augen, als sie den Absender identifiziert hatte.

»So ein Arsch!«, fauchte sie, schnappte sich das Paket und trug es in ihre Küche. Der etwa vierzig mal vierzig Zentimeter große Karton war schwer und sie atmete erleichtert auf, als sie ihn auf ihrem Küchentresen abgestellt hatte. Kurz spielte Evie mit dem Gedanken, ob sie das Paket von Ash Hunter einfach in den Müll werfen sollte, aber dann wurde ihr wieder bewusst, dass sie die Flasche Wein ja nur aufgemacht hatte, um sich nicht länger selbst dafür zu verachten, einfach aus dem Club geflohen zu sein.

Aber bevor sie das Paket aufmachte, brauchte sie eine kleine Stärkung. Eilig huschte sie ins Wohnzimmer, ergriff ihr Weinglas und ging zurück in die Küche. Umsichtig stellte sie das Glas neben das Paket, atmete tief durch und machte sich daran, das Klebeband zu lösen. »Na gut, Mr. Hunter, wollen wir mal sehen, was Sie mir schicken.«

Schicht um Schicht löste sie das Packmaterial und öffnete den Karton. Zum Vorschein kamen seltsame Boxen, doch schon der Duft, der ihr daraus entgegen stieg, ließ ihr das Wasser im Mund zusammenlaufen. *Oh mein Gott.* Das roch köstlich. Umsichtig nahm sie ein paar Wärmeakkus aus der Verpackung. Weitere Schachteln kamen zum Vorschein. Dose für Dose holte sie aus dem Karton. Darin enthalten waren ein Steak, Rosmarinkartoffeln, ein Salat, den man extra in eine Kühlbox gepackt hatte, damit er von der Wärme nicht zusammenfiel, und Bohnen im Speckmantel. Völlig verdattert packte sie die Schachteln aus. Den Umschlag am Boden des Verpackungskartons hätte sie fast nicht bemerkt. Mit spitzen Fingern holte sie den Umschlag hervor. Ihr Name stand in schwungvollen Buchstaben auf dem Kuvert. Die Nachricht konnte nur von Mr. Hunter stammen. Evie ließ sich auf einem Drehhocker nieder, nahm einen großzügigen Schluck Wein und öffnete den Umschlag.

Mit klopfendem Herzen überflog sie die kurze Nachricht.

»Sehr geehrte Ms. Stevens, ich hoffe, Sie nehmen mir den Übergriff nicht übel, aber ich konnte nicht zulassen, dass Sie heute Abend hungrig zu Bett gehen. Ohne mich. Daher habe ich das Personal des Clubs angewiesen, Ihnen das Essen nach Hause zu schicken. Keine Sorge, ich kenne Ihre Adresse nicht und ich werde nicht versuchen, Sie herauszubekommen. Auch wenn das durchaus in meiner Macht stünde.« Evie schmunzelte und angelte, während sie weiterlas, nach einer Rosmarinkartoffel. »Allerdings schulden Sie mir noch einen Tanz. Daher möchte ich Sie bitten, mich morgen Abend um zwanzig Uhr bei dieser Adresse zu treffen. Ich möchte Ihnen zeigen, was es heißt, die Führung abzugeben. Tragen Sie bitte ein Abendkleid. Ich verbleibe grüßend, Ash Hunter.«

Die Rosmarinkartoffel blieb ihr sprichwörtlich im Hals stecken. Ein Abendkleid? Verdammt! Sie hatte gar kein Abendkleid! Noch ehe Evie sich von der Rosmarinkartoffel in ihren Hals erholt hatte, war sie schon aufgesprungen und wie ein aufgescheuchtes Huhn in ihr Schlafzimmer gerannt. Vielleicht könnte sie den schwarzen Rock anziehen, den sie zur Beerdigung ihrer Großtante vierten Grades getragen hatte. Die Frau war schrecklich militant gewesen und hatte in ihrem Testament die Kleiderordnung ihrer Beerdigung festgelegt. Kopfschüttelnd kramte sie sich durch Jeans, Bleistiftröcke, weiße Satinblusen und dunkle Blazer, bis sie schließlich den Rock zu Tage förderte. Kritisch hielt sie ihn vor sich.

»Das könnte gehen«, murmelte Evie stockend. Nicht. Damals war sie noch nicht so schlank gewesen. Zu viel Junkfood und LAN-Parties, zu wenig Sport. Heute sah sie ihre Ernährung kritischer und für LAN-Parties hatte sie sowieso keine Zeit mehr. Nun gut. Irgendwie würde es schon gehen. Mit einer Sicherheitsnadel – oder auch zwei – konnte sie den Rock problemlos zwei Nummern kleiner machen.

Mit diesem Plan im Gepäck widmete sie sich endlich dem geschmähten Steak und leerte dabei großzügig die restliche Flasche Rotwein. Den brauchte sie jetzt ganz dringend. So sehr sie sich auch gegen den Gedanken wehrte, Evie Stevens hatte ein Date – und nichts anzuziehen.

Black Orchid

Kapitel 3

Evie Stevens gehörte nicht zu der Sorte Frau, die sich von Männern beeindrucken ließen. Sie hatte ihr Leben lang in einer von den Herren der Schöpfung dominierten Sektor gearbeitet und sich erfolgreich behauptet. Ihre Firma gehörte zu den aufstrebenden Sternen der IT-Branche. Selbst im Silicon Valley sprach man von ihr! Gerade Evie Stevens sollte also nicht vor Aufregung fahrig auf die Daten der letzten Testreihe starren und sich gedanklich nur mit ihrem Make-up beschäftigen oder ob der schwarze Rock angemessen war. War er nicht, aber das spielte jetzt sowieso keine Rolle mehr. Sie hatte weder die Zeit noch die Lust, ein Kleid kaufen zu gehen. Nein, sie musste die Testreihe abschließen und ihre Entscheidungen an ihre Mitarbeiter weitergeben. Die Programmierer warteten darauf, die Änderungen in den Quellcode einzupflegen, sie hatte noch einige

Termine mit ihrer Assistentin abzusprechen und der Salat, den Catelyn ihr zum Mittagessen besorgt hatte, stand noch immer unangerührt auf ihrem Schreibtisch. Herrje ...

»Ist alles in Ordnung. Evie?« Catelyn tauchte mit ihrem Tablet bewaffnet hinter ihr auf.

»Ja natürlich«, murmelte Evie und richtete ihre Aufmerksamkeit wieder auf die Testdaten. »Wie kommst du denn darauf?« Geschäftig ging sie Datensatz für Datensatz durch und prüfte die prozentualen Ergebnisse auf Ungenauigkeiten. Natürlich könnte sie diese lästige Tätigkeit auch einem Mitarbeiter übertragen, aber gerade in dieser Testphase war es ihr besonders wichtig, alle Fäden in der Hand zu haben. Jede Änderung lief ausschließlich über sie.

»Du wirkst so abwesend.«

Evie sah auf. »Ach was, Catelyn, ich bin nur konzentriert.«

Die Augenbraue ihrer Assistentin wanderte zweifelnd nach oben. »Unter normalen Umständen wärst du längst mit dem Durchgehen der Daten fertig und hättest mir die Terminanfragen bestätigt. Ich würde gerne die Anschreiben fertig machen, bevor ich nach Hause gehe.« Wurde sie gerade von ihrer Assistentin gemaßregelt? Evie holte tief Luft, doch nicht um Catelyn in die Schranken zu weisen. Evie war zwar ihr Boss, aber sie sah Catelyn längst nicht als Untergebene. Sie begegnete ihren Mitarbeitern meistens auf Augenhöhe. Auch wenn sie diejenige war, die ihren Gehaltscheck ausstellte, so betrachtete sie ihre Mitarbeiter eher als

Familie. Sie waren ein Team. Ja, sie verlangte sogar, dass ihre Mitarbeiter und Kollegen sie auf ihre Fehler hinwiesen. Nur so konnte man besser werden, nur so war es ihnen gelungen, die Krebsdiagnostik zu revolutionieren.

»Du hast recht. Ich bin nicht ganz bei der Sache.« Evie legte das Tablet beiseite und ließ ihre Gedanken durch das Testlabor schweifen. Neben mehreren Racks hatten sie auch zwei Laborbereiche eingerichtet, wo Laboranten Proben für die Testreihen vorbereiteten.

Catelyn nahm das Tablet an sich und reichte es an Steve, einen ihrer Programmierer, weiter. »Mach du das heute. Der Boss braucht eine Pause.« Steve nickte, warf Evie noch einen knappen Blick zu, bevor er in der Dunkelkammer, wie sie scherzhaft die Büros der Programmierer nannten, verschwand. Evie war sich ziemlich sicher, dass noch nie Tageslicht ins Innere der Räume gedrungen war. Die Luft roch nach Kaffee und Pfefferminzbonbons und die einzigen Lichtquellen waren eine Schreibtischlampe und die beleuchteten Gaming-Tastaturen. Genau die richtige Biosphäre für effizient arbeitende Programmierer-Gehirne.

»Woran liegt‘s?« Catelyn ließ sich ihr gegenüber auf einem Drehhocker nieder. Evie lehnte sich gegen die Kante des Labortisches und stützte die Ellenbogen darauf. »Du bist doch sonst immer bei der Sache. Dir entgeht meistens nichts und die Daten studierst du immer mit einer Aufmerksamkeit, die andere Frauen eher der Klatschspalte widmen.« Um ihre Mundwinkel zuckte ein Lächeln.

Evie stieß einen Seufzer aus. »Ich habe jemanden kennengelernt.« Entsetzt schnappte Catelyn nach Luft.

»Ist nicht wahr!«, entfuhr es ihr. Evie rollte mit den Augen.

»Ms. Edwards, wir führen hier zwar ein Arbeitsverhältnis auf Augenhöhe, aber ich bin immer noch Ihre Chefin!« Catelyn grinste unverschämt. Sie wusste genau, dass Evie es nicht ernst meinte. Nie würde sie ihre Macht gegen sie ausspielen.

»Natürlich, Boss!«, erwiderte ihre Assistentin. »Und triffst du ihn heute abend? Bist du deshalb etwas ... zerstreut?«

Evie taxierte ihre Assistentin. »Ich bin nicht zerstreut.«

Catelyn zog zweifelnd eine Augenbraue nach oben. Evie kannte niemanden in ihrem näheren Umfeld, der so aussagekräftig seine Meinung äußern konnte, ohne auch nur ein Wort zu sagen. »Ja, okay, ich bin zerstreut. Er macht mich ganz wirsch. Und ja, er ist heiß.«

Catelyn beugte sich lächelnd vor und nahm ihre Hand. »Dann, meine liebe Ms. Stevens, solltst du zusehen, dass du flach gelegt werden. Du hast es weiß Gott verdient.«

Entsetzt starrte Evie ihre Assistentin an. »Flach gelegt werden?«

»Ja. Sex haben. Was denn sonst?!« Catelyn rollte vielsagend mit den Augen. »Oder bist du etwa nicht vorbereitet?«

»Worauf?« Allmählich missfiel Evie die Richtung, in die das Gespräch lief. Ihr Sexualleben – ob vorhanden oder nicht – wollte sie nicht gerade vor ihrer Assistentin ausbreiten.

»Ist unten herum alles … in Ordnung?« Catelyn senkte die Stimme und schielte vorsichtig Richtung Dunkelkammer. Evie folgte ihrem Blick. Erleichtert stellte sie fest, dass die Jungs sich in ihrer Gruft verschanzt hatten und fleißig auf ihre Tastaturen einhackten. Vielleicht sollte sie mal nachsehen, was sie so trieben – um diesem Gespräch zu entkommen. Aber Catelyn ließ nicht locker.

»Die Bikinizone? Alles … schön ordentlich?«

»Ms. Edwards!«, empörte sie sich. »Mit meiner Bikinizone ist alles in Ordnung. Was zur Hölle meinst du?«

Catelyn kicherte hinter vorgehaltener Hand und beugte sich zu ihr. »Bist du rasiert?«

Entsetzt weiteten sich ihre Augen. »Ich bin … was? Nein, natürlich nicht, ich …«, stammelte sie, »brauchte sowas noch nie.«

Catelyn grinste. »Ich habe da genau die Richtige für dich. Ich werde gleich einen Termin für ein Intimwaxing buchen.« Fröhlich sprang Catelyn auf. Entsetzt sah Evie ihr hinterher.

»Catelyn! Warte! Ich werde mich nicht …«

»Doch, Evie, das wirst du. Du wirst dich von oben bis unten aufpolieren lassen und dann haust du ihn um.«

*

»Aber ich …« … *habe gar kein Abendkleid*, wollte sie eigentlich sagen, aber dann beschloss sie, lieber doch den Mund zu halten.

»Los, Evie, auf, auf. Gib den Grufties die letzten Anweisungen und komm dann rauf ins Büro. Ich wette, ich kann dir gleich einen Termin organisieren.« Unter Catelyns Adlerblick erhob sie sich und begab sich Richtung Dunkelkammer. Hätte sie doch nur den Mund gehalten! Aber wenn sie jemals so etwas wie eine Freundin gehabt hatte, dann kam das Verhältnis zu ihrer Assistentin dem schon ziemlich nahe. Das war so erbärmlich! Sie hatte ihr Leben lang nichts anderes gemacht als zu arbeiten und dabei ihr persönliches Umfeld völlig ignoriert. Ja, natürlich kannte sie ein paar Kommilitoninnen, aber die waren beinahe genau so mit ihrem Job verheiratet wie sie selbst. So war das eben als Informatikerin. In den Augen der Männer war man ungeeignet für einen solchen Job und andere Frauen fanden sie meist suspekt. Sie selbst konnte allerdings auch nur sehr wenig mit Geschlechtsgenossinnen anfangen. Worüber sollten sie sich auch unterhalten? Sie interessierte sich weder für Mode noch für Männer oder Kosmetik. Ja, Bits und Bytes interessierten sie, oder meinetwegen noch Dungeons & Dragons PC-Spiele, Konsolen oder Videogames. Aber genau darin lag wieder das Problem. Die Durchschnittsfrau hatte an diesen Themen null Interesse.

Evie seufzte und öffnete die Tür der Dunkelkammer. Sie hatte sich fast schon mit ihrem Los, alleine zu bleiben, abgefunden, doch dann kam nach all den Jahren

Ash Hunter und interessierte sich plötzlich für sie. Offensichtlich war sie doch nicht so ein Nerd, wie sie immer angenommen hatte. Am liebsten hätte sie sich zu den Jungs gesetzt und ein paar Nächte durch programmiert. Quellcodes verstand sie. Programmierer verstand sie. Warum auch sonst hatte sie für ihre Jungs eine solche Arbeitsumgebung geschaffen? Steve, Frankie und der runde Ed konnten hier unten tun und lassen, was sie wollten. Es gab Kaffee in rauen Mengen, das Licht kam nur aus der Glühbirne und das leise Rauschen der PC-Lüfter empfand jeder Anwesende als stimulierend. Arbeitszeiten schrieb sie ihnen genauso wenig vor. Hauptsache die Deadline wurde eingehalten. Evie musste eher dafür sorgen, dass die Jungs auch mal Feierabend machten. Was sie genau jetzt tat.

»Also, meine Herren, ich möchte«, sie blickte auf die Uhr, »dass ihr vor Mitternacht ins Bett geht. Die Änderungen nehmen nicht so viel Zeit in Anspruch, dass ich wieder eine durchgemachte Nacht rechtfertigen könnte. Wir müssen nur noch ein paar Kinderkrankheiten ausmerzen, dann sind wir fertig. Und Ed«, sie nahm den Ältesten in der Runde ins Visier. Ed Thompson schielte an seinem Monitor vorbei.

»Was, Boss?«

»Nächste Woche wird kein Finger krumm gemacht. Meinetwegen kommt her und missbraucht die teuren Server für eine LAN-Party, aber bitte, bitte, bitte tut etwas, womit ihr den Kopf frei kriegt. Die Testreihen sind so gut wie abgeschlossen. Wir brauchen eine Pause, sonst brechen wir zusammen. Okay?«

Zerknirschtes Gemurmel war die einzige Antwort, die sie bekam. Evie schätzte ihre Jungs und jeder Chef würde sich nach dieser Arbeitsmoral die Finger lecken. Aber der *Archer* war so gut wie fertig. Die Pläne für ein paar Erweiterungen der Funktionalitäten standen bereits und die Jungs hätten sich am liebsten sofort daran gemacht. Doch als ihr Boss war es Evies Aufgabe, ihre Jungs nicht zu verheizen. Ja, klar, sie hatte in den Projektordnern herumgestöbert. Ed hatte bereits angefangen. Doch sie alle brauchten Zerstreuung.

»Geh mal aus, ja. So wie ich, heute Abend.«

Ed holte empört Luft. »Du gehst *was*?«

»Echt jetzt, Stevens?« Steve liebte es, ihre Namensgleichheit herauszustellen. Er nannte sie seit dem Studium nur so und fand, sie würden ein wunderbares Paar abgeben. Er könne sich sogar vorstellen, sie zu heiraten und ihren Namen anzunehmen, nur um Steve Stevens zu heißen. Evie fand das nach wie vor nicht lustig. Aber Steve war ein fantastischer Programmierer, nur verkaufen konnte er nicht. Sie hatte ihn nach der Pleite seiner Firma bei sich aufgenommen. Seine Teilhaberin war eine Bitch gewesen, die ihn nach Strich und Faden ausgenommen und mit dem Geld verschwunden war. Steve hatte geschuftet wie ein Tier, nur leider war von seiner Arbeit nie etwas bei ihm angekommen. Stattdessen steckte er bis zum Hals in Schulden.

»Ja, auch wenn du es nicht glauben willst, ich gehe aus. Und nicht mit dir.«

Steve griff sich theatralisch ans Herz. »Jetzt hast du mich getötet. Ich dachte, wir seien füreinander bestimmt.«

Evie lachte. »Lass gut sein, du bist doch nur an deinem PC interessiert.«

Steve zwinkerte verschwörerisch. »Und du weißt, wie das ist. Du würdest mich deswegen nie piesacken. Ich sag ja, wir passen perfekt zusammen.«

»Nein, tun wir nicht. Also, meine Herren, denkt dran, Feierabend zu machen. Ich werde mich jetzt in die Höhle des Löwen begeben.« Auch bekannt als *Waxingstudio.* Evie schüttelte sich. Ganz sicher würde sie das bereuen.

Kapitel 4

Das Waxing war mit Abstand die schlimmste und erniedrigendste Erfahrung gewesen seit der Verteidigung ihrer Abschlussarbeit. Evie war noch nie so dermaßen untersucht worden. Noch nicht einmal beim Gynäkologen. Dafür fühlte sie sich jetzt so glatt wie ein Babypopo. Sie verließ das Kosmetikstudio ohne einen neuen Termin. Auch wenn Chantalle darauf bestanden hatte, sie gleich einzutragen. Man wolle ja nicht, dass … nein, Evie würde den Gedanken nicht zu Ende denken. Irgendetwas von Urwäldern und Tarzans Bananen. Nein, nein, nein! Mit hochroten Wangen öffnete sie die App auf ihrem Handy und überprüfte, wo ihr Uber blieb. Zum Glück konnte sie auf den privaten Dienstleister zurückgreifen, die Farbe eines Taxis würde sie nur wieder an Chantalles Ausführungen über Tarzans Banane erinnern und dann bestand durchaus die Gefahr, dass sie eher nach Hause als zu dem Club fuhr, dessen Adresse Ash Hunter ihr gestern Abend mit dem verschmähten Abendessen hatte zukommen lassen. Zum Glück dauerte es nicht mehr lange und ihr Uber kam.

»Wohin soll's gehen, Lady?« Evie nahm auf der Rückbank platz, zückte Ashs Karte und nannte dem Fahrer die in schwungvoller Handschrift notierte Adresse.

»Oh, dahin. Wirklich edel.«

Evie hob eine Augenbraue. Ihre Lust, sich mit dem Fahrer zu unterhalten, hielt sich in Grenzen. Sie brauchte Zeit, um ihre Gedanken vor dem erneuten Zusammentreffen mit Ash Hunter zu sortieren, doch anscheinend schien der Mann mittleren Alters orientalischer Herkunft Näheres zu wissen.

»Sie kennen das Wild Rose?«, erkundigte sie sich neugierig.

Der Fahrer sah in den Rückspiegel, bevor er gekonnt aus der Parklücke scherte und sich in den Verkehr einsortierte. »Oh ja, Miss. Ich fahre öfter Gäste dorthin. Gut betucht, da gut gekleidet und ich bekomme immer ein ordentliches Trinkgeld.« Innerlich rollte Evie mit den Augen. Man musste kein Kenner diverser Krimiserien sein, um zu wissen, was der Mann für seine Auskünfte erwartete. Sie schielte auf seine Drivers License. Fahrid war sein Name. Evie beschloss, darauf einzugehen. Wenn sie etwas zu Hauf hatte, dann war es Geld. Uberfahrer waren nicht gerade für ihren Reichtum bekannt.

»Aber sicher, Fahrid.« Evie griff nach ihrer Handtasche, zog einen Fünfzigdollarschein aus ihrer

Börse und reichte ihm das Geld. »Also was wissen Sie über die Leute, die im Wild Rose verkehren?«

Fahrid nahm den Schein entgegen und ließ ihn in seiner Jackentasche verschwinden. »Normalerweise fahre ich viele Leute zu diversen Clubs in der Stadt, aber das Wild Rose ist anders. Die Leute, die dorthin wollen sind anders. Ich kann es gar nicht richtig einschätzen, aber Sie passen definitiv nicht dorthin.«

Evie zog eine Augenbraue nach oben. »Wieso denn nicht? Stimmt etwas mit mir nicht?« Der Rock, die Bluse. Verdammt, sie hatte gewusst, dass ihre Kleidung falsch war.

Fahrid zuckte die Schultern, bevor seine Aufmerksamkeit vom Verkehr in Anspruch genommen wurde. »Sie sind anders. Sie wirken, als würden Sie lieber arbeiten, als sich zu amüsieren. Die Leute, die ich ins Wild Rose fahre, wissen jedenfalls, wie man Spaß hat. Meist sind sie mittleren Alters, kommen paarweise und versprühen irgendwie mexikanisches Flaire.«

Evie seufzte. »Das hilft mir überhaupt nicht weiter. Was ist das nun für ein Club? Aber nichts Anstößiges, oder?«

»Nein, Miss, der Club ist okay. Ich weiß nur nicht, ob er etwas für Sie ist.«

»Raten Sie mir ab, dorthin zu gehen?«

Fahrid schüttelte den Kopf. »Nein, das nicht. Versuchen Sie, sich zu amüsieren, ja?«

Evie nickte. »Ich verstehe.«

Das Wild Rose war nicht wie das Black Orchid. Dieser Club hatte sie ausgewählt und sie genoss die

Unaufdringlichkeit der Menschen, die sich dort aufhielten, sehr. Aber das Wild Rose war tatsächlich anders. Schon am Eingang, als sie aus Fahrids Uber stieg, tummelte sich Party liebendes Volk. Leute jeden Alters in kurzen Partykleidern die Frauen, die Herren aufgestylt, so dass sie sich in ihrem schlichten schwarzen Rock wie eine graue Maus vorkam. Lange Zeit, über ihr Outfit nachzudenken, blieb ihr nicht. Ash Hunter lehnte lässig neben dem Eingang auf der von der sich in einer langen Schlange anstehenden Menschenmenge abgewandten Seite, rauchte eine Zigarette und ließ seinen Blick über die Straße schweifen. Er trug einen schwarzen Anzug, kombiniert mit einem schwarzen Hemd und einer knallroten Krawatte. Sein dunkles Haar hatte er mit ein wenig Gel in Form gebracht, so dass seine Locken nicht mehr nach allen Seiten abstanden, sondern ordentlich hinter seinen Ohren blieben. Sein Bart war gestutzt, akkurate Linien zeichneten ihn ab. Kurzum, er sah fantastisch aus. *Zum Anbeißen*, wie sich Catelyn ausdrücken würde. Evie seufzte, sie passte so überhaupt nicht zu ihm.

Es war fast halb neun, sie war ziemlich spät dran, was so gar nicht ihre Art war. Aber sie hatte unendlich lange mit sich gerungen, doch dann hatte sie sich doch dafür entschieden zu kommen. Und jetzt flatterten ihr schon wieder die Nerven. Verdammt, sie war einfach nicht geschaffen für zwischenmenschliche Beziehungen. Evie war gerade noch weit genug von ihm entfernt, dass sie es sich problemlos hätte anders überlegen und das Weite suchen können. Ihre Schritte gerieten ins Stocken.

Doch dann wäre der Aufwand mit dem Waxing völlig umsonst gewesen und Evie machte niemals etwas umsonst. Zudem würde Catelyn sie spätestens morgen früh verhören. Sie konnte ihre Assistentin bereits vor sich sehen, bewaffnet mit ihrem Caramel Macchiato, den sie erst bekommen würde, wenn sie eine zufriedenstellende Antwort gegeben hatte. Evie verzog die Lippen, straffte die Schultern und marschierte los. Obwohl ihr Herz vor Aufregung wie wahnsinnig flatterte und ihr Puls raste, ein warnender Schauer über ihr Rückgrat kroch und sich die Härchen auf ihren Armen vor Anspannung aufstellten, setzte sie mutig einen Schritt vor den anderen. Sie gehörte nicht zu der Sorte Frau, die eine Herausforderung scheute. Oh nein, Evie liebte das Risiko. Das Einzige, wovor sie sich fürchtete, waren Menschen. Nun, nicht vor Menschen direkt, eher vor dem, was sie nicht sagten, vor ihren Gedanken, vor allem wie sie über sie denken konnten. Doch Ash Hunter hatte etwas an sich, das sie ermutigte. Vor ihm fürchtete sie sich nicht, ganz im Gegenteil: Er zog sie magisch an wie ein Leuchtfeuer inmitten tiefster Nacht.

Evies Schritte verlangsamten sich, je näher sie Hunter kam. Sein Blick fokussierte sich auf sie und ein Lächeln glitt über seine geschwungenen Lippen. »Ms. Stevens!«, begrüßte er sie knapp, warf seinen Zigarettenstummel zu Boden und trat die Kippe aus. »Ich bin hocherfreut.« Seine dunklen Haare glänzten feucht. Es hatte schon seit einiger Zeit aufgehört zu regnen, was bedeutete, dass er schon etwas länger hier draußen herumgestanden und auf sie gewartet haben musste. Schuldbewusst wich sie seinem Blick aus.

»Die Verspätung tut mir leid«, murmelte sie entschuldigend. Wenn Catelyn nicht auf das Waxing bestanden hätte und sie nicht viel zu viel Zeit in der Dunkelkammer vertrödelt hätte, wäre sie vermutlich pünktlich gewesen, doch wenn sie ehrlich war, hatte sie eine Ausrede nach der anderen gesucht, zu spät zu kommen und halb gehofft, dass Mr. Hunter sie bereits abgeschrieben hatte. Ihn noch hier stehen und auf sie warten zu sehen, erfreute sie, trotz ihrer Verzögerungstaktik.

»Nur eine echte Lady lässt einen Mann warten.« Hunter neigte den Kopf zur Seite und hielt ihr auffordernd die Hand hin. Evie stockte, sah erst ihn, dann seine Hand an, bevor sie einer Gewohnheit folgend ihm die ihre reichte. Doch Ash tat etwas, was sie nicht erwartete. Er legte seine Handfläche unter ihre Finger, hob ihre Hand leicht an, beugte sich herunter und hauchte einen zarten Kuss auf ihren Handrücken. Hinter sich hörte Evie ein paar Leute nach Luft schnappen, einige kicherten verhalten, doch die Laute gelangten durch das dichte Rauschen, welches sich bei Ashs Berührung über ihre Ohren legte und ihre Sinne flutete, kaum in ihren Verstand. Sie taumelte und griff sich an die Brust, um ihr stolperndes Herz zu beruhigen. Vergeblich.

»Mr. Hunter«, schnappte sie gegen die Enge in ihren Lungen. Ash richtete sich wieder auf und taxierte sie mit einem Blick, der ihr direkt zwischen die Beine fuhr und sie jäh daran erinnerte, was sie hatte dort veranstalten lassen. Verdammt.

»Ms. Stevens. Ist alles in Ordnung?«

Hastig nickte sie. Ash richtete sich wieder auf und zog leicht an ihrem Arm, so dass sie einen Schritt auf ihn zumachte. »Gut. Ich hoffe, das Essen hat Ihnen geschmeckt?«

Evie nickte erneut. »Vielen Dank. Das war wirklich sehr ... freundlich von Ihnen.«

Ash lächelte, drehte sich leicht zur Seite und legte ihr einen Arm in den Rücken. »Sie sehen bezaubernd aus. Wollen wir reingehen?«

Evie schluckte beklommen. Sie mochte, was Ashs Gegenwart mit ihr anstellte. Die Erregung, die von seinen Berührungen ausging. Sie verwünschte gar den lästigen Stoff, der sie daran hinderte, seine Hand auf ihrer nackten Haut zu spüren. Doch auf der anderen Seite widersprachen diese Gefühle gänzlich ihren antrainierten Verhaltensweisen. Sie war doch eine emanzipierte Frau! Wie konnte sie sich so hingeben wollen? Fast kam sie sich vor, als würde sie die Errungenschaften der letzten Jahrzehnte mit Füßen treten, nur weil sie sich erlaubte, ein wenig Ash Hunters Berührungen zu genießen. »Gerne«, erwiderte sie ihren widersprüchlichen Gefühlen zum Trotz.

Ash schob sie sanft vor sich her. Der Türsteher nickte ihm kurz zu und ließ sie vorbei. »Genießen Sie es, Evie. Und denken Sie nicht so viel nach. Ich könnte jetzt behaupten, Nachdenken schadet ihrem hübschen Kopf. Aber das stimmt nicht. Es ist wohl eher so, dass zu viel

Nachdenken die Gefühle verwirrt. Ist es nicht so?« Ashs Atmen strich über ihren Nacken, verwirbelte ein paar Härchen, die sich aus ihrer Hochsteckfrisur gelöst hatten. Seine tiefe Stimme umschmeichelte ihre Sinne und bewirkte, dass sie automatisch die Augen schloss und sich von ihm führen ließ.

»In Ihrer Nähe kann ich nicht nachdenken«, seufzte sie und schob einen Großteil ihrer Bedenken beiseite. Was nützte die ganze Emanzipation, wenn man etwas, was sich so gut anfühlte, verleugnen musste? Evie spürte Ashs Wärme durch ihre dünne Seidenbluse, fühlte seinen Körper ganz nah an dem ihren. Dennoch widerstand sie dem Sog ihrer Gefühle, sich gegen ihn zu lehnen.

»Das ist genau das, was ich von Ihnen möchte«, murmelte Ash und schob sie vorwärts. Evie öffnete die Augen und sah sich neugierig um. Das Wild Rose war gut gefüllt. Aber nicht übervoll. Die Türsteher ließen nur so viele Menschen rein, dass man sich im Club noch wohlfühlen konnte. Ash hatte sie auf eine kleine Empore geführt, von wo aus sie einen guten Blick auf die Tanzfläche hatte. Um das mit Lichtern eingefasste Quadrat tummelten sich unzählige gepolsterte halbrunde Polsterecken, die gleichzeitig als Trennung, wie auch als Sitzgelegenheit dienten. Kleine Tische standen in den Nischen, die sich terrassenförmig ansteigend voneinander abhoben, so dass eine Art Theater entstand und den kleinen Gruppen, die jeweils eine Nische für sich beanspruchten, etwas Privatsphäre gewährte. Die roten Bezüge hoben sich perfekt vom schwarzglänzenden Boden ab. Weiter hinten im Wild

Rose gab es eine Bar. Auch hier waren Rot und Schwarz die vorherrschenden Farben. Über ihnen drehten sich rosenförmige Leuchter und tauchten den Club in ein angenehm rötliches Licht, das hin und wieder von schwenkbaren Scheinwerfern, die den Rhythmus der Musik aufnahmen, durchbrochen wurde. Gerade spielte ein schwungvoller Salsasong.

»Kommen Sie«, murmelte Ash an ihrem Ohr und zog sie zur Garderobe, wo er ihr den Mantel abnahm und ihn zusammen mit seiner Lederjacke abgab. Er wirkte in seinem dunklen Anzug so elegant, dass Evie am liebsten die Finger über den Stoff gleiten lassen wollte. Ihm gegenüber kam sie sich in ihrem schwarzen Rock und der cremefarbenen Bluse schäbig und abgerissen vor. Sie war eben kein Modepüppchen, ihre Interessen lagen woanders. Für Evie musste Kleidung nicht hübsch sein, nur seinen Zweck erfüllen. Doch Ash Hunter im Anzug machte sie schwach. Er sah wirklich verdammt gut aus. Der Dreitagebart und das Funkeln in den Augen rundeten seine erotische Ausstrahlung ab. So einem Mann konnte sie nicht widerstehen. Wenn er sie jetzt bat, mit ihm zu schlafen, sie würde nicht abgeneigt sein. Zumindest nicht so wie gestern Abend.

Ash reichte ihr höflich die Hand. »Darf ich bitten?« Hitze stieg in Evies Wangen. Dank der Lichtverhältnisse blieb Ash seine Wirkung auf ihre Gesichtsfarbe verborgen. Zum Glück, denn Evie nahm an, dass ihm ihre gerötete Haut ziemlich gut gefallen würde. Nachgiebig legte sie ihre Hand in die seine und ließ zu, dass er sie die Treppen hinunter in die Bar geleitete. Die große Wendeltreppe führte von zwei Seiten über eine schwungvolle Rundung hinab. Ash hatte den linken Abgang gewählt, so dass sie nach dem Geländer greifen konnte, während er sie an seinem Arm führte. Evie genoss seine Nähe und wenn sie nicht sicher war, dass das Wummern der Musik ihren Körper vibrieren ließ, würde sie jede Wette eingehen, dass Ash dafür verantwortlich war.

Als sie im Barbereich angekommen waren, führte Ash sie zur Kasse. »Ich zahle«, murmelte er einsilbig, löste ihre Hand aus seiner Armbeuge und warf ihr einen neugierigen Blick zu.

»Ich würde es schätzen, wenn ich meinen Eintritt und meine Getränke selbst zahlen dürfte.«

Ash zog eine Augenbraue hoch. »Ich weiß, dass Sie es sich leisten können. Aber ich habe Sie eingeladen, also zahle ich auch.«

»Ash«, erwiderte sie und wappnete sich für eine längere Diskussion, »ich bin eine emanzipierte Frau. Ich zahle selbst.« Er setzte bereits zu einer Entgegnung an, doch dann huschte ein teuflischer Ausdruck über seine Züge.

»Gut, aber dann müssen Sie mir zwei andere Dinge gestatten, die Sie nicht ablehnen dürfen.«

Evie runzelte die Stirn. »Kein Sex.«

Ash lachte. »Wohl kaum. Ich bin nicht der Typ Mann, der Frauen zum Sex zwingt. Wenn Sie mit mir schlafen wollen, müssen Sie es mir nur sagen. Wollen Sie, Evie?«

Ihr Herzschlag setzte für einen Atemzug aus. Ja, sie wollte, aber sie würde den Teufel tun und es Ash so direkt sagen. Instinktiv fühlte Evie, dass er genau der Richtige war, um ihre Bedürfnisse zu stillen, ohne dass sie sie ihm lang und breit erklären musste. Doch noch war sie nicht bereit, seine Arroganz dermaßen zu befeuern. »Das weiß ich noch nicht.«

Ash lachte. »Also willigen Sie ein? Sie zahlen selbst, dafür dürfen Sie zwei Dinge, die ich gerne für Sie tun würde, nicht ablehnen. Und denken Sie an den Tanz, den Sie mir noch schulden.«

Evie überlegte kurz. »Sie tun etwas für mich?«

Ash nickte ernst. Das Funkeln war aus seinen Augen verschwunden.

»Es muss etwas Gutes sein.«

»Sie werden keinen Schaden davon nehmen.« Ash beugte sich zu ihr. »Ganz im Gegenteil. Ich werde etwas tun, was Ihre Sinne befeuert.«

»Gut«, willigte sie ein, trotz des mulmigen Gefühls in ihrer Magengegend, das allerdings auch von dem verschmähten Salat von heute Mittag herrühren könnte. Sie müsste eigentlich am Verhungern sein, doch Ashs Nähe überlagerte ihren Appetit. »Zwei Dinge.« Evie zückte ihre Börse und legte einen Fünfzigdollarschein auf den Tresen. Die Empfangsdame nickte ihr zu und reichte ihr ein Armband sowie das Wechselgeld. »Und kein Sex.«

»Kein Sex«, bestätigte Ash, nachdem er gezahlt und sein eigenes Armband entgegengenommen hatte.

»Sie ziehen sich aber jetzt nicht vor mir aus?«

Ash lächelte, legte seine Hand in ihren Rücken und führte sie an der Tanzfläche vorbei zur Bar. »Nein, ich verspreche, meine Kleidung dabei anzubehalten. Was wollen Sie trinken? Ich darf doch für Sie mitbestellen? Oder widerspricht das auch Ihrer Emanzipation?« Die Spitze in seinem Tonfall war unüberhörbar, doch Evie stieg nicht weiter darauf ein.

»Eine Weißweinschorle. Sind Sie beleidigt?«

Ash lehnte sich über den Tresen und winkte dem Barkeeper, um zu bestellen. »Wie kommen Sie darauf? Emanzipation ist wirklich toll und ich schätze jede Frau als unabhängigen Menschen mit eigenen Wünschen und Sehnsüchten. Ich würde nie auf die Idee kommen, Ihnen Vorschriften zu machen. Alles, was ich tue, dient nur Ihrem Wohl. Ich würde es sehr schätzen, wenn Sie sich darauf einließen.«

»Warum sollte ich das tun?«, entgegnete Evie. »Ich fühle mich ganz gut, habe meine eigene Firma und verdiene mein eigenes Geld. Ich brauche keinen Mann.«

Ash nahm die Getränke vom Barkeeper entgegen, hielt ihr seinen Arm und und forderte sie mit einem Nicken auf, ihre Hand hineinzulegen. Evie verzog säuerlich das Gesicht, gab aber doch nach und ließ sich von Ash seitlich an der Tanzfläche vorbei zu einer halbrunden Nische führen. Erst als sie saßen, fuhr Ash fort.

»Nein, Sie brauchen keinen Mann, um Sie zu versorgen. Das will ich auch gar nicht bestreiten. Nein, was Sie brauchen ist jemand, der Sie hin und wieder auf Händen trägt, Sie umsorgt und Ihnen ermöglicht, sich fallen zu lassen. Einen Mitstreiter, vielleicht.« Zur Untermauerung seiner Worte reichte er ihr die Weißweinschorle. Augenrollend nahm Evie sie entgegen.

»Und dieser jemand wollen Sie sein?«

Ash griff nach seinem Scotch und stieß den Rand seines Glases gegen den Kelch ihre Schorle. Das Klirren ließ das Glas in ihrer Hand vibrieren. »Ich könnte es sein, wenn Sie es mich versuchen ließen.«

»Warum?«, hakte Evie nach. »Warum wollen Sie das tun, wo ich doch immer wieder klarstelle, dass ich unabhängig bin und bleiben will?«

»Ich will Ihre Unabhängigkeit nicht in Frage stellen.« Ash lächelte, als ob er sich nun für die Antwort auf ihre Frage wappnete. »Weil nur eine Frau wie Sie sich bewusst fallen lassen kann. Und ich jemand bin, der dies zu schätzen weiß. Trauen Sie sich, Evie, was haben Sie schon zu verlieren? Sie können nur gewinnen, an Erfahrung und Genuss.« Ash nippte an seinem Scotch und blickte sie über den Rand seines Glases hinweg herausfordernd an.

Evie nahm einen großzügigen Schluck und ließ sich gegen die Polster sinken. Nachdenklich glitt ihr Blick über die tanzenden Gäste, bis sie schließlich wieder bei Ash angelangt war, der sie abwartend beobachtete. »Gut, ich willige ein.« Ihr Herz klopfte bis zum Hals, ihre Schenkel brannten vor Verlangen. Ashs Worte hatten ein Begehren in ihr ausgelöst, das sie bereits gestern Abend gespürt hatte. Er musste dazu nicht einmal in ihrer Nähe sein, Worte, schwungvoll auf einer cremefarbenen Karte hinterlassen, reichten aus, dass sie sich danach sehnte, unruhig hin und her zu rutschen. Ja, sie wollte sich dafür entscheiden, ihm zu vertrauen. »Aber kein Sex«, beeilte sie sich hinterherzuschieben.

Enttäuscht kräuselten sich Ashs Mundwinkel. »Ms. Stevens, ich muss doch sehr annehmen, dass Sie das Black Orchid nicht ausschließlich wegen seiner Massageräume aufgesucht haben.«

»Die Massagen sind hervorragend«, räusperte sie sich. Ash lachte.

»Wir können Folgendes vereinbaren. Wenn es Ihnen Sicherheit gibt, dürfen Sie mich gerne jederzeit aufhalten. Wenn Ihnen etwas, was ich mit Ihnen machen möchte, damit Sie lernen, sich fallen zu lassen, nicht gefällt, können Sie mich stoppen. Nein bedeutet nein.«

Evie atmete tief durch. Es war so verdammt lang her, dass sie eine richtige Frau hatte sein dürfen, dass sie sich schrecklich danach sehnte, gleichzeitig aber auch ihr Verlangen fürchtete, wenn es erst einmal geweckt war. Das Schlimme war, dass Ash vermutlich genau der Mann war, der ihre geheimsten Wünsche ausgrub. Erneut nahm sie einen Schluck Wein und ärgerte sich im Nachhinein, warum sie nicht um etwas Stärkeres gebeten hatte. »Okay«, murmelte sie und nahm Ash den Scotch aus der Hand. Hastig stürzte sie den Inhalt herunter. »Aber nur, weil ich neugierig bin und ...«

Ashs Augen weiteten sich amüsiert. »... und weil Sie das Gefühl haben, mir vertrauen zu können?«

Evie fasste ihn ins Auge. Zu ihrer eigenen Überraschung nickte sie. »Ja.«

»Dann, meine Liebe, will ich Sie nicht länger warten

lassen.« Ash nahm ihr die Gläser ab und stellte sie auf den kleinen Tisch vor ihnen, bevor er ihr die Hand reichte und sie auffordernd anblickte. »Sie schulden mir einen Tanz.«

Kapitel 5

Evie fühlte sich traumhaft in seinen Armen an. Ganz genau so, wie es sich Ash vorgestellt hatte. Der Körper dieser Frau schrie regelrecht nach Aufmerksamkeit. Schon als er sie an der Bar im Saints gesehen hatte, war ihm ihre verspannte Haltung aufgefallen. Evie Stevens strahlte Stärke und Kraft aus, Eigenschaften, die ihn ansprachen. Frauen wie sie glichen einer Weide. Wenn man zu großen Druck auf sie ausübte, brachen sie. Ging man aber behutsam vor, so dass sie sich an seine Dominanz gewöhnte, sie freiwillig akzeptierte und sich ihm unterordnete, dann würde er ihre Stärke, aber auch ihre Nachgiebigkeit bekommen. Ash liebte ihre Unabhängigkeit und würde sie mit Freuden belohnen, die sie sich nicht in ihren kühnsten Träumen vorstellen konnte. Doch zuerst der Tanz. Ash wollte austesten, wie weit sie ihm schon vertraute.

Sanft führte er sie in einen Nebenraum, fort von den schwungvollen lateinamerikanischen Rhythmen. Tanzen verband Ash nicht mit dem hektischen Rumgezappel zu eingängigen Bässen, nein, was ihm vorschwebte, war purer Sex auf der Tanzfläche. Doch um diese Erfahrung mit Evie zu teilen, brauchte es mehr als ein paar eingängige Rhythmen, dazu brauchte es einen Profi. Wie Julio. Ash lächelte und freute sich schon auf Evies Reaktion.

Evies Augen weiteten sich erstaunt, als sie die Lounge des Wild Rose betraten. Hinter einem dicken, schalldichten Vorhang erstreckte sich eine parkettierte Tanzfläche, wo bereits mehrere Paare eine flotte Salsa hinlegten. Ash ließ seinen Blick über die Paare gleiten und fand bald, wonach er gesucht hatte. Julio stand an der zweiten Bar und genoss einen Rosé. Der gebürtige Spanier trug einen dunkle, weite Hose und ein rotes Hemd mit einer schwarzen Krawatte. Ash beugte sich zu Evie und streifte mit dem Atem ihren Hals.

»Julio gehört das Wild Rose. Für Interessierte veranstaltet er hier jeden Freitagabend einen Salsakurs. Nicht offiziell, eher aus Spaß an der Freude. Er hat es gerne, wenn seine Gäste tanzen können. Seiner Meinung nach hebt es das Niveau des Wild Rose.«

Evie hob leicht den Kopf und blickte ihn erstaunt an. »Salsa? Ich habe noch nie getanzt.«

Ash lächelte und legte seine Handfläche flach auf ihren Rücken, dirigierte sie so an der Tanzfläche vorbei Richtung Bar, die sich im hinteren Teil des kleinen Saales befand, vorbei an kleinen runden Tischen, wo sich ermüdete Tänzer ausruhen und die anderen beobachten konnten. Julio erblickte ihn, nickte ihm zu und stellte seinen Wein auf den Tresen. »Er hat uns gesehen. Entspannen Sie sich Evie. Das wird Ihnen gefallen. Der Tanz dürfte genau nach Ihrem Geschmack sein.«

Evie verspannte sich unter seiner Hand. Ash spürte, dass sie zurückweichen wollte, doch er verstärkte leicht den Druck auf ihren unteren Rücken. »Keine Angst, ich bin bei Ihnen, ich halte Sie.«

»Aber ich bin unpassend gekleidet.«

Ash rollte innerlich mit den Augen. »Sie sind so perfekt, wie Sie sind.«

»Aber ...«

»Möchten Sie lieber gehen? Denken Sie daran, dass Ihnen der Tanz Spaß machen könnte. Julio ist ein ausgezeichneter Lehrer. Er hat mir die Salsa vor Jahren persönlich beigebracht. Ich weiß, wie ich Sie führen muss. Wenn Sie es wollen.«

Evie atmete tief durch und nickte zu seiner großen Freude schließlich. »Okay, aber ich habe wirklich überhaupt keine Tanzerfahrung.« Während Evie sich noch sträubte, hatte Julio sie bereits erreicht. Sein dunkles Haar glänzte im Schein der rosenförmigen Lampen.

»Ash, mein Lieber«, begrüßte Julio ihn knapp und wandte sich sofort an Evie. »Eine bezaubernde Begleitung hast du heute Abend.« Julio hielt Evie die Hand hin. Obwohl Evie sich ein wenig zu sträuben schien, entwischte ihr ein Lächeln und sie reichte Julio die Hand. Der Halbspanier legte seine Handfläche unter ihre Hand und verbeugte sich über ihrem Handrücken. Einen Kuss drückte er ihr nicht auf. Dafür kannte er sie noch nicht gut genug.

»Evie, das ist Julio Hernandez, ihm gehört das Wild Rose. Julio, Evie Stevens.«

»Guten Abend, Mr. Hernandez.«

»Julio, nennen Sie mich Julio. Schließlich werden wir uns heute Abend sehr nahe kommen.« Er blickte sie über ihren Handrücken gebeugt verführerisch an. Ash rollte innerlich mit den Augen. Dieser Charmeur. Er hatte sich in den letzten Jahren viel von Julio abgeschaut, aber so gut wie der Halbspanier war er längst nicht. Die Frauen standen auf ihn und Evie schien keine Ausnahme zu sein. Sie wehrte sich erfolgreich gegen ein Kichern, verkniff ihre Mundwinkel, so dass es wirkte, als wäre sie leicht erbost. Ihre Selbstbeherrschung war wirklich beeindruckend, aber gegen Julio hatte sie nur geringe Chancen. Er würde sie mit seinen Fähigkeiten beeindrucken und bald würde sie sich führen lassen, ohne allerdings ihre Stärke aufzugeben. Genau wie es der Tanz erforderte.

»Sie hat eingewilligt, meine Tanzpartnerin zu sein. Sie sträubt sich noch etwas gegen die Salsa, sie glaubt, sie könnte nicht tanzen«, fügte Ash erklärende Worte hinzu.

Julio hob den Blick. Seine Augen funkelten amüsiert. »Evie, meine Liebe, jeder Mensch kann tanzen. Vielleicht ist bei dem ein oder anderen der Rhythmus etwas verkümmert, aber ich werde ihn schon aus Ihnen herauskitzeln.«

Evie seufzte verunsichert. »Ich weiß nicht … Ash, ich denke nicht, dass …« Bevor Evie richtig Fahrt aufgenommen hatte, richtete sich Julio schwungvoll auf und zog sie auf die Tanzfläche. Ash folgte ihnen schmunzelnd. Julio war genau der Richtige, um die Tänzerin in Evie zu wecken.

»Keine Widerrede, meine Liebe.« Er ließ sie los, nickte Richtung Bar, wo der Barkeeper die Musikanlage hinter sich bediente. Auf Julios Zuruf legte Enrique einen schwungvollen Rhythmus ein. Julio hatte vor Jahren bei Eddie Torres eine Art Kombination aus Salsa und Mambo gelernt, die deutlich mehr Wert auf Rhythmus und Spaß legte. Dabei durften die Tänzer sich hin und wieder loslassen und eigene Interpretationen tanzen. Der Stil fand in vielen Nachtclubs in den 80er Jahren Anhänger. Julio trat ein paar Schritte zurück, wartete auf das Einsetzen der Musik und vollführte ein paar schwungvolle Tanzschritte, ließ seine Hüfte kreisen und zeigte ihnen ein wenig von seinem Können. Nachdem er die Schritte beendet hatte, klatschte er einmal in die Hände und vollführte eine leichte Verbeugung in Evies Richtung, forderte sie mit seinem Körper auf, zu ihm zu kommen. Evie lachte hell auf und schüttelte energisch den Kopf. Doch Julio ließ nicht locker. Auffordernd wackelte er mit den Fingern.

»Ein paar Schritte, meine Liebe, kommen Sie. Ganz locker.« Er ließ seine Hüfte wackeln, was Evie zu einem erneuten Heiterkeitsausbruch verleitete und auf ihn zugehen ließ. »Na gut. Aber seien Sie nachsichtig mit mir. Ich kriege nicht viel Tageslicht.«

Julio lächelte. »Ich auch nicht.« Und dann zog er Evie zu sich, forderte sie auf, sich neben ihn zu stellen und zeigte ihr den Grundschritt. Evie folgte staksig seinen Anweisungen und lachte immer wieder, doch Julio war ein geduldiger Lehrer. Er stellte sich hinter sie, so dicht, dass sich ein mulmiges Gefühl in Ashs Magen ausbreitete. Und als er seine Hand auf Evies Bauch legte, ihren zarten Körper an den seinen drückte und sich mit ihr zur Musik bewegte, glaubte er, irgendetwas in ihm drinnen spannte sich hart an. Sein Magen zog sich zusammen und er hatte alle Mühe, nicht auf die Tanzfläche zu springen und Julio von der Frau zu trennen. Der Tanz war purer Sex, doch Evie merkte es nicht. Sie ließ sich von Julios Bewegungen mitreißen. Ash atmete tief durch. Julio war nur ein Tanzlehrer, sie war mit ihm hier, er war es, der sie leiten wollte, der sie hergebracht hatte, um ihr zu zeigen, wie man tanzte. Dazu brauchte er Julio, nicht ...

»Ash, mein Freund, ich glaube, sie hat es. Komm, übernimm mal. Mir ist schon ganz schwindelig.«

Evie lachte gelöst. »Das liegt nur daran, dass ich mich so dumm anstelle.«

»Ach was, *niña*, Sie machen das ganz wundervoll. Jetzt mit Ash, damit ich ihn korrigieren kann.« Ash rollte mit den Augen, doch er folgte Julios Aufforderung und ging zu Evie. Er stellte sich vor sie und nahm die Arme hoch. Sein Herz klopfte, als sie einen Schritt auf ihn zumachte, die Wimpern senkte und dann den Kopf hob, um ihn von unten herauf anzusehen. Seine Brust wurde eng und er merkte fast gar nicht, wie sie noch einen

Schritt an ihn herantrat. Die Musik setzte ein und Ash machte eine Schrittfolge zurück. Erfreut stellte er fest, dass Evie nicht alle Schritte vergessen hatte. Sie folgte ihm zwar noch etwas staksig, aber sie folgte. Ash lächelte und Evie erwiderte seinen Blick. Nach drei Schritten zurück übte er leichten Gegendruck aus und Evie machte ihrerseits die rückwärtige Schrittfolge, so dass er ihr folgen konnte. Ihr Körper war nachgiebig und im Rhythmus gefangen. Julio ließ sie ein paar Minuten üben, ließ Evie Zeit, Gefallen an der Musik zu finden, bevor er dazwischenging.

»So, aber das ist doch etwas langweilig, oder? Sich immer nur an den Händen haltend. Eine Drehung vielleicht?« Ash nickte, ließ Evies Hand los und wirbelte sie in eine Drehung. Ihre Augen weiteten sich kurz, doch sie war so in der Schrittfolge gefangen, dass sie einfach mitmachte. Ash nahm die Hand in ihren Rücken, stellte das Bein aus und bog sie aus der Drehung heraus kurz nach hinten. Evie keuchte auf, fing sich ab und er merkte, wie sie sich anspannte.

»Nicht fallen lassen, Evie. Sie müssen die Spannung halten«, korrigierte Julio. »Ash bestimmt nur Ihre Position, aber Ihr Gewicht kann er nicht halten.« Evie nickte verstehend. »Machen Sie ruhig ein paar lustvolle Bewegungen mit ihrem Kopf, ah, warte, Ash. Halte sie.« Evies Körper stand unter Strom, als Julio hinter sie trat, ihren Kopf nahm, die Hochsteckfrisur mit einem gezielten Griff löste.

»Oh«, machte Evie, als ihre blonden Locken sich lösten.

»So, und jetzt noch mal. Aber mit Schwung und dann lassen Sie Ihr Haar fallen.«

Ash zog Evie wieder hoch. »Noch mal?«, fragte er lächelnd. Evie nickte, ihre Augen strahlten Begeisterung aus. »Dann los.«

Sie vollführten noch ein paar Mal den Grundschritt. Evie beobachtete Ash aufmerksam, all ihre Sinne waren auf ihn ausgerichtet, wie er erfreut feststellte. Sie spannte sich an und wartete regelrecht darauf, dass er die Drehung initiierte. Ash genoss das Gefühl der Führung. Es schien fast so, als wäre Evie willig, als brannte sie regelrecht darauf, und er wollte sie nicht enttäuschen oder ihre Geduld überstrapazieren. Er war überrascht, wie gut es mit ihr funktionierte. Und dann löste er die Verbindung ihrer Hände, verfestigte seinen Stand und wirbelte sie in die Drehung. Ihr Rock flog nur so dahin, ihr Haar streifte seine Wagen und hinterließ einen blumigen Duft. Sicher fing er sie aus der Drehung auf, legte seine Hand in ihren Rücken und ließ sie in die Fallfigur gleiten. Evies Muskeln spannten sich an, sie überdehnte den Rücken, aber ohne sich zu sehr auf seinen Arm zu stützen. Er war sicher, er könnte einfach fortgehen und sie würde noch genau so dastehen. Seine Hand gab lediglich die Position vor, den Rest machte sie alleine. Ihre Hand lag leicht auf seiner Schulter, ihr Haar fiel weit über ihren Rücken und ihr Kopf glitt herum. Julio trat hinter sie.

»Nicht erschrecken, bleibt genau so«, wies er sie an. Ashs Blick glitt in Evies Ausschnitt. Angestrengt atmete er aus, wusste, dass sein Atem sie dort streifte. Er brauchte alle Konzentration, nicht tief ihren Geruch zu inhalieren, was verdammt schwer war. Sie stand da, präsentierte ihm ihre wunderschöne helle Haut, ihr Brustkorb hob und senkte sich schwer von der Anstrengung, die Position zu halten, während er dagegen ankämpfen musste, sich nicht vorzubeugen und den Schweiß zwischen ihren Brüsten zu kosten. Verdammt. Und was machte Julio? Der stolzierte um sie herum und grinste schelmisch.

»Mach endlich«, knurrte Ash.

Julio bedachte ihn mit einem temperamentvollen Blick. »Nicht so ungeduldig. Evie wird sich noch viel besser anfühlen und fallen lassen können, wenn sie weiß, was sie alles machen darf. Nicht erschrecken, meine Liebe.« Julios Hände glitten unter ihr Haar und stützten ihren Kopf. »So, und jetzt lass los und ich zeige dir, wie du die Männer wahnsinnig machen kannst. Salsa ist Sex pur, also zeig ihnen, was du hast.« Er legte seine Hände links und rechts neben ihren Hals und nickte Ash dann zu.

»Weiter.«

Während Ash seine Hand in ihren Nacken legte, wirbelte er sie herum und Julio stützte Evies Hals, korrigierte ihre Bewegungen, bis ein lustvolles Aufrichten entstand, währenddessen Ash sie scheinbar willenlos herumwirbelte. In Wahrheit stand Evies Körper unter Spannung, ihre Augen waren geschlossen und sie ließ sich ganz von Julio zeigen, wie sie sich bewegen konnte. Ash warf sie nach links, rechts, hin und her und es sah so aus, als würden er sie dominieren.

In seinen Armen kam Evie wieder zum Stehen und starrte Ash fassungslos an. »Wow«, machte sie sprachlos.

Ash lächelte. »Hat es Ihnen gefallen?«

»Ja«, keuchte sie.

Julio trat neben sie beiden. »Ihr harmoniert perfekt miteinander. Sehr schön. Aber ich denke, für heute reicht es. Tanzt und habt Spaß.« Julio beugte sich zu Evie. »Es war mir ein Vergnügen, *Señora* Evie. Es hat mir große Freude bereitet, Ihnen die Salsa zeigen zu dürfen. Möchten Sie wiederkommen?«

Evies Wangen glühten. »Ja, gerne.«

Nachdem sich Julio mit einem Nicken von Ash verabschiedet hatte, blieb er noch eine Weile mit Evie im Arm stehen.

»Und, möchten Sie noch immer gehen?«, neckte er sie.

Evie atmete tief aus. »Nein, ich möchte gerne noch etwas tanzen. Wenn es Ihnen nichts ausmacht.« Sie schenkte Ash ein glühendes Lächeln, welches er sofort erwiderte. Die Musik veränderte sich, Enrique legte etwas Ruhigeres auf. Ash fing sofort an, sich langsam mit Evie hin und her zu wiegen.

»Nicht im geringsten«, murmelte er, verstärkte seinen Griff um ihren Rücken und schaukelte gemächlich im Takt der Musik. »Und wie fanden Sie Ihre erste Salsa-Stunde?«

»Es war unglaublich.«

»Hatten Sie Spaß?«

»Ja.«

»Und überlassen Sie sich meiner Führung? Zumindest auf der Tanzfläche?« Evie hob den Kopf.

»Probieren Sie es aus«, neckte sie. Ash hob anerkennend eine Augenbraue. Zu seiner Überraschung legte sie ihm beide Hände auf die Schultern. Sie stand bereits sehr dicht an ihn gelehnt, doch Ash fand, dass er nach der Salsa, die doch ein sehr schneller Tanz war und somit zuweilen zwischen beiden Partnern etwas viel Platz ließ, dass er sie enger spüren wollte. Er war ihr bereits so nah gewesen und sie hatte sich perfekt für ihn angefühlt. Ash platzierte seine Hand knapp über ihrem Po und zog sie ruckartig an sich. Sie sollte seine Dominanz spüren.

Evie entfuhr ein erschrockenes Keuchen, doch sobald sich ihre Körper der Länge nach berührten, reagierte sie auf seine Nähe. Als hätte jemand den Draht aus ihrem Körper gezogen, schmiegte sie sich an ihn. Ash fuhr über ihren Rücken nach oben, platzierte seine Hand in ihrem Kreuz und bog sie etwas zurück, so dass sie sich tatsächlich von ihm halten lassen musste. Wie bei der Salsa stand ihr Körper dennoch unter Spannung und er gab den Rahmen vor. Evies Kinn hob sich, ihre Augen berührten einander und sie beugte sich seinem Willen. Ash wäre beinahe ein Laut der Erleichterung entwichen, so wunderbar fühlte es sich an, diese starke Frau in seinen Armen zu halten, doch ein solches Geräusch hätte sie ihm vielleicht als Schwäche ausgelegt. Eine Frau wie Evie duldete kein solches Zeichen. Sie wollte einen Alpha, jemandem, zu dem sie aufsehen konnte, jemand der stärker war als sie und von dem sich besiegen lassen konnte, ohne den Stolz zu verlieren. Ash hoffte inständig, ihr gewachsen zu sein, doch wie sie so nachgiebig in seinem Arm stand, den Rücken durchbeugte und ihn ansah, glaubte er, in ihren Augen würdig zu sein. Was für eine Frau.

»Ash?« Verunsichert blickte sie zu ihm auf, doch dann glitt ein Lächeln über seine Lippen.

»Wie fühlt sich das an, Evie?«, murmelte er so dicht über ihren Lippen, dass er ihren Atem auf den seinen spürte. Er bildete sich sogar ein, den Puls an ihrem Hals wahrnehmen zu können. Ihre Brust hob und senkte sich deutlich, er konnte es spüren. »Wie fühlt es sich an, sich mir hinzugeben? Sich mir zu öffnen und darauf zu hoffen, dass ich Sie nicht enttäusche? Wie fühlt es sich an, die Führung abzugeben und mal nicht ständig über die nächsten Schritte nachzudenken, sondern darauf zu bauen, dass ich Sie nicht in die Irre führe?«

Evie erschauerte. »Gut.«

Ash stockte der Atem. »Und jetzt lass los, schließe die Augen und nimm den Kopf nach hinten. Lass dich von mir führen. Höre auf zu denken.« Automatisch senkten sich ihre Lider und sie ließ den Kopf nach hinten fallen. Ihr Haar floss über seinen Arm und sie tat etwas, was Julio gerügt hätte. Die Spannung ihres Körpers ließ nach und sie wurde schwer in seinen Armen, so dass er die Muskeln anspannen musste. Doch das war ein gutes Zeichen. Sie ließ tatsächlich los und als er sich zur Musik bewegte, spürte er erst noch ihr Zögern, ein klein wenig Widerstand, doch er erhöhte den Druck und zwang sie mit sanfter Gewalt, sich von ihm leiten zu lassen, ihm zu folgen. Evie hob den Kopf, sah ihm erst tief in die Augen und dann, als er sie sanft im Takt der Musik wiegte, schlossen sich ihre Lieder und sie lehnte sich vertrauensvoll an ihn, legte sogar die Wange an seine Schulter, so dass er ihren Atem an seinem Hals spüren konnte. Diese Frau war unglaublich und es würde ihm große Freude bereiten, ihre Akzeptanz seiner Führung zu belohnen.

Kapitel 6

Der Tanz war völlig anders als ihre Salsastunde. Klar, sie hatte auf Ashs Führung vertraut und gelernt, wie es war, jemandem zu folgen. Doch dieser ruhige Tanz war viel intimer als die Salsa, als ob sie sich Ash völlig geöffnet hatte. Evie erwachte wie aus einer Trance. Ash konnte wahrlich führen, er fühlte sich fantastisch an und es war so leicht, ihm die Verantwortung zu überlassen. Evie fühlte sich, als wäre eine tonnenschwere Last von ihren Schultern gehoben worden, als könnte sie zum ersten Mal seit Monaten – vielleicht sogar seit Jahren – wieder frei atmen. Mit Bedauern registrierte sie das Ende der Musik. Ash hielt an und schob sie von sich. Benommen blickte sie zu ihm auf, starrte direkt auf seine Lippen.

»Evie? Alles okay?« Seine Finger umspielten ihren Hals, verharrten unter ihrem Kinn und hoben es sanft an. Prüfend blickte er ihr in die Augen.

»Ja«, seufzte sie. Ihr Atem ging heftig, ihre Lider fühlten sich bleischwer an. Automatisch schloss sie die Augen und reckte sich ihm entgegen. »Bitte …«, wimmerte sie, wusste nicht, woher dieses Gefühl plötzlich kam. Seine Nähe und Führung hatten sie so berauscht, dass sie gar nicht anders konnte, als die Lippen zu spitzen und ihm entgegenzukommen. Ashs Finger schlossen sich um ihren Hals, übten sanften Druck aus, schnürten ihr ein wenig die Luft ab. Sein Daumen drückte vorsichtig auf eine Stelle über ihrem Kehlkopf. Irritiert von diesem Gefühl riss Evie die Augen auf, doch da berührten Ashs Lippen die ihren, vernebelten ihr den Verstand und raubten ihren Widerstand. Es war, als zerschmolz sie in seinen Händen, als machten sie seine Lippen zu einem willenlosen Werkzeug seiner Lust. Unbewusst öffnete sie die Lippen, um ein genüssliches Seufzen auszustoßen. Ash nutzte diesen Moment und drang in ihre Mundhöhle ein, kämpfte ihren aufkeimenden Widerstand nieder und eroberte sie genau so, wie sie erobert werden wollte. Evie war gar nicht bewusst gewesen, was sie brauchte, bevor Ashs Zunge sie geschickt erkundete.

Der Kuss intensivierte sich, Evies Luftvorrat schmolz dahin und je mehr sie sich ihm hingab, desto mehr trank er von ihr, nahm, was sie nicht zurückhalten konnte. Ash gab ihren Hals frei, als er merkte, wie bereitwillig sie nachgab. Ein Lächeln zuckte um seine Mundwinkel. Evie registrierte es nur am Rand, denn jetzt vergrub er seine Finger in ihrem Haar und hielt sie sanft in Position. Der Kuss ging in eine zweite Runde. Evie spürte ihn überall.

Seine Zunge erkundete geschickt ihren Mund, seine Hände wanderten über ihren Körper, zerknitterten ihre Kleidung und zupften am Saum ihrer Bluse, wanderten über ihren Po, packten sanft zu. Ash ließ von Evies Mund ab, küsste sich über ihre Halspartie. Eine Hand legte er flach auf ihren Rücken, so dass Evie sich genüsslich fallen lassen konnte und ihm ihren Ausschnitt präsentierte. Ash küsste sich über ihre Haut, leckte ihren salzigen Geschmack auf und kostete von der verführerischen Kerbe zwischen ihren Brüsten. Evie keuchte überrascht auf und hob den Kopf. Ash lächelte genießerisch.

»Du bist unglaublich, Ms. Stevens«, murmelte er und neckte sie mit seiner Nasenspitze zwischen den Brüsten. Evie kicherte leise und richtete sich wieder auf. Ash unterstützte sie mit sanftem Druck, bis sie wieder mit beiden Beinen auf der Tanzfläche stand. Evie hatte gar nicht gemerkt, dass sie das Bein angehoben und es um seinen Oberschenkel geschlungen hatte. Berauscht von dieser Erfahrung rieb sie sich die Nasenwurzel.

»Was war das gerade?«, murmelte sie fahrig. Ash nahm ihre Hand und drückte einen Kuss auf jede Fingerspitze.

»Das, meine Liebe, passiert, wenn du es schaffst, die Führung abzugeben. Du hast losgelassen und wurdest belohnt.«

»Aber hier ...« Entsetzt blickte sich Evie um. Um sie herum verteilt tanzten unzählige Paare. »Vor all den Menschen.«

Ash beugte sich zu ihr. »Die die Show sicher genossen haben«, hauchte er verführerisch.

Evies Augen weiteten sich vor Entsetzen, schockiert über sich selbst, was sie getan hatte, was sie zugelassen hatte. »Ich sollte jetzt gehen«, stammelte sie, der Panik nahe. Obwohl ihr Körper nach mehr schrie, machte ihr Verstand dicht. Sie konnte unmöglich mit Ash Hunter schlafen, denn genau darauf lief es hinaus.

»Warum?«, murmelte Ash und drückte sie an sich. Sanfte Musik bewog ihn dazu, sich sachte mit ihr hin und her zu bewegen. Evie schüttelte den Kopf.

»Ich kann das nicht. Nicht so.«

»Vertraust du mir nicht?«

Evie sah auf, begegnete seinen blauen Augen, die trotz der schummrigen Lichtverhältnisse zu strahlen schienen. »Ja und nein. Ich habe so lange in einer Männerdomäne gearbeitet, dass ich vergessen habe, wie das geht. Etwas in mir sperrt sich.«

»Okay.« Ash nickte. »Dann beenden wir das hier.«

Panik quoll in ihr auf. »Beenden?«, stammelte sie, ihre Stimme nur noch ein entsetztes Hauchen. Ash sah sie an.

»Was möchtest du, Evie Stevens? Möchtest du, dass ich dich in Ruhe lasse? Dann werde ich das tun. Du kannst dein Leben leben und wirst mich nicht wiedersehen. Willst du das?«

Evie wusste nicht, wieso, aber die Vorstellung, Ash nicht wiedersehen zu dürfen, verschreckte sie noch mehr als von ihm in aller Öffentlichkeit geküsst zu werden.

Zaghaft schüttelte sie den Kopf. »Nein«, schob sie bekräftigend hinterher.

Ashs Mundwinkel umspielte ein Lächeln. »Gut, ich nämlich auch nicht. Aber das Tanzen hat dir gefallen? Die Salsa?«

Evie hob das Kinn und nickte. »Ja, sehr.«

»Möchtest du das wiederholen? Nächste Woche vielleicht?«

»Ja, gerne.«

»Dann machen wir das. Salsa, jede Woche. Ich würde sagen, wir könnten es auf jeden Fall langsamer angehen. Vielleicht kann ich so dein Vertrauen gewinnen.«

»Aber«, stammelte Evie und umspielte den Knopf seines Sakkos, »ich dachte, das hast du bereits. Das Tanzen, der Kuss ...«

Ashs Finger umspielten ihren Hals, schoben sich sanft unter den Seidenstoff ihrer Bluse. »Ja und nein. Wann war dein letztes Mal?«

»Was?« Ihre Lider flatterten.

Ash schmunzelte. »So lange schon?«

»Also, ähm ...«, stammelte Evie.

»Du brauchst nichts sagen, meine Liebe. Es ist verdammt lang her. Möchtest du mich näher kennenlernen, dann treffen wir uns nächsten Freitag zu einer neuen Runde Salsa und einem anregenden Abend hier bei Julio?«

Evie legte die Hände auf seine Brust. »Eigentlich habe ich gar keine Zeit. Ich stecke mitten in einer Versuchsreihe. Meine Firma soll nächsten Monat mit der

Auslieferung der Software beginnen, wenn alles wie geplant läuft. Eigentlich müsste ich Tag und Nacht im Labor sein, die Jungs überwachen, Testreihen überprüfen, Abweichungen gegenchecken ...«

»Evie, Evie, Evie ... du wirst zusammenbrechen, wenn du dir zu viel zumutest. Also schenke ich dir ein wenig Ablenkung, nur um den Kopf freizukriegen. Wie klingt das?«

Evie seufzte und lehnte sich gegen ihn. »Himmlisch«, schnurrte sie und platzierte den Kopf an seiner Schulter. »Können wir noch ein wenig so weitertanzen?«

Ash lächelte und küsste ihre Schläfe. »Sehr gerne, meine Liebe.«

*

Ash wusste nicht wieso, aber die letzten Stunden mit Evie hatten ihn völlig seine eigenen Sorgen vergessen lassen. Er war immer hochgradig kreativ gewesen. Selbst als man ihn bestimmt, aber höflich, aus dem Architekturbüro seines Vaters komplimentiert hatte, war seine Kreativität nicht eingerostet. Nur in den letzten Wochen war er zunehmend lethargischer geworden, hatte hauptsächlich zur Zerstreuung das Black Orchid aufgesucht und mit sämtlichen Frauen gevögelt, die sich ihm angeboten hatten. Bei keiner war der Funke übergesprungen. Ja, er hatte Fotos gemacht, sie ins rechte Licht gerückt und ... seinen Job erledigt, aber irgendetwas hatte ihm immer gefehlt. Nicht, dass die

Bilder nicht gut geworden waren, es war eher so, dass ihnen die Seele fehlte. Als wäre er nicht mehr in der Lage, das Wesen des Modells einzufangen – und das war ihm immer gelungen. Also hatte er angefangen zu trinken und zu ficken. Leider machte das alles nicht wirklich besser. Seine Grübeleien hatten auch dazu geführt, dass er gestern Abend am Tresen gesessen und Evie angestarrt hatte. Und dann, ohne es zu merken, war etwas passiert. Das gleiche Gefühl stellte sich heute Abend ein, als würde sie unbewusst die Ketten lösen, die sich um seine Brust geschlungen hatten.

Der Tanz, der Kuss und ihre Nähe taten ihm gut. Ash wurde das erst so richtig klar, nachdem er sie nach Hause gefahren hatte und wieder alleine war. Denn mit dem Alleinsein kehrte der allgegenwärtige Druck zurück. Was war nur mit dieser Frau? Er musste sie wiedersehen und er würde es nicht versauen. Diesmal nicht. Okay, Evie war keine Firma und eine richtige dauerhafte Beziehung hatte er noch nie gehabt, doch mit ihr wollte er sich auf ein längeres Werben einlassen. Wo immer dies auch hinführen würde.

KAPITEL 7

Was sollte man von einem Mann erwarten, der Mitglied in einem Sexclub war? Das Black Orchid war zwar sehr gehoben und legte viel Wert auf das Niveau seiner Gäste, doch im Kern war es ein Club, in dem sich die Menschen trafen, um ihre geheimsten Wünsche auszuleben. Ash Hunter war ein solcher Mann. Evie hatte von ihm eigentlich nichts anderes erwartet, als dass er – gerade nach ihrem sinnlichen Kuss auf der Tanzfläche – versuchen würde, ihr noch einen Kaffee abzuschwatzen, nachdem er seinen Prius vor ihrer Wohnung in Upper Manhattan geparkt hatte. Vielleicht war sie sogar ein wenig enttäuscht, doch Ash versuchte nichts dergleichen. Er schaltete den Motor aus, stieg aus, umrundete den Wagen und öffnete ihr die Tür. Evie hätte gerne auf seine dargebotene Hand verzichtet, doch der

Wagen lag so tief, dass sie mit ihren High Heels wohl kaum ohne Hilfe hätte aussteigen können.

Ash nahm ihre Hand und zog sie schwungvoll vom Sitz, so dass sie gegen seine Brust prallte und er seine Arme um sie legen konnte. Evie keuchte überrascht auf. Während der ganzen Fahrt hatte er kein einziges Wort gesagt, sondern vorgegeben, sich auf den Verkehr konzentrieren zu müssen und jetzt das!

Hastig sah sie zu Ash auf. Ein Lächeln umspielte seine Lippen, als er seine Handfläche an ihre Wange legte, zärtlich mit dem Daumen die Kontur ihres Kinns nachfuhr.

»Sehen wir uns Freitag?«, murmelte er, senkte die Lider und näherte sich vorsichtig ihren Lippen. Evie seufzte, als sein Atem ihren Mund streifte.

»Ich muss schrecklich viel arbeiten.«

»Auch an einem Freitagabend?« Seine Zunge strich federleicht über ihre Unterlippe. »Keine Zeit für Salsa?«

»Doch«, murmelte sie und überbrückte den Abstand zwischen ihnen. Der Kuss war sanft und zurückhaltend, beinahe ehrfürchtig.

»Also dann«, murmelte Ash und sah ihr tief in die Augen. »Bis Freitag. Ich hole dich ab.« Er gab ihr noch einen sanften Kuss, bevor er sich von ihr löste, den Wagen umrundete. Die Fahrertür geöffnet, hielt er noch einmal kurz inne und schenkte ihr ein herzerwärmendes Lächeln. »Gute Nacht. Träum schön!« Dann stieg er ein und startete den Motor.

Evie wartete, bis die Rücklichter seines Prius in der Dunkelheit verschwanden. Erst dann löste sie sich aus ihrer Starre und ging ins Haus. Was für ein seltsamer Abend.

*

Am nächsten Morgen war Evie bereits früh im Büro. In der Nacht hatte sie kaum zur Ruhe finden können. Immer wieder kreisten ihre Gedanken um Ash Hunter. Wie gut er sich angefühlt hatte, wie aufmerksam er gewesen war. Darüber vergaß Evie sogar die laufende Testreihe. Umso härter war der Aufschlag auf dem Boden der Tatsachen, als sie um sieben Uhr morgens die Tür zum Labor öffnete und bereits die gesamte Belegschaft vor Ort war. Irritiert sah sie sich um. Es war Samstag. Sie sollten nicht hier sein. Sorgenvolle Blicke wurden ihr zugeworfen, eine gerunzelte Stirn hier, ausweichendes Gemurmel dort. Greg, ein hervorragender Wissenschaftler und Leiter des Büros, atmete sogar tief durch, bevor er zu ihr kam. Sein schütteres blondes Haar stand nach allen Seiten ab und auf seiner Stirn hatten sich Schweißtropfen gebildet.

»Greg«, sprach Evie ihn direkt an, »was ist hier los?«

»Die Testreihe, Boss. Alles hinüber. Wir müssen die Proben komplett neu aufsetzen. Die Unstimmigkeiten von gestern Abend haben sich nicht durch einen erneuten Durchlauf entkräftet.« Ihr Magen sackte in den Keller.

»Wie bitte? Wir haben am nächsten Samstag unsere Präsentation! Wie bitte sollen wir das schaffen? Diese

Testreihe sollte eigentlich nur noch zur Bestätigung unserer Ergebnisse dienen. Was genau ist hier passiert?«

*

Bis Mittag war sie im Labor und überwachte ihre Mitarbeiter. Greg ging sogar so weit, bevor sie überhaupt wieder anfingen, die kompletten Arbeitsbereiche desinfizieren zu lassen, besorgte beim Lieferanten neues Labormaterial und stattete jeden Arbeitsplatz komplett neu aus. Alles, was nur irgendwie die Proben verunreinigen konnte, wurde erneuert. Die Programmierer überprüften jede der über dreitausend Codezeilen, die Putzfrauen reinigten zweimal und selbst die Kaffeebecher wurden von den Schreibtischen verbannt. Jeder wusste, wie immens wichtig diese Testreihe war. Jeder einzelne Job hing an dieser Testreihe, wenn sie versagten, war's das. Dann konnte Evie die Firma dicht machen, bevor sie überhaupt richtig Fahrt aufgenommen hatte. Verdammt, sie hatte bereits über einen Börsengang verhandeln müssen, weil ihr drohte, das Kapitel auszugehen, und jetzt das! Wie gut, dass sie noch keine Aktien dotiert hatten.

Catelyn zwang sie irgendwann gegen eins, das Labor zu verlassen. »Hör zu, Boss, du gehst deinen Angestellten nur auf die Nerven. Lass sie ihren Job machen und ruh dich etwas aus.« Ihre Assistentin hakte sich bei ihr unter und führte sie aus dem Labor. Evie glaubte sogar, hinter sich erleichterte Aufseufzer zu hören. Gerade wollte sie sich noch einmal umdrehen, um ein paar strenge Blicke herumzuschleudern, aber Catelyn führte sie geschickt in den Gang hinaus, vorbei an der Dunkelkammer, dem Testlabor und den Lagerräumen Richtung Fahrstuhl. Evies Firma nahm zwei Stockwerke in 42 Liberty Street ein. Von Evies Büro aus konnte man auf das 9/11 Memorial Center sehen und das 4 World Trade Center, wo das Black Orchid vier Etagen einnahm, lag in fußläufiger Entfernung. Ein Grund, warum sie damals auf einer Gala, deren Namen ihr entfallen war, Philip Princes Einladung angenommen hatte. Sie hatte die Diskretion, den Rund-um-die-Uhr-Service und das Ambiente des Clubs angesprochen. An einer Bekanntschaft wie Ash Hunter war sie damals nicht interessiert gewesen. Genauso wenig an den anderen Extras des Clubs. Was sie brauchte, war ein Ort, wo sie entspannen konnte, in der Nähe ihrer Firma. Doch sobald sie nun das Labor verlassen hatte und mit Catelyn im Fahrstuhl stand, flogen ihre Gedanken in Ash Hunters Richtung und sie gedachte sogar kurz, in den Club zu gehen. Zum Mittagessen. Doch das war natürlich völlig unnötig. Catelyn hatte ihr bestimmt schon etwas besorgt.

»Und wie war dein Date?«, hakte Catelyn spitz nach, als ob sie ihre Gedanken gelesen hatte.

»Sag mal, steht das, was ich denke, etwa auf meiner Stirn geschrieben?«, grummelte Evie unwillig und verschränkte die Arme unter der Brust.

»Wieso?«, stellte Catelyn die obligatorische Gegenfrage und übte sich an einer Unschuldsmiene.

»Weil ich genau daran gedacht habe.«

Catelyn lachte. »Dann erzähl mir doch von deinen Gedanken. War der Freitag so schön?«

Evie rollte mit den Augen. Die Fahrstuhltüren öffneten sich. Tageslicht flutete das Foyer von Biotronic Systems. Catelyn hakte sich bei ihr unter. Gemeinsam traten sie aus dem Fahrstuhl. Der Vorraum war in hellen Cremetönen gehalten, zu dem der dunkle Teppich einen eleganten Kontrast bildete. Die Empfangsdame, Ms. Amber Andrews, begrüßte sie mit einem knappen Nicken. Amber war die Einzige in der Firma, die gesiezt wurde, während sich alle anderen duzten. Unter Informatikern sowieso und die Wissenschaftler in ihrem Team hatte sie kurzerhand als den gleichen Typus Mensch eingestuft. Amber allerdings stellte ihr Aushängeschild in die Öffentlichkeit dar. Die adrette Mittvierzigerin beherrschte gehobene Umgangsformen genauso wie die perfekte Gestaltung eines Konferenzraumes oder Smalltalk mit Kunden. All das, was Evie überhaupt nicht lag.

»Gut, dass Sie wieder oben sind, Ms. Stevens. Sie haben Besuch.« Evie hob argwöhnisch die Augenbraue.

»Besuch?« Das konnte nur eines bedeuten. Das Gerücht, sie hätten Probleme, hatte bereits die Runde gemacht und nun lauerten ein paar Investoren in ihrem Büro, um sich von der Richtigkeit zu überzeugen. Na toll. Das hatte Evie gerade noch gefehlt. Konnte sie nicht einfach einen ihrer Jungs hier hochschicken, um mit Investoren zu verhandeln, und sie übernahm die Arbeit am Quellcode. Sich mit tausenden Codezeilen rumschlagen, war ihr lieber, als sich dem Gezeter ein paar uralter Männer zu stellen, die von neuen Technologien absolut keine Ahnung hatten. So etwas brauchte Zeit, Ruhe und viel Hingabe. Aber sie wollten ja nur Renditen!

Amber hob zu einer Erklärung an, doch Evie konnte sich bereits lebhaft vorstellen, was sie sagen wollte. Ob sie Kaffee und Kekse bringen sollte? Vielleicht Tee, falls Mr. Rogerton anwesend war. Er war aus Großbritannien und verabscheute Kaffee. Sowas in der Art. Aber Evie hatte überhaupt keine Lust auf Smalltalk. Sie hatte verdammt noch mal zu tun!

»Sagen Sie nichts, Amber. Überhaupt nichts!« Evie war bereits auf einhundertachtzig, als sie die Tür zu ihrem Büro schwungvoll öffnete. Die Ansprache, die sie seit Ambers Ankündigung in ihrem Kopf zusammengebaut hatte, um die Investoren zu beschwichtigen, sprang ihr bereits von der Zunge. »Mr. Styles, Mr. Rogerton, Pierce …!«, legte sie los, doch die Worte blieben ihr regelrecht im Hals stecken. Nicht, weil sie Pierce Snowden mit seinem Vornamen ansprach. Der Sohn eines erfolgreichen Pharmakonzerns war mit ihr zusammen zur Uni gegangen und sie kannten sich seit gefühlt einem Jahrzehnt, oh nein. Weder Rogerton, noch Snowden noch Mr. Styles bevölkerten ihr Büro, nein, hinter ihrem Schreibtisch stand Ash Hunter und packte Schachtel für Schachtel aus einer großen Papiertüte aus, die er auf ihren Chefsessel gestellt hatte.

Gerade hob er den Kopf und sah sie leicht verunsichert an, was ihn nur noch unwiderstehlicher machte. »Was tust du da?«, stammelte sie. Die Investoren waren vergessen.

»Mittagessen?« Ash richtete sich auf und deutete auf das Sammelsurium auf ihrem Schreibtisch. »Ich hab von allem etwas mitgebracht, weil ich nicht wusste, worauf du stehst. Also ich wüsste gerne worauf du stehst, aber wir reden ja nicht über Sex.« Nervös rieb er sich den Nacken. »Also wir haben mexikanisch, thailändisch, chinesisch. Ich mag eigentlich kein Chinesisch, ist mir viel zu fad. Aber ich wusste nicht, ob du scharf isst oder nicht. Jedenfalls … ähm … Evie?!« Schockiert starrte sie ihn an.

»Was redest du da eigentlich?«

Ash verzog das Gesicht. »Entschuldige, ich bin schrecklich nervös, weil ich nicht wusste, was du gerne isst. Anrufen konnte ich ja schlecht, du hast mir deine Nummer nicht gegeben. Also dachte ich, ich komme vorbei und dann war es schon Mittag und ich wollte nicht mit leeren Händen hier aufkreuzen, also …«

»Du bist nervös?«, nahm sie die einzige sinnvolle Information auf, die sie seinem Gestammel entnehmen konnte.

Ash ließ eine Schachtel sinken. »Furchtbar, was. Da gebe ich tagelang den coolen Typen, schleppe dich in eine Salsabar und dann … Himmel, Evie, können wir uns nicht setzen und essen? Du quälst mich!«

Amüsiert hob sie eine Augenbraue. »Ich quäle dich?«, stichelte sie weiter und nahm auf einem der beiden Stühle Platz, die vor ihrem Schreibtisch standen.

»Ja … ich … mache sowas nicht. Essen ins Büro bringen, meine ich. Normalerweise …« Ash ließ die Hände sinken und nahm auf ihrem Stuhl Platz. Argwöhnisch musterte sie ihn. Niemand saß auf diesem Stuhl. Immerhin hatte sie sich diesen Posten hart erarbeitet, aber andererseits war es auch nur ein Stuhl. Und irgendwie machte es sie an, mal VOR dem Schreibtisch, statt dahinter zu sitzen. Evie räusperte sich.

»Was tust du denn normalerweise? Angraben, flachlegen, weglaufen?«

Ash verzog angesäuert das Gesicht. »Ja, schon. Aber du lässt dich nicht angraben.«

Evie schmunzelte. »Entschuldigung. Du sitzt auf meinem Stuhl«, lenkte sie geschickt auf ein Thema, was Ash Hunter hoffentlich noch mehr in Verlegenheit brachte. Sie mochte, wie er sich wand. Nervöses Schuljungengestammel stand ihm. Er war vermutlich anderer Meinung, aber Evie fand, es machte ihn unglaublich attraktiv.

Ash wollte gerade an den Tisch heranrollen, als er die Bedeutung ihrer Bemerkung registrierte. Entsetzen huschte über seine Miene, so dass Evie sich ziemlich zusammenreißen musste, um nicht laut loszulachen. »Ich … das wollte ich nicht. Also deine Integrität in frage stellen. Es hat sich einfach so ergeben und …« Hastig sprang er auf. »Natürlich setze ich mich woanders hin. Platztausch?«

Evie grinste schelmisch. »Wo denkst du hin. Bleib sitzen. Aber dann musst du auch den Chef spielen. Ich mag es, wenn du der Boss bist. Das ist heiß.«

Verblüfft starrte Ash sie an. »Wie bitte? Ich soll den Chef spielen?«

Evie nickte, nahm sich einen Notizblock, einen Bleistift und rutschte auf die Kante ihres Stuhles. Elegant schlug sie die Beine übereinander und schob sich die Brille auf die Nasenspitze. »Sir?«

Ash atmete schwer ein. »Wow. Wenn du mich *Sir* nennst, krieg ich …« Evie hob die Augenbraue. Ihr erging es nicht anders, aber noch waren sie nicht so weit. »… Hunger, ganz großen Hunger. Ich hoffe, Sie haben auch Hunger, Ms. Stevens. Da ich keine Frau habe, müssen Sie wohl oder übel mit mir essen.«

Evie lachte und legte den Block beiseite. »Du kommst wirklich gerade recht. Im Labor geht es drunter und drüber. Die letzte Testreihe mussten wir abschreiben und müssen somit von Vorne beginnen.«

»Wie unschön. Ich nehme an, ich störe?« Ash wollte sich gerade erheben und nach seinem Sakko greifen. »Ich kann auch ein anderes Mal wiederkommen oder wir sehen uns erst am Freitag, wie verabredet. Wenn du zu viel zu tun hast, dann …«

»Ash, setz dich«, wies ihn Evie mit einer Bestimmtheit an, die sie sonst so nicht an den Tag legte. Nicht gegenüber einem Mann, mit dem sie ausging. Normalerweise war sie diejenige, die stammelte, rot wurde, und sich fehl am Platze fühlte. Doch nicht hier. Das war ihre Firma, ihr Büro und er saß auf ihrem Stuhl. Nein, hier fühlte sie sich wohl, Heimvorteil, sozusagen. Zu ihrer Überraschung setzte sich Ash tatsächlich hin. Der Mann, der sie mit solcher Dominanz am

Freitagabend geführt und geküsst hatte. »Ja, du störst, und ja, ich habe absolut keine Zeit für ein Mittagessen.« Evie seufzte. »Aber du bist auch genauso eine willkommene Ablenkung und wenn ich nicht esse, wird mich Catelyn an den Stuhl fesseln, einen Arzt kommen lassen und mich intravenös ernähren lassen.«

Ashs Augen blitzten verführerisch. »Wer ist Catelyn? Vielleicht sollte ich mich mal mit ihr unterhalten und nach ihren Methoden fragen? Dich zu fesseln klingt interessant.«

Evie schluckte beklommen. Verdammt, das klang wirklich sehr reizvoll. Doch statt Ashs Bemerkung aufzugreifen, lenkte sie geschickt ab. »Meine Assistentin, sozusagen die Person, die darauf achtet, dass ich nicht vor Arbeit umkippe, weil ich wieder einmal das Essen vergessen habe. Nicht, dass ich eine Assistentin brauche, aber ich brauche jemanden, der für mich an diese alltäglichen Dinge denkt. Essen, wie lästig.«

Ash nickte. »Deine Assistentin also. Vielleicht sollte ich mich mit ihr gut stellen?«

Evie deutete auf das Essen. »Das ist schon mal ein guter Anfang. Also lenk mich ab.«

Ein verführerisches Lächeln zupfte an Ashs Mundwinkeln. »Ich hätte da einen Vorschlag bezüglich des Fesselns.«

Evie rollte mit den Augen. Ash hob abwehrend die Hände.

»Okay, okay. Also was möchtest du? Chinesisch oder thailändisch?«

Eine halbe Stunde später fühlte sich Evie nicht mehr ganz so verzweifelt. Mit einem gefüllten Magen konnte sie viel besser an die Fehleranalyse herangehen. Gedanklich war sie bereits einen Stock tiefer, während Ash das Essen zusammenräumte.

»Ich würde wahnsinnig gerne mit dir den Nachmittag verbringen, aber ich habe so unglaublich viel zu tun«, entschuldigte sie sich vielmals.

Ash verstaute die Reste in der mitgebrachten Papiertüte. »Kein Problem. Ich habe dich ja auch ziemlich überfallen.« Evie hatte sich bereits der Bürotür zugewandt. »Aber so schnell flüchtest du nicht!« Irritiert hielt Evie inne. Ash umrundete ihren Schreibtisch. Mit wenigen Schritten war er bei ihr.

»Mh?«, machte Evie und sah zu ihm auf.

»Ich habe noch gar keinen Begrüßungskuss bekommen. Und auch keinen Kuss aus Dankbarkeit und jetzt willst du ohne Abschiedskuss verschwinden?« Er lächelte spitzbübisch. Evie verdrehte leicht die Augen.

»Jeder kann uns sehen«, murmelte sie nervös. Ihre Augen huschten zu den anderen Büros. Sie wollte ihre Mitarbeiter sehen und nicht hinter verschlossenen Türen verschwinden. Also hatte sie vor zwei Jahren bewusst diese Räumlichkeiten ausgewählt. Jeder sollte jeden sehen. Irgendwo hatte sie mal gelesen, dass das das Zusammengehörigkeitsgefühl stärken sollte und das steigerte die Produktivität. Die letzten Minuten über hätte sie gerne auf die Ergebnisse wissenschaftlicher Studien gepfiffen und sich mit Ash in eine Besenkammer zurückgezogen. »Ich habe mal gelesen, dass die

Menschen produktiver sind, wenn sie sich als Team fühlen. Die gläsernen Büros sollen dazu beitragen.«

Ash legte seine Hand an ihre Wange. »Mir ist es völlig egal, wer uns sehen kann«, murmelte er, legte seine Hand auf ihren unteren Rücken und zog sie an sich. Evie stemmte die Hände gegen seine Brust.

»Ash, meine Mitarbeiter …«, wehrte sie sich wenig überzeugend. Seit er auf ihrem Stuhl saß, hatte sie sich nach ihm gesehnt, sich danach verzehrt, auf seinem Schoß zu sitzen oder wahlweise vor ihrem Schreibtisch zu stehen, während er ihr den Rock über die Hüften schob.

»Sind mir herzlich egal. Wenn das Büro nicht verglast wäre, hättest du bereits auf dem Schreibtisch gelegen.«

»Der war voller Essen«, murmelte sie und ließ zu, dass er ihr Kinn sanft anhob.

»Mir völlig egal.«

»Bist du also nur mit dem Gedanken hergekommen …«

»Auch, aber nicht nur. Du bist schuld, dass ich nur an das eine denken kann …«

»Ich? Was habe ich denn getan?«

Ash atmete tief durch. »Du hast mich *Sir* genannt. Und jetzt sei still«, knurrte er und verschloss ihren Mund mit seinen Lippen. Evies Pflichtgefühl begehrte kurz auf. Sie konnte doch nicht hier rumstehen und knutschen, während die halbe Belegschaft ihr dabei zusah. Ash … der Gedanke verflog und sie bog sich Ash seufzend entgegen, schob ihre Hüfte nach vorne und zeigte ihm eindeutig, was sie wollte. Er reagierte unmissverständlich.

»Böses Mädchen«, knurrte Ash, nachdem er sich wieder von ihr gelöst hatte. »Ich würde liebend gerne etwas anderes mit dir machen, als dich nur zu küssen. Aber diese Glaswände sind selbst für mich zu öffentlich.«

Evie lächelte, fühlte sich leicht benommen. »Vielleicht am Freitag …«

Ash erwiderte ihren Blick. »Ganz bestimmt am Freitag.«

»Ash?« Evie hob den Blick. »Ich steh wirklich darauf, wenn du den Boss gibst, wenn du das Kommando übernimmst, wenn du mich überrumpelst.«

Amüsiert hob er eine Augenbraue und griff nach ihrem Hintern. »Und darauf? Stehst du auch darauf?«

Evie seufzte. »Oh, ja. Das darfst du gerne öfter tun.«

*

Die Fahrstuhltüren hatten sich noch nicht richtig hinter Ash geschlossen, da stürmte Catelyn ihr Büro, ließ sich auf einen Besucherstuhl sinken und starrte sie gierig an. »Ich will alles wissen! Ist er das? War das dein Date? Dieser heiße Kerl? Ah, und erst der Kuss! Evie, ich freu mich ja so für dich!«

Evie schmunzelte, doch gab weiter vor, auf den Ausdruck der Excel-Tabelle mit den Testergebnissen zu starren. Aus den Zahlen wurde sie nicht schlau, was zum einen an möglichen Fehlern, zum anderen aber auch an

Ash Hunter liegen konnte. Er hatte ihr Denkvermögen gehörig durcheinandergewirbelt.

»Ja, das war er.«

»Und, und und? Wie war es? Jetzt lass dir doch nicht alles aus der Nase ziehen!«

Evie sah auf, der Rotstift schwebte nur knapp über den Ausdrucken. »Gut.« Catelyn rollte mit den Augen.

»Du gehst mit Worten ziemlich sparsam um.«

Evie grinste innerlich, nach Außen zuckte sie allerdings mit keiner Miene. »Wir haben zu arbeiten, Catelyn. Wir müssen die Fehler in der Testreihe finden, eine Präsentation vorbereiten und ein Unternehmen leiten. Die Präsentation kann nur dann erfolgreich werden, wenn die nächste Testreihe fehlerfrei über die Bühne läuft. Wir haben keine Zeit für eine Affäre.«

Catelyn hob die Augenbraue. »So, so, eine Affäre. Wann seht ihr euch wieder?«

Evie stöhnte. »Freitag.«

Catelyn erhob sich, einen zufriedenen Gesichtsausdruck zur Schau tragend. »Das war alles, was ich wissen wollte. Ich kümmere mich um die Gästeliste.«

Evie nickte. »Sehr gut.«

»Oh, ob er gut ist, weiß ich nicht. Aber ich will alles wissen.«

Evie schluckte. »Nach Feierabend. Denk dran, erst müssen wir unsere Jobs sichern, dann können wir ...«

»... vögeln.« Catelyn lachte. »Dass ich das noch erleben darf: Evie Stevens hat einen Freund!«

»Ich habe keinen Freund, höchstens eine lockere Bekanntschaft ...«

Catelyn erhob sich und ging Richtung Bürotür. »Na klar, lose Bekanntschaften bringen auch Mittagessen ins Büro und stecken sich zum Abschied die Zunge in den Hals. Ich befürchte, Ms. Stevens, das wird etwas inniger als lose.«

Verblüfft sah Evie Catelyn nach, wie sie die Bürotür hinter sich schloss und mit einem Grinsen zu ihrem Schreibtisch spazierte, dass sich Evie wünschte, ihr würde das Gesicht genau so festfrieren. Natürlich hatte Catelyn recht. Was sich da zwischen ihr und Ash entwickelte, nahm Züge an, die sie so nicht vorausgesehen hatte. Wollte er mehr? Er war doch nicht nur in ihrem Büro aufgetaucht, um Sex mit ihr zu haben, oder? Den hätte er doch auch bereits letzten Freitag bekommen können. Er hatte doch gemerkt, wie sie auf ihn reagierte! Ach verdammt, sie hatte keine Zeit, sich den Kopf über Ash Hunter und seine Motive zu zerbrechen. Sie musste ihre Firma retten! Verbissen starrte sie auf die Tabellen und zwang sich mit aller Gewalt, nicht mehr an diesen Idioten zu denken, doch wann immer sie auch nur einen Augenblick nachließ, kreisten ihre Gedanken wieder um Ash Hunter. So würde sie nie fertig werden!

KAPITEL 8

Was hatte er sich nur dabei gedacht? Evie Stevens entsprach absolut nicht der Sorte Frau, die er sich sonst in sein Bett holte. Ja, klar, er wusste, warum er sie angesprochen hatte. Sie war eine Herausforderung. Er wollte sie allerdings nicht auf die Knie zwingen. Nein, was ihm dicke Eier bereitete, war die Tatsache, dass Evie sich so sehr nach Sex sehnte, sich ihn sich aber nicht gestattete. Warum wohl war sie ins Black Orchid gekommen? Wegen der Wellness? Wer's glaubt! Sie wollte Sex, tief in ihrem Inneren wusste sie das, denn deswegen war sie Clubmitglied. Sex bedeutete allerdings, die Kontrolle abzugeben, wenn sie nicht gerade dominante Vorlieben hatte. Und die hatte sie eindeutig nicht. Auf eine gewisse Art war sie devot, aber nicht so, dass sie sich vor ihm auf die Knie warf. Sie war stolz, unabhängig und erfolgreich und in ihrem Inneren brodelte ungestilltes Verlangen. Sie wollte erobert werden, und zwar richtig.

Ash musste sie ganz langsam verführen, so dass sie freiwillig vor ihm die Hüllen fallen ließ. Ihr Mittagessen zu bringen, entsprach allerdings so gar nicht seinen Methoden. Und er hatte sich vollständig zum Narren gemacht. Gestammelt, gestottert und auf ihrem Stuhl Platz genommen. Damit hatte er eindeutig ihren Stolz verletzt. Was hatte er sich nur dabei gedacht?! Er wollte ihr langsam zeigen, wie gut es sich anfühlen konnte, die Verantwortung an ihn abzugeben. Und dann machte er sowas! Aber ihr Blick, als sie ihn »Sir« genannt hatte ... Ashs Schwanz reagierte sofort darauf, fing heftig an zu pochen und er brauchte seine gesamte Selbstbeherrschung, um sich nicht in den Schritt zu greifen. Scheiße noch mal. Diese Frau, erfolgreich und sexy, nannte ihn *Sir.* Wie sollte er noch die nächsten Tage überstehen? Noch mal bei ihr aufzukreuzen, kam absolut nicht infrage. Evie hatte unmissverständlich klargestellt, dass sie keine Zeit hatte.

Während Ash zu seinem Studio schlenderte, fiel sein Blick unwillkürlich in ein Schaufenster. Rote Spitze erregte sein Interesse. Vor seinem inneren Auge hüllte sich Evie Stevens in diese sündige Verführung. Ihr blondes Haar fiel über den tiefen Rückenausschnitt, der nur knapp über dem Po endete. In sanften Wellen fächerte sich der Stoff über der Taille auf, bauschte sich über ihren flachen Bauch und mündete in einen herzförmigen Ausschnitt, den ihre Brüste viel besser ausfüllen würden, als die knöcherne Schaufensterpuppe.

Ash unterdrückte ein genüssliches Seufzen. Sie würde hinreißend darin aussehen.

Ash fasste einen Entschluss und betrat den Laden. Er hatte noch nie einer Frau Kleidung geschenkt. Weder wusste er ihre Größe noch ihren Geschmack. Er konnte sich ausschließlich darauf verlassen, was ihm gefallen würde. Und dieses Kleid würde ihm definitiv noch viel mehr gefallen, wenn es von ihren Schultern rutschte. Später, wenn er wieder in seinem Studio war, würde er noch eine hübsche Karte und einen Strauß Rosen hinzufügen. Nein, keine Rosen, nur sabbernde Idioten schenkten Frauen Blumen. Mal ganz davon abgesehen, dass die Rosen ein Zeichen setzen würden, das er zu geben noch nicht bereit war.

Nachdem Ash Karte und Kleid auf den Weg geschickt hatte, fühlte er das erste Mal seit Monaten, wie ein Funke zurückkehrte, eine Idee, eine Inspiration. Unvermittelt schnappte er sich seine Nikon und ging raus, um zu fotografieren, was immer ihm vor die Linse kam, und dabei verspürte er eine Zufriedenheit, für die er ausschließlich Evie Stevens verantwortlich machen konnte.

*

Die Tage vergingen wie im Flug. Evie fiel es nicht schwer, ihre Gedanken von Ash fernzuhalten. Die Arbeit im Büro und im Labor sorgte zudem dafür, dass die Zeit, in der sie ihre Gedanken zu dem charismatischen Mann schweifen lassen konnte, sehr begrenzt war. Erst am

Freitagnachmittag, nach vier endlosen Tagen und Nächten, die sie auf einer Pritsche im Hinterzimmer verbracht hatte, war sie wieder zu Hause. Sie brauchte dringend frische Kleidung. Ihre Ersatzkleidung, die sie in einem Kleiderschrank im Büro verstaute, war aufgebraucht. Außerdem sehnte sie sich nach einer heißen Badewanne, bevor sie Ash traf. Evie hatte alles daran gesetzt, sich den Freitagabend freizuhalten und dafür fast achtzehn Stunden pro Tag geschuftet. Aber das war es wert gewesen.

Als Evie schließlich aus dem Fahrstuhl trat, lag sie gedanklich bereits in der Badewanne. Umso überraschter war sie, als ein Paket vor ihrer Wohnungstür stand. Neugierig beäugte sie den großen quadratischen, aber doch recht flachen Karton. Er war mit einer überdimensionalen Schleife verziert. Intuitiv ahnte sie, wer der Absender war. Lächelnd schloss sie die Wohnungstür auf und schob den Karton mit der Spitze ihres High Heels über das Parkett. Hastig legte sie Handtasche und Schlüssel ab, schlüpfte aus ihrem dunklen Mantel und bückte sich nach dem Karton. Erst als sie ihn in die Küche getragen hatte, gestattete sie sich einen Blick auf den Absender. Und lächelte, als sie die schwungvolle Handschrift, mit der ihre Adresse notiert worden war, erkannte. Ash Hunter. Ihr Herz machte einen freudigen Satz, so dass sie übermütig den Karton vom Packpapier befreite. Die rote Schachtel, die darunter zum Vorschein kam, war edel. Ehrfürchtig ließ Evie ihre Finger über die glatte Oberfläche gleiten. Edel und teuer.

Bevor Evie allerdings den Karton öffnete, atmete sie noch einmal tief durch. Erst dann hob sie den Deckel ab. Schwarzes Seidenpapier umhüllte etwas Weiches. Die Karte, die darauf platziert war, nahm sie zuerst zur Hand. »Liebe Evie.« Ihr Herz seufzte theatralisch auf, so dass sie sich selbst rügte. Kein Grund, gleich in eine Ohnmacht zu sinken. Ash hatte ihr nur ein Geschenk gemacht. Sie wusste ja noch nicht einmal, was darin enthalten war. Evie zwang sich mit ein paar tiefen Atemzügen zur Ruhe, bevor sie weiterlas.

Liebe Evie,

ich hoffe, die Anstrengungen deiner Arbeitswoche hielten sich in Grenzen. Doch so, wie ich dich kenne, hast du bis zur Erschöpfung geschuftet. Deshalb möchte ich dich so viel entlasten wie möglich und dir einen wunderschönen Abend bescheren. Damit die lästige Kleidungsfrage – jede Frau fragt sich doch, was sie anziehen soll – geklärt wäre, habe ich mir erlaubt, dir dieses Kleid zukommen zu lassen. Es würde mich unendlich freuen, dich darin begrüßen zu dürfen.

Ash

Evie seufzte auf, doch das Postskriptum bewog sie dazu, misstrauisch die Augenbraue zu heben. Ash hatte noch einen weiteren Satz notiert, energischer als der Rest. Als ob er sich besonders beeilt hatte. »Solltest du dich für das Kleid entscheiden, trage bitte ausschließlich das, was sich in der Schachtel befindet.« Intuitiv spürte sie, dass er dabei, als er den Satz notiert hatte, ein sinnliches Lächeln auf den Lippen getragen hatte. Der Schwung seiner Handschrift verriet ihn. Fast sah sie sein

Lächeln vor sich. Unwillkürlich beschleunigte ihr Herzschlag. Das konnte nichts Gutes bedeuten. Doch dann erinnerte sie sich an Ashs Versprechen, niemals etwas zu tun, was ihr schaden würde. Er hatte ihr einen Tanz abgerungen und was sie letzten Freitag erlebt hatte, entbehrte jeder Beschreibung. Noch nie in den vergangenen zwei Jahren hatte sie sich so befreit gefühlt. Der Druck der Verantwortung, der zu ihrem ständigen Begleiter geworden war, war von ihren Schultern gehoben worden. Ja, fast hatte sie sogar erwartet, befreit von der Last, davonzuschweben. Nein, Ash hatte bisher nichts getan, was sie dazu bewog, ihr Vertrauen in ihn zu überdenken. Noch nicht einmal die Tatsache, dass sie sich praktisch nicht kannten, beunruhigte sie. Evie vertraute Ash und das bewog sie dazu, die Schachtel weiter auszupacken. Sollte etwas darin sein, was ihr missfiel, konnte Evie immer noch den Rückzug antreten.

Mutig und voller Vorfreude legte sie die Karte beiseite und griff nach dem Seidenpapier. Vorsichtig löste sie den Aufkleber eines teuren Modehauses. Unter dem schwarzen Papier kam rote Spitze zum Vorschein.

»Oh mein Gott!«, seufzte Evie und entfaltete mit klopfendem Herzen ein rotes Kleid aus fließender Spitze. »Du bist ja verrückt!«, entfuhr es ihr, während sie das Kleid aus der Schachtel hob und ausgiebig bewunderte. Die Spitze war hauchdünn mit einer undurchlässigen Stoffschicht unterlegt, so das es wirkte, als würde sie darunter nichts tragen, nur die pure Spitze auf ihrer Haut. Lange Ärmel würden ihre Arme bedecken, und auf das tief geschnittene Dekolletee freute sie sich jetzt schon. Es war wunderschön, ohne Zweifel. Doch sein Nachsatz bescherte ihr ein mulmiges Gefühl. Argwöhnisch beäugte sie die Schachtel. Ash wollte, dass sie nur das Kleid trug. Doch sie konnte doch nicht ... Die Schachtel war leer. Evie wagte extra einen Blick unter das Seidenpapier, aber auch darunter verbarg sich kein Höschen. Wollte er etwa, dass sie unten *ohne* ging? Unwillkürlich biss sie sich auf die Unterlippe.

»Oh nein, mein Lieber«, entfuhr es ihr. Dabei war ihr völlig egal, wie bescheuert sie sich anhörte, schließlich war sie allein in der Wohnung, »ich werde auf gar keinen Fall nichts drunter ziehen. Kommt überhaupt nicht in Frage!«

Doch Ashs Worte nagten an Evie. Sie wusste, wie absurd es war, Ash nicht enttäuschen zu wollen, wie sehr sie damit ihre Emanzipation mit Füßen trat. Doch je länger sie darüber nachdachte, desto mehr kribbelte es zwischen ihren Schenkeln. Sie wollte ihn wissen lassen, dass sie seinen Anweisungen Folge leistete, weil es sie seltsamerweise anmachte. Wenn er wusste, dass sie nichts drunter trug, würde er leiden. Sehr sogar. Während Evie in der Badewanne lag, sich genüsslich einseifte, stellte sie sich vor, welches Gesicht er machen würde, wenn sie sich auf die Zehenspitzen stellte, ihre Lippen ganz nah an sein Ohr brachte und ihm zuflüsterte, dass sie alle seine Anweisungen befolgt hatte. Evie keuchte überrascht auf, als ein Gefühl wie ein Blitz durch ihren Körper schoss, ihre Brustwarzen dazu anregte, sich aufzurichten und ihrer Kehle ein sinnlicher Seufzer entglitt. Ihre Finger umspielten ihre empfindlichste Stelle, rieben sie, drangen in sie ihn und setzten ihren Schoss in Brand. Evie musste sich mit der anderen Hand am Badewannenrand festhalten, während sie sich immer schneller dem Höhepunkt entgegentrieb. Ihre Knie zitterten vor Anstrengung, als die Welle über sie hereinbrach und sie keuchend und um Atem ringend dalag, das warme Wasser ihren erhitzten Körper umspielte und schockiert vor sich hin starrte. Fassungslos sog sie die Luft in ihre Lungen und stellte sich vor, wie Ash Hunters Schwanz zwischen ihren Schenkeln verschwand. Der Gedanke war zu viel. Heftig kam sie erneut, rieb sich einem zweiten Höhepunkt entgegen. Schließlich sank sie völlig erschöpft zusammen und genoss die ausschweifenden Zuckungen ihrer Vagina. Himmel, sie war so dermaßen heiß auf Ash Hunter, dass sie es tatsächlich wagen würde. Sie würde, tun, was er verlangte, auch wenn es ihre Emanzipation dazu verleitete, ihr die kalte Schulter zu zeigen. *Sorry, meine Liebe, aber manchmal muss Frau eben flach gelegt werden, auch wenn sie ein erfolgreiches Start-up leitet.*

*

Gut zwei Stunden später bereute Evie ihre Entscheidung schon wieder. Keinen Slip zu tragen fühlte sich komisch an. Das unablässige Pochen zwischen ihren Schenkeln konnte allerdings unmöglich daher kommen. Vielleicht würde es verschwinden, wenn sie einen anzog? Doch da klingelte es an der Tür. Irritiert hielt sie inne. Sie hatte sich mit Ash vor dem Wild Rose verabredet, oder? So ganz wusste sie auch nicht mehr, was sie letzten Freitag vereinbart hatten. Wollte er sie abholen? Evie schielte zur Wanduhr, die über ihrem Fernseher hing. Es war erst halb acht. Oder hatte sie ein Taxi bestellt? Fahrig fuhr sie sich übers Gesicht. Da das unmöglich Ash sein konnte, öffnete sie die Tür und erstarrte. Direkt vor ihr stand Ash Hunter und musterte lächelnd ihre Erscheinung.

»Hi«, machte er. »Störe ich?«

Panisch starrte Evie ihn an. »Was willst du denn hier? Waren wir verabredet? Also ja, ich meine, wir waren verabredet, aber waren wir *hier* verabredet?«

Ash beugte sich vor und brachte seine Lippen ganz nah an ihr Ohr. Evie erschauerte. »Du siehst toll aus«, murmelte er, dass ihr eine Gänsehaut über den Rücken floss und sie jäh daran erinnerte, dass sie eigentlich noch etwas anziehen wollte. »Ja, waren wir.«

Evie stockte. »Waren wir nicht vor dem Wild Rose verabredet?« Gerade war sie sich ganz sicher, dass sie sich nicht mit ihm hier zu Hause verabredet hatte.

Ash verneinte. »Nein, wir waren hier verabredet. Ich habe vorhin im Büro angerufen. Deine Assistentin meinte, du seist schon gegangen und ich könnte auch früher herkommen. Und da ich es nicht erwarten konnte, dich zu sehen …« Ash streckte die Hände von sich.

Evie schnappte nach Luft. »Sie hat was getan? Ich bringe sie um!«

Ash lächelte. »Bitte nicht, sie hatte Angst, dass du es dir anders überlegen könntest und mich darum gebeten, auf jeden Fall dafür zu sorgen, dass du dich heute Abend gut amüsierst.«

Evie seufzte. »In Ordnung, obwohl ich Catelyn ein ernsthaftes Gespräch nicht ersparen kann. Sie darf nicht einfach über mich bestimmen. Schließlich bin ich ihr Boss.«

»Natürlich«, stimmte Ash ihr zu. »Sie hat es nur gut gemeint. Nebenbei gesagt, siehst du fantastisch aus.«

»Das sagtest du schon«, entgegnete Evie etwas schnippisch. Selbstverständlich war sie weder Catelyn noch Ash böse, allerdings hätte sie sich wirklich wohler gefühlt, wenn sie noch die Gelegenheit gehabt hätte ... Oh verdammt! Sie hatte das Höschen völlig vergessen und nun war es wohl zu spät, noch einmal zu verschwinden.

»Das kann man sehen. Du bist sauer. Aber ich werde es wieder gutmachen.« Ash nahm ihre Hand. »Soll ich vergessen, wo du wohnst? Nur damit du mir nachher, wenn ich dich nach Hause bringe, deine Adresse erneut nennen und mir deine Handynummer geben kannst?«

Evie lachte. »Na das wäre doch sehr bescheuert, oder? Und wer weiß, ob du dich heute Abend nicht total daneben benimmst. Dann dürftest du mich gar nicht nach Hause bringen.«

Ash zog eine leidvolle Miene. »Ich werde mir größte Mühe geben, mich als formvollendeter Gentleman zu geben.« Lächelnd hielt er ihr seinen Arm hin. »Bist du so weit?«

»Ähm.« Evie warf einen nervösen Blick in ihre Wohnung. »Also eigentlich ...« Doch dann packte sie der Übermut. Was sollte schon groß passieren? Normalerweise lupfte man nicht das Röckchen und zeigte seine Unterwäsche. Es würde also absolut nicht auffallen, dass sie keine trug. Und dann war da noch dieser bohrende kleine Hintergedanke, Ash mit dem nicht vorhandenen Höschen zu quälen. »Fast.« Evie lächelte und griff nach ihrer Handtasche. »Mantel«, wies sie Ash an. Er neigte leicht den Kopf, nahm den Mantel vom Haken und hielt ihn ihr hin, damit sie hineinschlüpfen konnte.

»Du lernst schnell, wie man einen Mann herumkommandiert.«

»Das ist doch genau das, was du wolltest, oder?«

Ash lächelte ihr über die Schulter hinweg zu. »Nicht ganz. Ich wollte, dass du dich von mir verwöhnen lässt. Ich weiß nicht, ob der Mantel dazugehört. Ein wenig vielleicht schon, aber ich hatte garantiert etwas anderes im Sinn, als ich diesen Vorschlag gemacht habe.« Evie schloss den Mantel und nahm Ashs dargebotenen Arm. Gemeinsam schlenderten sie zum Fahrstuhl.

»Zum Beispiel?«, lockte sie ihn aus der Reserve.

»Tanzen, gutes Essen, ein Glas Wein, und danach ...« Unwillkürlich grub Ash seine Zähne in die Unterlippe und senkte leicht den Kopf, blickte ihr tief in die Augen, so dass Evie ein wohliger Schauer über den Rücken lief, doch sie hatte viel zu viel Spaß an den Neckereien, um auf seinen vielsagenden Blick einzugehen.

»Ach hör schon auf«, lachte sie und boxte ihn scherzhaft gegen die Schulter. »Was soll das sein? Ein tiefsinniger Blick? Mr. Hunter, Sie müssen sich mir gegenüber klar und deutlich ausdrücken. Ich bin anders als die Frauen, mit denen Sie sonst verkehren.

Vollkommen unbegabt in Beziehungsdingen. Zuweilen etwas begriffsstutzig.«

Ash hob die Augenbraue. »Du bist alles andere als begriffsstutzig. Nun, dann versuchen wir es anders. Es freut mich sehr, dass du das Kleid trägst. Du siehst bezaubernd aus. Wie steht es mit meinen ...«, Ash machte eine vielsagende Pause, »... anderen Anweisungen?«

»Was meinst du? Diesen kleinen, unbedeutenden Nachsatz über diverse Kleidungsstücke?« Evie lehnte sich gegen die rückseitige Wand der Kabine und schob leicht ihre Hüfte vor, so dass Ashs Blick sich automatisch senkte.

Ash trat vor und legte seine Hände auf ihre Hüften, zog sie an sich. »Soll ich nachsehen? Oder sagst du mir freiwillig, ob du als Chefin eines erfolgreichen Unternehmens auch Anweisungen befolgen kannst?«

Evie lachte leise, doch bevor sie antworten konnte, öffneten sich die Türen des Fahrstuhls hinter Ash. »Verdammt, diese Fahrt war definitiv zu kurz.« Er trat zurück und hielt ihr den Arm hin. Evie lehnte sich an ihn.

»Wir haben den ganzen Abend Zeit, es herauszufinden.« Fragend hob Ash eine Augenbraue. »Ob ich Anweisungen befolgen kann«, erklärte Evie.

»Nun, ich habe beim Tanzen genug Gelegenheit, herauszufinden, was du trägst und was nicht.« Ash beugte sich zu ihr. »Du bist mir ausgeliefert, du musst mir folgen. Die ein oder andere Gelegenheit, eine Hand unter dein Kleid zu schieben, wird sich schon ergeben.« Evie erschauerte wohlig.

»In aller Öffentlichkeit?«, hauchte sie empört.

Ash hielt ihr die Tür seines Ferrari auf. Er hatte direkt vor dem Hauseingang geparkt. Evie betrachtete verwundert das teure Auto. Sie war sich ziemlich sicher, dass er letzte Woche einen anderen Wagen gefahren hatte, einen weißen Prius. Den roten Sportwagen hatte sie definitiv nicht gesehen. »Wow, du hast wohl gut Aufträge?«

Ash zuckte mit den Schultern. »Der gehört meinem Bruder. Ich wollte dich beeindrucken.«

»Tatsächlich?«

»Nein, aber ich dachte, es kommt gut, wenn ich vorgebe, ein armer Schlucker zu sein.«

Evie lächelte. »Dein finanzieller Status interessiert mich überhaupt nicht. Danke.« Sie nahm Platz und schwang die Beine in den Fußraum, versuchte, dabei so geschickt wie möglich vorzugehen, so dass Ash, der ihr Manöver wachsam beobachtete, keinen Blick unter ihr Kleid erhaschen konnte.

»Ihr Frauen habt das echt drauf«, murmelte er enttäuscht, schloss die Tür hinter ihr, lief um den Wagen herum und nahm auf dem Fahrersitz Platz.

Evie öffnete ihren Mantel, bevor sie sich anschnallte.

»Bereit?«, hakte Ash nach.

»Ja, bereit.«

Ash startete den Motor und fädelte sich geschickt in den Verkehr ein. »Der Ferrari gehört wirklich nicht mir. Nicht mehr. Er gehört meiner alten Firma. Ich habe sie tatsächlich meinem Bruder überschreiben müssen und fungiere nur noch als stiller Teilhaber. Namentlich bin ich noch dabei, aber sehen will man mich dort nicht. Ich stifte zu viel Chaos.« Die Worte kamen mit einem Hauch Bitterkeit über seine Lippen. Irritiert runzelte Evie die Stirn, doch sie wollte nicht weiter nachhaken. Das Thema schien nicht geeignet für einen vergnüglichen Abend. Also lenkte sie das Gespräch auf eine leichtere Ebene.

»Aha, du scheffelst also die Kohle, ohne dafür einen Finger krumm zu machen?«, stichelte sie.

»Wie könnte ich sonst die Zeit aufbringen, Mittags bei dir im Büro zu sein, mit dir zu essen und …« Er legte seine Hand auf ihr Knie und schob das Kleid bis zur Mitte ihres Oberschenkels hoch. Evie keuchte überrascht auf. »… hübsche Kleider zu kaufen?«

»Solltest du dich nicht aufs Fahren konzentrieren?«

»Es ist wenig Verkehr und das ist ein Automatic. Außerdem muss ich wissen, was du drunter trägst.« Hitze sammelte sich in Evies Schoss. Normalerweise war sie nicht so forsch, doch sie genoss die gegenseitigen Neckereien und fühlte sich in Ashs Gegenwart so wohl, dass sie einer Eingebung folgend die Knie öffnete. Ash schluckte überrascht, während er versuchte, immer wieder einen Blick zwischen ihre Schenkel zu werfen. Hin und her gerissen zwischen Verkehr und der verlockenden Stelle, die sich unter hauchdünner roter Spitze verbarg, konnte er sich nur schwer konzentrieren.

»Du musst auf die Straße schauen«, wies ihn Evie zurecht und rutschte etwas tiefer in den Sitz.

»Evie, du quälst mich.« Der raue Klang seiner Stimme stachelte sie noch mehr an. Sie wollte ihn fühlen, wollte spüren, wie seine Hand sich auf ihre Scham legte.

»Fahr«, murmelte sie und ergriff sein Handgelenk, dirigierte seine Finger höher und höher, bis sie dort lagen, wo eigentlich Stoff ihre verborgene Lust bedenken sollte. Ash keuchte auf.

»Offensichtlich kannst du ein sehr braves Mädchen sein.« Er hielt an einer Ampel und nutzte die Rotphase, noch weiter vorzudringen. Evie schob die Schenkel so weit auseinander wie möglich, so dass Ashs Handfläche auf ihrem Venushügel lag. Genüsslich schloss sie die Augen und ließ sein Handgelenk los.

»Mehr?«, fragte Ash leise. Seine Stimme hallte in ihren Knochen wider.

»Ja«, murmelte Evie. »Bitte, Sir.« Der Nachsatz kam ganz unvermittelt über ihre Lippen. Sie hatte nicht gewusst, wie sehr es sie anmachte, Ash so zu nennen, doch seine Reaktion auf diese Ansprache, löste ein regelrechtes Feuerwerk in ihrem Schoß aus. Ash grub seine Hand in ihren Schoß, schob den Mittel- und Zeigefinger in sie und verharrte dort. Evies Knie zitterten vor Erregung.

»Ash?«, wimmerte sie, flehte um mehr.

»Das geht leider nicht, meine Süße, ich muss fahren.« Die Ampel sprang auf Grün und Ash fuhr los, seine Finger fest in sie gepresst. Evie war so erregt, dass sie unwillkürlich die Hüften vorschob, um etwas Reibung zu erzeugen.

»Na, na. Was tust du denn da? Ich bestimme, du folgst.«

Keuchend schnappte sie nach Luft. »Bitte.«

»Gleich«, knurrte er und lenkte den Wagen auf einen Parkplatz.

Evies Sicht flirrte. »Sind wir schon da?«

»Nein.« Ash parkte den Wagen, stieg einfach vom Gas, so dass der Motor ausging. Zum Schalten hätte er die Hand benutzen müssen, die sie gerade auf der Schwelle zum Orgasmus hielt. Was er zum Glück nicht tat. Stattdessen schob er die Finger noch tiefer in sie, presste seinen Handballen auf ihre empfindlichste Stelle und drehte sich zu ihr.

»Evie! Sieh mich an!«, befahl er schroff. Evies Lider flatterten. Seine Fingerkuppen hatten einen Punkt in ihrem Inneren erreicht, der es ihr unmöglich machte, mit ihm über seinen Tonfall zu diskutieren. Eigentlich sollte sie empört sein, doch ihr Körper reagierte auf seinen Befehl mit einer neuen Ebene der Lust, die ihr regelrecht den Boden unter den Füßen wegzog. Der Orgasmus baute sich wellenförmig in ihr auf, ließ ihre Muskeln erzittern, so dass sie es nur mit Mühe schaffte, Ashs Befehl zu folgen. Seine andere Hand grub sich in ihren Nacken, schlang sich ihr Haar um die Handfläche und zog daran, sodass sie ihm ihren nackten, verletzlichen Hals präsentierte. Als die Lust wie zwei Tsunami über ihr zusammenprallte und sie unter sich begrub, senkte Ash seine Lippen auf die ihren, drang dominant in sie ein und verschluckte ihre Lustschreie. Zitternd und bebend kam sie auf seiner Hand, stöhnte ihre Lust in seinen Mund

und klammerte sich Halt suchend an seinem Jackett fest. Der Orgasmus raffte sie dahin und als Evie nach einer halben Ewigkeit, die doch viel zu schnell vorüber war, wieder zu Atem kam, lächelte Ash sie zufrieden an.

»Das war …«, keuchte sie und strich sich über das Haar, glättete ihr Kleid und räusperte sich verlegen. Ihre Wangen glühten.

»Unglaublich«, murmelte Ash und steckte sich den Finger in den Mund. »Du schmeckst unglaublich.«

»Ash«, schnappte sie verlegen. »Du kannst doch nicht …?«

»Was?«, machte er unschuldig. »Ich lasse doch deinen wundervollen Saft nicht verkommen. Das ist pures Elixier und ich will wissen, wie du schmeckst. Denn es wird wohl noch ein paar Stunden dauern, bevor ich erneut von dir kosten darf.«

Evie bedeckte vor Scham ihre Wangen. So etwas hatte noch nie ein Mann zu ihr gesagt. »Ash … das ist peinlich!«

»Nichts ist peinlich, Evie. Überhaupt nichts. Du bist wunderschön, wenn du kommst und ich freue mich darauf, dich noch viel häufiger kommen zu lassen. Jetzt sortiere dich erst einmal.« Ash startete den Motor und fuhr los. Irritiert blickte sich Evie um, als er nicht zurück zu ihrer Wohnung fuhr. Sie nahm an, er würde jetzt mit ihr schlafen.

»Wo fährst du hin?«

»Zum Wild Rose. Julio erwartet uns.«

»Aber …«, widersprach sie und deutete auf die sich

deutlich in seiner Hose abzeichnende Beule. Ash folgte ihrem Blick und zuckte mit den Schultern.

»Seit ich dich das erste Mal gesehen habe, kämpfe ich mit einer zu engen Hose.« Evie kicherte über die zurückhaltende, doch sehr treffende, Beschreibung. »Ich werde es auch noch ein paar Stunden länger aushalten.« Ash beugte sich zu ihr hinüber und senkte die Stimme. »Vorfreude ist eben die schönste Freude.«

Nur Minuten später parkte Ash seinen Ferrari auf dem Parkplatz des Wild Rose, von wo aus sie durch eine Gasse auf die Hauptstraße gehen und sich direkt zum Haupteingang begeben konnten. Der Türsteher nickte Ash zu und winkte sie einfach durch. Evies Knie zitterten, doch das war nicht gänzlich auf den Orgasmus zurückzuführen.

»Ich habe nichts drunter«, raunte sie Ash über die Leute Salsamusik hinweg zu, was gar nicht so einfach war. Ash legte seinen Arm um ihre Taille und zog sie mit sich die Treppe hinunter, wo er den Eintritt zahlte.

»Hab ich bemerkt, und ich eine Dauererektion. Also sieh es als geteiltes Leid. Möchtest du tanzen?«

Evie rollte mit den Augen. »Ich brauche erst einmal etwas zu trinken.« Ihr Weg führte sie direkt an die Bar, wo Ash für sich einen Scotch auf Eis und für Evie einen Cosmopolitan orderte. »Ich dachte, du brauchst es vielleicht etwas stärker. Für die Nerven.«

Evie zog die Stirn kraus, nahm ihren Cocktail und folgte Ash in den ruhigeren, hinteren Bereich, wo auch schon letzte Woche ihre exklusive Tanzstunde stattgefunden hatte. Julio stand diesmal jedoch nicht an der Bar, sondern betreute ein junges Pärchen. Evie und Ash setzten sich in eine kleine Sofanische und beobachteten den Halbspanier eine Weile.

»Wir könnten auch einfach zu mir gehen«, raunte er ihr zu. »Ich würde dich zu gerne ...«

»Nein«, wiegelte Evie ab. »Du hast mir dieses Kleid geschenkt, um mit mir Salsa zu tanzen. Und das werden wir tun. Danach ...«, sie senkte den Blick und versuchte, ihrer Stimme einen verführerischen Klang zu verleihen, »... stehe ich ganz zu Ihrer Verfügung, Sir.«

Ash stöhnte auf. »Du schaffst mich, Evie.« Er stürzte den restlichen Scotch in einem Zug herunter, sprang auf und reichte ihr die Hand. »Los, lass uns tanzen, sonst sterbe ich an meiner Erektion.« Evie nahm seine Hand und ließ sich von ihm hochziehen. »Wir müssen ganz eng tanzen«, murmelte er und legte seine Hand um ihre Taille, »damit Julio meinen Ständer nicht sieht.«

Evie kicherte leise und ließ sich von Ash auf die Tanzfläche führen. Kaum, dass sie das Parkett betreten hatten, wies Julio seinen DJ an, eine schwungvolle Salsa aufzulegen und strebte auf sie zu. »Gott, das schaffe ich heute nicht«, keuchte Ash. Evie konnte sich ein Grinsen nicht verkneifen und trat einen Schritt zurück, was Ash ein panisches Keuchen entlockte.

»Bist du wahnsinnig!«, schnappte er, drehte sie einmal im Kreis und platzierte sie vor seiner Mitte, so dass Evies Knie zwischen seinen Beinen stand.

»Oh, Bachata, dafür seid ihr noch nicht gut genug. Wir bleiben erst einmal bei der Salsa. Tanzt noch einmal das, was wir letzte Woche durchgenommen haben.« Ash stöhnte, doch auf Julios genervten Blick hin, ließ er Evie los und führte sie im Grundschritt über die Tanzfläche. Julio beobachtete sie eine Weile, folgte ihnen und korrigierte hin und wieder ihre Tanzschritte. Dann forderte er sie zu den Fallfiguren auf.

»Dein Kleid, Evie, ist fantastisch. Lass die Hüften kreisen, *niña*, so dass die Männer verrückt werden und sich dir zu Füßen werfen.«

Evie genoss Julios Anweisungen und ließ sich ganz in der Musik fallen, während Ash sie führte. Sie vertraute ihm so sehr, dass sie vollständig loslassen konnte. Selbst die Gedanken an die vermurkste Testreihe verflogen und sie konzentrierte sich nur auf das Hier und Jetzt, ließ sich von der Musik tragen und verschmolz ganz mit den Salsarhythmen. Ashs Hand ruhte auf ihrem unteren Rücken, rutschte tiefer, über ihren Po. Evie keuchte auf und starrte ihn entsetzt an, doch er schüttelte nur leicht den Kopf, zog sie an sich und schob seine Hand über ihren Oberschenkel. Er übte leichten Druck aus, so dass Evie zaghaft gehorchte, das Knie hochnahm und sich an ihn ziehen ließ.

»Perfekt!«, applaudierte Julio. »Ihr seid wie geschaffen füreinander.« Evie konnte Julios Worten gar keine Aufmerksamkeit schenken. Ein kühler Luftzug streifte ihre empfindlichste Stelle und ließ sie hingebungsvoll die Augen schließen. Ashs zog sie rückwärts gehend hinter sich her, so dass ihr Schuh über den Boden streifte. Als Evie die Augen wieder öffnete, begegnete sie seinem intensiven Blick. Julio trat in den Hintergrund, für sie existierte nur noch Ash. Sein dunkler Bart, seine tiefblauen Augen, die markante Nase und das leicht spitzbübische Lächeln lösten eine Kaskade von widersprüchlichen Gefühlen in ihr aus. Auf der einen Seite kannte sie ihn noch überhaupt nicht, sie wusste nicht, wer er war, kannte kaum etwas aus seiner Vergangenheit, und doch vertraute sie ihm so sehr, dass sie in seinen Händen den besten Orgasmus der letzten zwei Jahre erlebt hatte. Evie hob das Kinn und spitzte die Lippen. »Küss mich«, schnurrte sie und schloss die Augen. Sie brauchte nicht lange auf seine Lippen zu warten. Als er in sie eindrang, verschmolz sie mit ihm, löste sich auf und gab sich diesem unwiderstehlichen Rausch hin. Irgendwann löste sich Ash von ihr, fuhr mit dem Daumen über ihre Wange und blickte sie liebevoll an. Ein Lächeln lag auf seinen Lippen.

»Möchtest du mit zu mir kommen?« Evie wollte gar nicht widersprechen, aber irgendwie hatte sie das Gefühl, es tun zu müssen. Sie war doch eine emanzipierte Frau. Und unabhängige Frauen, vor allem, wenn sie ein Unternehmen leiteten, das bahnbrechende wissenschaftliche Erfolge präsentieren würde – morgen! – sollte nicht mit einem Mann zusammensein, dem sie nicht widerstehen konnte. Doch sie war es so leid, immer ihren eigenen Erwartungen zu entsprechen. Sie wollte sich endlich fallen lassen, den Kopf ausschalten und sich jemand anderem unterordnen. Morgen würde sie wieder stark und unabhängig sein, aber heute Nacht wollte sie jemand anderen die Verantwortung übergeben.

»Was wird dort passieren, Sir?« Nervös sah sie zu ihm auf. Ash starrte sie verblüfft an.

»Du weißt genau, was passieren wird. Möchtest du es auf diese Weise? Willst du dich mir unterordnen? Mir gehorchen, vor mir auf die Knie gehen?«

Evie erschauerte bei dem Gedanken daran, vor Ash zu knien. Es machte sie unglaublich an. Einem Impuls folgend antwortete sie: »Ja, Sir?«

»Dann sollten wir vielleicht nicht zu mir fahren, sondern ins Black Orchid. Dort gibt es die passenden Räumlichkeiten, wenn du auf dominante Männer stehst.« Verunsichert blickte sie ihn an, so dass er sich dazu veranlasst sah, zärtlich ihr Kinn zu umfassen und ihren Kopf leicht anzuheben. »Willst du so etwas tun? Sei ehrlich. Du brauchst dich vor mir nicht zu verstellen. Wenn du es willst, dann werde ich mich bemühen, deine Bedürfnisse so zu erfüllen, wie du es brauchst. Aber dazu musst du mir vollständig vertrauen und dich mir öffnen. Kannst du das?«

Evie seufzte und genoss Ashs Berührung. »Hey, nicht genießen. Ich erwarte eine Antwort.«

Träge öffnete Evie die Augen. »Ja, ich vertraue dir … Sir«, setzte sie nach. Evie konnte nicht genau sagen, woher plötzlich das Bedürfnis kam, sich Ash gegenüber wie eine rollige Katze zu verhalten, sie wusste nur eines: Sie brauchte ihn und sie wollte ihn. Doch ob das Black Orchid der geeignete Ort dafür war?

»Ist das Black Orchid nicht etwas zu öffentlich dafür?« Ash löste sich von ihr, legte ihre Hand in seine

Armbeuge und führte sie von der Tanzfläche in Richtung Hauptbar.

»Das Black Orchid ist alles anderen als öffentlich. Sehr privat und sehr diskret. Wenn du, sobald wir dort sind, noch immer Lust verspürst, können wir hinaufgehen und einen der Räume nutzen. Du hast die Basismitgliedschaft?«

»Ja, etwas anderes brauche ich nicht. Der Wellnessbereich ist grandios. Mein Rücken ist immer verspannt durch das viele Sitzen am PC.«

Ash beugte sich zu ihr. »Oh, wenn ich mit dir fertig bin, wirst du den Spabereich wegen etwas völlig anderen benötigen.«

Evie schnaubte entrüstet. »Also Mr. Hunter!« Sein Atem streifte ihre Halsbeuge.

»Aus deinem Mund klingt mein Name wie eine verboten süße Frucht.«

Evie sah zu ihm auf und verlor sich in seinen blauen Augen. Bei dem vorherrschenden rötlichen Licht konnte sie die Farbe der Iris nicht erkennen, doch die Intensität seines Blickes konnte dadurch nicht im Geringsten kaschiert werden. Eher das Gegenteil war der Fall. Sein Blick durchdrang sie regelrecht. In ihrem ganzen bisherigen Leben war sie noch nie sprachlos gewesen. Ob an der Uni oder in der Firma, immer hatte Evie die passende Antwort parat. Doch in ihrem bisherigen Leben hatte sie auch noch nie so auf einen Mann reagiert. Für sie waren ihre männlichen Kollegen niemals Kandidaten für eine romantische Affäre gewesen. Sie hatte sie immer nur als Mitarbeiter gesehen, als Kollegen, als Teamplayer.

Vor ihnen hätte sie sich nie so gehen lassen können, gar sich solche Gefühle erlauben dürfen. Immerhin war sie ihr Boss. Bei Ash war das anders, bei ihm wollte sie, dass er ihr Boss war. Verdammt. Evie bekam weiche Knie und ihre empfindlichste Stelle pochte vor Lust. Ein leichtes Stöhnen glitt ihr über die Lippen.

Ash lächelte sie wissend an, ließ seine Hand über ihren Rücken und Po gleiten, umfasste ihren Hintern und schob sich dann zwischen ihre Schenkel. »Ash«, seufzte sie genüsslich und lehnte sich gegen ihn. »Was tust du da?«

»Testen, ob dich meine Worte scharf machen.«

»Mistkerl«, keuchte sie, als seine Finger sie streiften.

»Mh, du bist so herrlich feucht. Also traust du dich heute Abend mit mir ins Black Orchid?« Sein Finger drang in sie ein, so dass Evie leicht die Hüfte durchdrückte, um ihm zu entkommen. Nicht, weil sie seine Berührungen nicht mochte, nein, sie wusste, dass er es hier nicht zu Ende bringen konnte, und sie sah sich schon die nächste Stunde mit schmerzhaft pochender Lust ausharren.

»Nicht hier«, murmelte sie. Ash nickte, löste sich mit einem knappen Kuss von ihr und trat einen Schritt zurück. Auffordernd hielt er ihr die Hand hin und führte sie durch die Menge Richtung Treppe. Sanft legte er ihr die Hand auf den unteren Rücken.

»Wie du möchtest. Aber sobald wir das Black Orchid betreten, gehorchst du mir. Ich übernehme die Kontrolle und du lässt dich fallen. Du musst mir sagen, wenn du etwas nicht möchtest. Jederzeit. Ich will dir Lust schenken, nicht dich zu irgendetwas zwingen. Verstanden?«

Evie sah zu ihm auf, spürte nichts als Vertrauen. »Ja, ich vertraue dir.«

Ash lächelte sie an. »Dann komm. Ich kann es kaum erwarten.«

Black Orchid

KAPITEL 9

Ash parkte seinen Wagen in der Tiefgarage unter dem World Trade Center. Das Black Orchid lag in einem der vielen Nebengebäude, eine sehr exklusive Adresse in New York.

»Ich finde Tiefgaragen unheimlich«, murmelte sie und ließ ihren Blick schweifen, als ob sie erwartete, hinter jeder Betonsäule einen Serienkiller zu erspähen.

»Du wirst sie gleich noch viel unheimlicher finden« entgegnete Ash und reichte Evie einen schwarzen Stoffstreifen. Irritiert blinzelte sie.

»Was ist das?«

Ash lächelte verführerisch. »Vertraust du mir?«

Evie nickte ganz automatisch. »Dann, meine Liebe, lass dich von mir verführen.« Er deutete mit dem Stoffstreifen auf ihre Augen. »Darf ich?«

»Du willst mir die Augen verbinden?«, entfuhr es ihr entsetzt.

»Genau. Ich will, dass du dich mir vollständig öffnest, mir vertraust. Du wirst es nicht bereuen.«

Evie seufzte. »Du wiederholst dich.«

»Und habe ich dich bisher enttäuscht?«

»Nein.« Mit ein wenig Widerwillen drehte sie ihm den Rücken zu. Zärtlich legte Ash den schwarzen Stoff über ihre Augen, führte beide Enden über ihr Haar nach hinten und verband sie mit einem festen Knoten. Evie tastete automatisch nach dem Stoff. Sie hielt die Augen geschlossen, aber sie nahm an, dass er blickdicht war. Also machte sie sich gar nicht erst die Mühe, nachzusehen. Ash beugte sich vor und legte seine Wange an die ihre, fasste sie bei den Schultern und zog sie an seinen Körper.

»Keine Angst, ich führe dich. Du kannst mir absolut vertrauen.« Evie atmete schwer ein, als seine Hände über ihre Arme glitten, sie so ehrfurchtsvoll berührten, dass sie sich wie der wichtigste Mensch in Ashs Leben vorkam. Sollte er ihr nur etwas vorspielen, war er verdammt gut.

»Okay«, antwortete sie und versuchte ziemlich erfolglos, das Zittern aus ihrer Stimme zu verbannen.

»Bist du aufgeregt?«

»Ja«, bestätigte sie.

»Gut, ich auch.« Ash drückte einen Kuss auf ihre Halsbeuge. »Wir sollten gehen, sonst falle ich noch im Auto über dich her. Und das wäre doch sehr unpassend. Du hast mehr verdient als eine schnelle Nummer auf dem Rücksitz.« Evie wusste nicht, ob sie lachen oder erschauern sollte. Hin und hergerissen bemerkte sie gar nicht, wie sie nicht länger Ashs Nähe spürte. Erst als die Wagentür ins Schloss fiel, registrierte sie, dass er ausgestiegen war. *Oh mein Gott, jetzt geht es los!* Kurz darauf öffnete sich die Tür auf ihrer Seite, Ashs Hand berührte die ihre und zog sie sanft vom Sitz. Evie schob die Beine vom Sitz, spürte festen Boden unter ihren Sandalen. Sie war unglaublich froh, dass sie keine High heels angezogen hatte, sondern lockere Riemchensandalen trug, in denen sie besonders gut laufen konnte. Keine Ahnung, wie sie in der Dunkelheit herum gestolpert wäre. Es sähe vermutlich besonders peinlich aus. Doch Ash zog sie sicher auf die Beine, legte einen Arm um ihre Taille und führte sie an der anderen Hand haltend durch die Tiefgarage. Evies Atem ging schwer. Sie glaubte, überall Geräusche wahrzunehmen. Ihre Sinne waren durch das fehlende Augenlicht zunehmend geschärft und obwohl sie absolut nichts sah, wusste sie, wohin sie gingen.

»Wenn man nichts sieht, muss man sich auf seine anderen Sinne verlassen. Dadurch bist du viel sensibler und nimmst Berührungen noch intensiver wahr. Außerdem möchte ich, dass du dich auf meine Führung einlässt.« Ashs Stimme umschmeichelte sie und führte sie sanft durch die Tiefgarage. Sie ließ sich von dem tiefen Widerhall tragen, spürte ihn fast schon in ihren Knochen. Ash war überall. Gerade war er ihre Welt, ihr Anker, ihr Master. Und es fühlte sich verboten gut an, die eigenen Ansprüche zu vergessen, die Verantwortung hinter sich zu lassen und einfach nur für den Moment zu existieren. Evie musste sich ziemlich zusammenreißen, um nicht leise aufzustöhnen und sich gegen ihn sinken zu lassen. Sie wollte nicht nur seine Stimme spüren, nein, sie wollte alles von ihm, in ihr. Unwillkürlich verstärkte sich das Pochen zwischen ihren Schenkeln, fühlte sich viel intensiver an als auf der Tanzfläche oder im Auto.

»Vorsicht, meine Schöne, wir sind am Fahrstuhl.« Evie verspürte einen Luftzug und dann nahm sie das Geräusch wahr, das Fahrstuhltüren machten, wenn sie sich bewegten. »Und nun gehen wir hinein.« Ash übte leichten Druck auf ihre Hüfte aus und schob sie sanft vorwärts. Evie machte einen großen Schritt, weil sie mit dem Spalt zwischen Kabine und Tür rechnete. Sicher führte sie Ash darüber hinweg. »Sehr gut«, lobte er und dirigierte sie noch etwas weiter in die Kabine, drehte sich mit ihr um und vollführte eine Bewegung vor ihrem Körper. Evie nahm an, dass er einen Knopf am Bedienfeld betätigt hatte.

»Ich bin noch nie über die Tiefgarage in den Club gegangen«, flüsterte Evie. Sie hatte das Gefühl, leise sprechen zu müssen. Als ob sie nicht erwischt werden wollte, warum auch immer.

»Evie, du musst nicht flüstern.« Ashs Hand glitt über ihren unteren Rücken und schlüpfte unter ihr Kleid. »Du tust nichts Illegales, außer ein wenig Spaß zu haben.«

»Doch, es ist verboten«, seufzte Evie und lehnte sich gegen ihn. »Ich sollte stark und unabhängig sein, eben das, was meine Mitarbeiter von mir erwarten. Stattdessen kann ich es gar nicht erwarten, bis du ...«

Ihre nächsten Worte gingen in ein leises Seufzen über, als Ash ihre Mitte liebkoste.

»Gleich«, murmelte er an ihrer Halsbeuge, »gleich.« Seine Hand verschwand so schnell, wie er unter ihr Kleid geschlüpft war. Nur einen Wimpernschlag später war Evie auch klar, warum. Ein leises Pling verkündete die Ankunft des Fahrstuhls und Ashs Hand lag wieder sittsam auf ihrer Hüfte. »Wir sind da«, hauchte er und schob sie vorwärts.

»Mr. Hunter, guten Abend«, hörte sie eine weibliche Stimme. »Ms. Stevens?«

»Ja, guten Abend.« Gemeinsam hielten sie ihre Mitgliedsarmbänder hin. Evie trug ein bronzefarbenes Band, Ashs Bändchen war silbern. Sie hatte es in den letzten Tagen immer wieder aufblitzen sehen.

»Ihre Buchung ist bei uns eingegangen, Mr. Hunter. Ich habe für Sie Toys 2 reserviert. Ich wünsche Ihnen einen angenehmen Abend.«

Gemeinsam bedankten sie sich.

»Wann hast du denn Zeit gehabt, einen Raum zu buchen?«, flüsterte Evie.

Ash beugte sich zu ihr. »Per App. Ein Knopfdruck genügt.« Ash führte Evie ein paar Schritte weiter und dann legte er ihre Hände auf einen Tresen. »Wir sind an der Garderobe. Zieh den Mantel aus. Deine Tasche kann ebenfalls hier bleiben.« Evie ließ sich von Ash aus dem Mantel helfen und gab ihm ihre Tasche sowie ihr Smartphone. Ihre Sachen landeten in einer Box, während er wohl ihren Mantel aufhängte. Kurze Zeit später trat er wieder an sie heran. Evie fühlte sich leicht unwohl.

Sowohl die Dame am Empfang als auch die Garderobiere hatten gesehen, dass ihre Augen verbunden waren, aber keinerlei Fragen gestellt. Sollte das die Frauen nicht stören?

»Sie haben keine Fragen gestellt«, raunte Evie Ash zu, als er sie weiterführte. Wieder blieben sie stehen und Ash beugte sich an ihrer Seite vor. Vermutlich ein weiterer Fahrstuhl.

»Was sollten sie denn auch fragen?«

»Na die Augenbinde? Ich finde das schon reichlich seltsam …«

»Liebling, wir sind im Black Orchid, hier ist nichts seltsam. Bis auf dein fehlendes Höschen. Also das ist wirklich seltsam.« Evie lachte gelöst. Automatisch entspannte sie sich.

»Du bist unmöglich …«

»Unmöglich charmant, wolltest du wohl sagen.« Seine Finger glitten über ihren Rücken und verweilten schließlich auf einer Stelle kurz oberhalb ihres Pos. »Komm, noch ein Fahrstuhl, dann hast du es geschafft.«

Evies Herz zog sich so sehr vor Aufregung in ihrer Brust zusammen, das es schmerzte. Ihr ganzer Körper stand in heller Aufregung. Nur am Rande bekam sie mit, wie Ash sie in den Fahrstuhl führte, den Knopf betätigte und sich die Türen hinter ihnen schlossen. Seine Hand legte sich wieder auf ihren unteren Rücken und spielte mit der Spitze. Immer wieder glitt sein Finger unter den hauchzarten Stoff.

»Du kannst mir immer sagen, wenn du etwas nicht möchtest. Okay?«

Evies Hand krampfte sich um Ashs Rechte. Seit sie den Fahrstuhl betreten hatten, fragte sie sich, ob das, was sie hier taten, richtig war, ob es das Richtige für sie war? Vielleicht war sie aber auch einfach übergeschnappt und wollte all die Jahre, die sie arbeitend in einer dunklen Kammer gehockt hatte, jetzt an Erfahrung nachholen. Alles auf einmal.

»Ich …«, stieß Evie aus, »… bin schrecklich nervös. Ich habe so etwas noch nie gemacht und …«

»Scht«, beruhigte sie Ash und strich über ihre Schulter. Sanft drückten sich seine Lippen gegen ihre Haut. Evie seufzte genüsslich auf. Den Lippen folgte eine forsche Zunge, die eine heiße Spur hinterließ und dann grub Ash zärtlich seine Zähne in ihre Schulter, was Evie einen tiefen Laut der Lust entlockte. Ash quittierte ihn mit einem zufriedenen Lachen.

»Du hast vielleicht noch nie so etwas gemacht, aber du bist wie geschaffen dafür. Keine Sorge, du wirst auf deine Kosten kommen.«

Evie nickte. »Okay.«

»Versuche, dich einfach zu entspannen und es zu genießen.«

Ash führte sie aus dem Fahrstuhl. Hier oben erklang eine sanfte Musik, die sie etwas von ihrer Aufregung ablenkte. Ash führte sie nur ein paar Schritte einen Flur entlang. Der Klang ihrer Absätze verriet ihr die Art des Fußbodens. Ein Holzboden, glatt, aber nicht so glatt wie das Parkett in ihrer Wohnung. Ash hielt an und wandte sich mit ihr zur Seite. Ein leises Signal ertönte und die Tür sprang auf. Evies Herz zog sich aufgeregt zusammen.

Jetzt geht es los! Worauf hatte sie sich da nur eingelassen?

*

Ash führte seine vor Aufregung vibrierende Begleiterin in den Raum, ließ sie los und schloss die Tür hinter ihnen. Der Raum war exakt so eingerichtet, wie er es sich für seine erste Begegnung mit Evie vorgestellt hatte und er hoffte inständig, dass sie Evies Zustimmung finden würde. Die Sache war ein Experiment und entsprach ganz seinem Naturell, das Risiko zu suchen, obwohl er sich fest vorgenommen hatte, Evie Zeit zu lassen. Nein, mit dieser kleinen Inszenierung wollte er sie beeindrucken und war nicht minder aufgeregt als sie selbst. Was, wenn es ihr missfiel? Was, wenn er sie durch seine extravaganten Phantasien verschreckte? Ash wollte nicht darüber nachdenken, nein, er wollte Evie, vollständig.

Im hinteren Teil des Raumes befand sich ein großes Bett, allerdings ohne Bettzeug. Die Matratze war mit einem purpurfarbenen Spannbettlaken bezogen, das perfekt mit dem dunklen Metall des Bettgestells harmonierte. Das Bett war heute allerdings nur nebensächlich. Viel interessanter war das Möbel, vor dem Evie jetzt stand. Ash hatte den Raum nur deswegen vorhin via App reserviert.

»Bitte«, murmelte er, nahm ihre Hand und führte sie zu einem Stuhl, der vor dem monströsen Schreibtisch stand. »Nimm Platz!« Evie stieß einen überraschten Laut aus, setzte sich aber gehorsam hin. Ash grinste. Insgeheim freute er sich bereits auf ihr Gesicht, wenn sie erkannte, was er vorhatte.

»Also, Ms. Stevens«, murmelte er und schlüpfte in seine Rolle. »Wie schön, dass Sie hier sind.« Ash umrundete den Schreibtisch und nahm in einem Chefsessel Platz. »Sie dürfen jetzt die Augenbinde abnehmen.«

Evie atmete tief ein, bevor sie nach dem schwarzen Stoff griff und ihn sich vom Gesicht schob. Währenddessen hatte Ash sich in dem Stuhl zurückgelehnt, die Fingerspitzen aneinandergelegt und eine grimmige Miene aufgesetzt. Als Evie die Augen öffnete, blickte sie sich um. Ihre Miene schwankte zwischen purem Entsetzen und interessierter Neugier.

»Was wird das?«

Ash grinste innerlich. Zu gerne hätte er Evie einfach aufs Bett geworfen und sie genommen, aber er wollte mehr für sie, wollte ihre erste sexuelle Begegnung interessant gestalten. Sozusagen als kleine Belohnung für ihr Vertrauen. Oh Mann, er hatte sich bereits im Wild Rose so dermaßen zusammenreißen müssen, nicht über sie herzufallen. Sie war direkt auf seiner Hand gekommen und hatte damit ein Feuer in ihm entfacht, dass er nicht so leicht stillen konnte. Aber das hier, dieses kleine Rollenspiel, war zumindest ein guter Anfang. »Diktat, Ms. Stevens. Nehmen Sie den Block und fangen Sie an.«

Evie blinzelte irritiert. »Ich soll was?«

»Schreiben!«, erwiderte Ash schroff. Ihr Blick schwankte zwischen Empörung und Auflehnung. Er war sich sicher gewesen, dass sie niemals den Block nehmen würde.

»Ich werde nicht ...«, schimpfte sie.

»Gut, wie Sie wollen. Dann kommen Sie her. Wenn Sie nicht schreiben wollen, muss ich Sie leider für diese Unartigkeit bestrafen!«

Evies Augen weiteten sich entsetzt. »Ich soll was?«

»Mir gehorchen. Wir hatten eine Vereinbarung. Hast du das schon vergessen? Stell dich hin, Evie.« Ash beugte sich vor. »Vertraust du mir? Dann spiel mit. Seit unserer Begegnung in deinem Büro träume ich davon. Und du doch auch, oder sollte ich mich dermaßen getäuscht haben?«

Evie schüttelte den Kopf. »Nein, *Sir.*« Sein Schwanz sprang abrupt in die Höhe und drückte mit aller Kraft gegen die Enge in seiner Hose. Verdammt. Dieses eine Wort hatte eine unglaubliche Macht über ihn. Eigentlich wollte er sie dominieren, doch stattdessen übernahm sie die Kontrolle über seinen Schwanz. Evie erhob sich, faltete die Hände vor dem Körper und sah ihn mit einer Spur Trotz im Blick an. Ash erhob sich, umrundete den Schreibtisch und nahm auf dem Stuhl, wo sie zuvor noch gesessen hatte, Platz. Evie machte Anstalten, sich vor ihn zu knien, doch er verneinte.

»Hierhin, Evie.« Ash deutete auf eine Stelle neben sich. Evie hob fragend eine Augenbraue, doch sie gehorchte. »Und jetzt leg dich über meine Oberschenkel.« Ihre Augen weiteten sich. »Ich muss dich bestrafen. Du wolltest nicht schreiben, also auf meinen Schoß, damit ich dir den Hintern versohlen kann.«

»Ash!«, empörte sich Evie, doch dann ging sie zu seiner Überraschung in die Knie und beugte sich vor.

»Nicht Ash, Mr. Hunter oder Sir, Ms. Stevens.« Ash packte sie im Nacken und zog sie über seine Oberschenkel. Evie keuchte überrascht auf, als er sie vorwärts schob, so dass ihr Kopf auf halber Höhe hing und ihr herrlicher Hintern sich über seinen Schwanz wölbte. Vermutlich spürte sie sogar seine Erregung. Unwillkürlich zuckte sein Schwanz auf, als ob er Kontakt zu ihrer Scham, die er genau über sich spürte, suchte. »So ist's brav«, murmelte Ash. »Und jetzt Hände auf den Rücken.«

»Ash!«, keuchte Evie und zog ihre Hände unter ihrem Körper hervor, um sich auf seinen Oberschenkeln abzustützen. Sie verlor den Boden unter ihren Füßen und ihre Beine baumelten bereits in der Luft, doch das war noch nicht genug, sie sollte sich ihm vollständig hingeben, jegliche Möglichkeit verlieren, sich irgendwo festzuhalten. Er würde darüber bestimmen, nur er. Scheiße, manchmal musste er ein dominantes Arschloch sein. Er wollte ihr auf gar keinen Fall wehtun, nur ein ganz kleines bisschen Lustschmerz verschaffen und ihre Fantasie befeuern. Sex fand zu neunzig Prozent im Kopf statt und den beschäftigte Evie noch viel zu sehr mit ihrer Arbeit. Zeit, ihr Denken komplett auf die Fantasie einzuschießen. Ash griff nach ihren Handgelenken und hielt sie kurz über ihren unteren Rücken zusammengedrückt. Evie zappelte auf seinem Schoß, so dass Ash ein unwilliges Knurren ausstieß.

»Hör auf herumzuzappeln. Dadurch wird die Strafe nur noch schlimmer.« Evie wimmerte leise, beruhigte sich aber. Ihr Atem ging schwer. Entweder sie hatte wirklich Angst, oder sie kämpfte gerade mit ihrer Lust. Vielleicht sollte er noch einmal nachfragen, nur um sicher zu gehen.

»Willst du bestraft werden?«, murmelte er leise und schob langsam den Saum des Kleides über ihren prallen Arsch. »Willst du, dass ich deine Kehrseite versohle, dich dort verwöhne …?« Seine Finger schoben sich von hinten durch ihre Spalte. Sie war so nass, dass er sich unwillkürlich die Lippen leckte. »Was meinst du? Hast du eine Strafe verdient?«

Evie wimmerte leise, als er sanft ihre empfindlichste Stelle umkreiste. »Ja, ich war sehr ungehorsam.« Ash hob eine Augenbraue. Sie war so geil darauf, von ihm den Arsch versohlt zu bekommen, dass sie kaum sprechen konnte. Vielleicht sollte er … Ash verließ die heiße Umklammerung ihrer Lust, holte aus und ließ seine Handfläche klatschend auf ihrem Arsch landen. Evie schrie, bäumte sich auf, bog den Rücken durch und drückte ihre Scham gegen seinen Schwanz.

»Ah!«, schrie sie und wimmerte leise.

»Du hast etwas vergessen«, knurrte er und erkundete ihren Arsch, schob ihre Backen auseinander und betrachte genüsslich ihren Hintereingang. »Wie hast du mich anzusprechen? Vor allem dann, wenn ich deinen Arsch betrachte, solltest du keine Fehler machen.« Der

Ring war so jungfräulich, dass er sich kaum zurückhalten konnte. Sollte er vielleicht auch nicht. »Ich kann Dinge mit dir tun, die du dir nicht vorstellen kannst. Also, wie hast du mich anzusprechen?«

Evie erbebte, als er seinen Finger über ihr Poloch schob, es sanft massierte und dann weiter zu ihrer feuchten Scheide vordrang, ihre Schamlippen auseinanderschob und in sie eindrang. »Sir«, keuchte sie. »Sir!«

Ash lächelte und fickte sie kurz und heftig mit zwei Fingern, doch er sollte sich von ihrer exponierten Lage nicht verleiten lassen. Evie hatte eine Strafe zu erdulden. Also verließ er ihre Umklammerung und konzentrierte sich auf ihren Arsch.

»Zwanzig Schläge dafür, dass du mir widersprochen hast. Zähle mit. Du darfst schreien, aber nur heute, weil das dein erstes Mal ist. Das nächste Mal will ich keinen Laut von dir hören.« Zärtlich tätschelte er ihren Hintern. »Bereit?«

Evie wimmerte leise.

»Ich erwarte eine Antwort von dir, wenn ich dir eine Frage stelle, Evie. Bist du bereit?«

»Ja«, schnappte sie. Ash rollte mit den Augen. Die Lust musste ihren Verstand komplett vernebelt haben, er hatte sie überrumpelt, so dass sie nicht mehr klar denken konnte. Offensichtlich musste er sie daran erinnern, wie er angesprochen werden wollte. Er holte weit aus und ließ seine Hand kraftvoll auf ihre Pobacke klatschen. Evie schrie auf und bäumte sich wieder über seinen Schwanz. Oh, was hatte er sich nur dabei gedacht, ihr zwanzig

Schläge aufzubürden. Das würde er nie durchhalten. Aber er musste, sonst würde er seine Glaubwürdigkeit verlieren und das schmälerte nur ihre Lust. Nein, Evie sollte voll und ganz auf ihre Kosten kommen.

»Wie hast du mich anzusprechen?«

»Sir, Sir, Sir!«, heulte sie.

»Gut, offensichtlich hast du dir doch etwas gemerkt.« Keuchend sank sie über seinem Schoß zusammen, doch bevor er wirklich begann, musste er sich noch ihre Zustimmung holen. Ihr Verhältnis war noch nicht so gefestigt, dass er einfach loslegen durfte. Ash beugte sich zu ihrem Nacken und küsste zärtlich ihr Haar. »Evie, wenn du das wirklich nicht möchtest und dir das hier nicht zusagt und du Angst hast, kannst du es jederzeit beenden. Ich werde dich allerdings kein zweites Mal fragen, das zerstört die Fantasie. Verstanden?« Evie entspannte sich auf seinem Schoß.

»Ja, ich mag es ... deine Schläge ... so viel Lust. Mach weiter, bitte.« Ash lächelte. Er hatte sie also richtig eingeschätzt. Eine Frau, die so viel Macht besaß, genoss die Vorstellung, wehrlos auf seinem Schoß zu liegen. Herrlich!

»Gut, dann zähle, und vergiss nicht, wie du mich anzusprechen hast.« Ash legte seine Hand auf ihren Hintern und streichelte die rote Stelle. Evie spannte sich automatisch an. Er gab ihr die Kontrolle über die Schläge, sie durfte entscheiden, wann er loslegte. Das gab ihr zumindest etwas Selbstbestimmung zurück. Er wollte zwar, dass sie die Verantwortung an ihn übergab, aber das war ein langsamer Prozess. Es würde dauern, bis sie sich ihm vollständig hingab.

»Eins, Sir!« Zu seiner Überraschung ließ sie sich nicht viel Zeit. Ihre Entschlusskraft erfreute ihn. Evie brachte es lieber schnell hinter sich, statt das Unausweichliche hinauszuzögern. Ash spannte sich an, holte aus und klatschte die flache Hand auf ihren Arsch. Evie wimmerte und sank wieder über ihm zusammen.

»Zwei, Sir!« Ihre Schreie steigerten seine Lust von Schlag zu Schlag. Bis zum zehnten Schlag wimmerte sie nur, danach waren ihre Backen so gereizt, dass sie morgen Probleme haben würde, zu sitzen. Ihr Körper spannte sich an, zitterte in Erwartung des nächsten Hiebs und bei zwölf war es mit ihrer Beherrschung dahin.

»Dreizehn, Sir!« Tränen benetzten ihre Wangen, doch sie beklagte sich nicht und Ash würde nicht nachlassen. Der vierzehnte Schlag ließ sie laute Schreie ausstoßen und Ash beschloss, sie in den Pausen etwas zu verwöhnen, ihre Lust zu steigern. Seine Finger liebkosten ihre Schamlippen, so dass der Schrei in lustvolles Wimmern überging. Mit dem fünfzehnten Hieb ließ sie sich Zeit, doch Ash wusste, dass sie ihn einfordern würde. Zärtlich umkreiste er ihr Klit, spürte, wie sie sich anspannte. Mittlerweile kannte er die Zeichen ihres Körpers, wenn sie sich bereit machte.

»Fünfzehn, Sir!« Klatschend prallte seine Hand auf ihren Arsch. Ihr Stöhnen klang schon längst nicht mehr schmerzvoll, die Lust pulsierte durch ihren Körper und als er diesmal durch ihre Spalte fuhr, keuchte sie auf. Sie war so triefnass, dass er sich kaum zurückhalten konnte. Die nächsten vier Hiebe genoss sie so verboten gut, dass er sich fragte, wie lange sie diese dunkle Seite schon in sich trug und der zwanzigste Hieb brachte ihn bald um den Verstand. Er drohte zu kommen, bevor er überhaupt in ihr war.

Evie brach keuchend nach dem letzten Hieb über ihm zusammen, hing wie ein mit Wasser gefüllter Schlauch auf seinem Schoß. Ihr Atem ging schwer und ihr Hintern leuchtete grellrot. »Das hast du gut gemacht«, murmelte Ash und küsste die roten Stellen. Evie sog scharf die Luft ein, während er sie liebkoste. Zärtlich leckte er den Schmerz davon, zog ihre Backen auseinander und ließ seine Zungenspitze mit ihrem Poloch spielen. Evie keuchte überrascht auf. Ihre Nervenzellen waren überempfindlich und anscheinend schien ihr diese Behandlung zu gefallen. Ash machte sich eine gedankliche Notiz, irgendwann würde er ihren Arsch entjungfern, aber nicht heute. Seine Zunge wanderte weiter und kostete von der heißen Feuchtigkeit zwischen ihren Lippen. Sie schmeckte köstlich. Die Lust lief nur so aus ihr heraus und die Geräusche, die sie bei seiner Behandlung von sich gab, brachten ihn in arge Bedrängnis. Hastig ließ er von ihr ab, tätschelte ihren Arsch und ließ ihre Hände los.

»Steh auf«, befahl er und half ihr wieder auf die Füße. Evies Knie zitterten. »Keine Sorge, du brauchst nicht lange stehen«, knurrte er und hielt ihre Handgelenke. Ihre Wangen glänzten feucht und ihre Augen waren gerötet. Ihre Unterlippe bebte und der

Blick, dem sie ihm zuwarf, war eine kokette Mischung aus Trotz, Lust und Scham. Interessiert hob Ash eine Augenbraue. Mal sehen, welches Gefühl überwog.

»Hat es dir gefallen?« Evie zog die Nase hoch und wandte den Blick ab, doch Ash hatte bereits das lustvolle Aufblitzen in ihrem Blick gesehen, er hatte ihre Schreie gehört und ihre Lust geschmeckt, zu spät, es zu leugnen. »Es ist keine Schande, Lust dabei zu empfinden, wenn man den Arsch versohlt bekommt, Evie. Alles ist erlaubt, solange es dir gefällt.« Sie blickte ihn wieder an, weniger schamvoll. Gut. »Aber ich bin noch nicht fertig mit dir.« Ash erhob sich und stellte sich vor sie. »Möchtest du fühlen, was du mit mir machst?«

Evies Augen wurden groß. »Ja, Sir«, keuchte sie. Lächelnd hob Ash die Hand an ihre Wange und wischte mit seinem Daumen über ihre Haut. »Dann, bitte, Ms. Stevens.« Ash erhob sich, lehnte sich gegen den Schreibtisch und umklammerte mit beiden Händen die Tischplatte, stellte die Beine auseinander und wartete, was sie tun würde. »Enttäusche mich nicht«, knurrte er und ließ den Kopf in den Nacken sinken. Das konnte sie gar nicht, aber da sie das nicht wusste, war das eine weitere Gelegenheit, ein wenig Druck auf sie auszuüben, der sie hoffentlich über ihre Grenzen hinaus beförderte. Ash wusste nicht, was ihn dazu getrieben hatte, ihr diesen Freiraum zu geben, aber als sie zwischen seine Beine trat, wusste er, dass er voll auf seine Kosten kommen würde.

*

Ihr Arsch brannte wie Feuer und ihre Muschi pochte vor ungestilltem Verlangen. Wie ein kleines nimmersattes Monster, dem man ein köstliches Steak vor die Nase gehalten und dann weggenommen hatte. Evie war mehrfach kurz davor gewesen, unter Ashs Schlägen zu explodieren. Wenn er auch nur einmal ihre Klit berührt hätte, sie wäre gekommen. Aber er schien genau zu wissen, wie er sie anfassen musste, damit sie nicht kam. Nun, jetzt durfte sie ihn anfassen und sie würde nicht zimperlich sein. Er wollte spielen, gut, sie konnte spielen. Evie trat zwischen seine Schenkel und packte zu, legte ihre Hand grob auf seinen Schwanz und drückte ihn, bis er guttural grunzte. Eine Hand auf seiner Brust abgelegt, massierte sie ihn kräftig, bis sie spürte, dass er noch größer geworden war. Dann ließ sie ihn los und griff grob nach seinem Gürtel. Das Leder fühlte sich glatt und kühl an. Oh Gott, ihre Klit pochte lüstern auf, als sie sich vorstellte, wie sich das Leder um ihre Handgelenke schmiegen würde ... oder, noch viel besser, wenn es auf ihren Arsch klatschte. Evie stöhnte, was Ash dazu bewog, ein Auge zu öffnen und sie anzusehen.

»Evie, was denkst du?«

»Nichts, Sir«, murmelte sie und machte sich an seiner Schnalle zu schaffen. Hastig schnellte Ashs Hand vor und umschloss ihre Kehle. Überrascht keuchte Evie auf. »Wenn ich dir eine Frage stelle, erwarte ich eine Antwort. Keine Ausflüchte. Deine Gedanken gehören mir. Also was denkst du?«

Evie schluckte gegen seine Handfläche, versuchte, ihre Worte mit Bedacht zu wählen.

»Was zögerst du? Mach weiter und dann antworte mir«, forderte Ash. Evie öffnete seine Hose und schob ihre Hand in seinen Slip. Ash stöhnte. Seine Lider senkten sich und auf seinen Lippen bildete sich ein hingebungsvolles Lächeln. Während sie arbeitete, schien er vergessen zu haben, dass sie ihm noch eine Antwort schuldig war. Evie atmete erleichtert aus, doch da er noch seine Hand an ihrer Kehle hatte, schien er es zu merken. Ashs Augen öffneten sich abrupt, während ihre Finger seinen Schwanz umschlossen.

»Deine Antwort, Ms. Stevens.«

»Ist das eine so kluge Idee, während ich meine Hand in deiner Hose habe ... Sir?« Das letzte Wort kam ihr nur gepresst über die Lippen. Ashs Augen weiteten sich, als Evies Hand langsam und kräftig zudrückte.

»Du kleines Luder. Sobald man deine Leine kürzt, wirst du wieder zur Evie Stevens, der unbeugsamen Geschäftsfrau. Aber heute sollst du nicht führen, sondern akzeptieren und folgen. Nimm deine Hand aus meiner Hose«, befahl Ash in harschem Ton. Evie gefiel sein Schwanz, sie hätte ihn gerne noch länger verwöhnt, doch sein Blick ließ sie gehorchen. Evie trat zurück und verschränkte die Hände vor dem Körper. »Und jetzt sage mir, woran du gedacht hast. Sonst wirst du heute Nacht keinen Orgasmus bekommen. Ich kann dich so oft ich will an den Rand bringen. So sehr, dass du weinst. Also ... wenn du das nicht willst, antworte mir.«

Evie wünschte sich nichts sehnlichster als zu kommen und sie glaubte Ash. Im Übrigen was war schon dabei? Sie hatte bereits auf seinem Schoß gelegen und seinen Schwanz in ihrer Hand gehabt, zudem hatten sie sich Ehrlichkeit versprochen. Evie atmete tief durch und senkte den Blick, nur um ihn nicht ansehen zu müssen. »Ich dachte daran, wie geil es sich anfühlen würde, das Leder deines Gürtels auf meinem Po zu spüren oder wie es sich anfühlen würde, wenn du mich damit fesselst.«

Ash verschränkte die Arme vor der Brust. »Was sind denn das für Gedanken?!«, gab er empört von sich. »Nun, Ms. Stevens, ich fürchte, Sie haben sich noch eine Strafe eingehandelt.« Evie blickte erschrocken auf, doch das Funkeln in Ashs Blick verwirrte sie. Was zur Hölle hatte er vor?

Ash machte einen Schritt zur Seite. »Treten Sie vor den Schreibtisch, Ms. Stevens.« Ihre Kehle zog sich erregt zusammen, die Feuchtigkeit benetzte die Innenseite ihrer Oberschenkel und Ashs Blick ließ sie leise wimmern. Oh nein, bitte ... Doch sie gehorchte und stellte sich an die angegebene Stelle. Ash trat hinter sie. Es raschelte. Evie riskierte einen Blick über die Schulter. Sie hätte am liebsten laut aufgekeucht, als sie sah, dass er den Gürtel aus seiner Hose zog.

»Na, na. Blick nach vorn. Leg dich auf die Tischplatte«, knurrte Ash, »Beine auseinander.« Evies Atem ging schwer. Die Lust fegte ihren Verstand frei, so dass sie nur noch auf seine Befehle reagieren konnte. »Hände auf den Rücken«, grunzte Ash und drückte sie auf die Platte. Evie hätte am liebsten laut aufgestöhnt, als er ihre Hände mit dem glatten Leder fixierte. Sie lag mit der Wange auf der Tischplatte, konnte sich praktisch nicht bewegen und als Ashs Hose fiel und sie seine

Oberschenkel an den ihren fühlte, konnte sie sich nicht mehr beherrschen. Sie stöhnte laut auf, als ihr Hintern dort brannte, wo er sie berührte.

Mittlerweile hatte Ash den Gürtel um ihre Handgelenke fixiert. Er griff an ihr vorbei in eine Schale und tauchte mit einem Kondom wieder auf. Sie hörte es hinter sich rascheln, dann stöhnte er erneut. »Sie waren unartig, Ms. Stevens.« Er packte ihre Taille mit einer Hand und legte die andere auf ihren Rücken. Evie wand sich lüstern. Sie wollte ihn spüren, jetzt.

»Ja, Sir«, keuchte sie, als Ash sich von hinten durch ihre Schamlippen schob, sie mit der Spitze seines Glieds teilte und die Feuchtigkeit verteilte. Evie bäumte sich gegen seine Hand auf, doch da er sie niederdrückte und ihre Hände gefesselt waren, konnte sie sich kaum bewegen. »Ash!«, schrie sie.

»Sir«, keuchte Ash und drang in sie ein. »Du sollst mich Sir nennen.« Etwas klatschte auf ihren Arsch und sie schrie erneut, spürte, wie er kräftig in sie stieß und dabei ihre Lust ins Unendliche steigerte.

»Ja, Sir!«, schnappte sie und genoss seine rhythmischen Stöße. Immer wieder drang in sie ein, ließ etwas auf ihren Hintern klatschen, drückte bei jedem Eindringen gegen die brennenden heißen Stellen, so dass sich in Evie Lust und Schmerz zu einem kaum auszuhaltenden Crescendo vermischten. Immer höher trieb er sie hinauf und als er sie über die Klippe stieß, löste sich Evies Verstand komplett auf. Sie zuckte und fiel, nur von Ash gehalten, wimmerte und schrie ihre Lust nur so heraus und als sie schon glaubte, es nicht länger aushalten zu können, katapultierte Ash sie noch höher hinauf und als sie das zweite Mal kam, folgte er ihr auf dem Fuß und brach schließlich erschöpft auf ihr zusammen.

Kapitel 10

Evie fühlte sich, als ob Ash ihr wortwörtlich jeden Knochen aus dem Leib gevögelt hatte. Ihr Körper schien keinen einzigen festen Bestandteil mehr zu haben, oder er hatte ihr Skelett in Wackelpudding verwandelt.

Nachdem Ash wieder einigermaßen zu Atem gekommen war, hatte er den Gürtel von ihren Handgelenken gelöst, sich aus ihr zurückgezogen und ihren Rücken zärtlich gestreichelt. Danach hatte er sie auf seine Arme genommen und zum Bett getragen. Evie hatte kaum mitbekommen, wie er mit Decken und Kissen zurückgekommen war und sie warm eingepackt hatte. Etwas zu trinken hatte er ebenfalls besorgt und sie mit sanften Worten davon überzeugt, ein paar Schlucke zu nehmen, bevor sie wieder ermattet auf die Matratze gesunken war.

»Können wir denn überhaupt hier bleiben?«, murmelte Evie nach einer gefühlten Ewigkeit, die sie an seine nackte Brust gekuschelt und seine Streicheleinheiten genießend verbracht hatte. Ashs Hand ruhte auf ihrem geschundenen Hinterteil. Hin und wieder zwickten die bearbeiteten Stellen, so dass sie daran erinnert wurde, was er – SIE! – getan hatten. Noch gestern wäre sie vor Scham im Boden versunken, heute zauberte der Gedanke an Ashs Schläge und den Sex ein Lächeln in ihr Gesicht.

»Ja, wir können so lange bleiben, bis du dich erholt hast.« Zärtlich küsste er ihre Stirn und nahm ihre Hand, um sie sich auf die Brust zu legen. »Wir sollten darüber reden, wenn du bereit bist«, murmelte er leise.

»Worüber?« Evie inhalierte seinen Geruch und schob ihr Bein zwischen seine, bis sie seinen Penis an ihrem Oberschenkel spürte. Er zuckte leicht gegen ihre Muskeln. Evie grinste unverschämt. Vielleicht ...

»Denk nicht mal daran«, maßregelte sie Ash liebevoll. »Ich bin so fertig, dass ich hier schlafen könnte. Aber das ist leider untersagt. Spätestens morgen früh wecken uns die Reinigungskräfte. Und auf diese Erfahrung würde ich gerne verzichten.«

Evie lachte. »Ah ja. Nein, das würde ich auch lieber vermeiden. Worüber müssen wir reden?«

Ashs Griff um ihre Hand verfestigte sich. »Über ... das, was passiert ist. Was ich mit dir gemacht habe. Ich muss wissen, ob du dich dabei gut gefühlt hast. Ob du auf deine Kosten gekommen bist oder ich eine Grenze überschritten habe. Normalerweise würde ich vorher mit dir reden, um zu wissen, was du absolut nicht willst, aber das hier ging alles etwas schnell und ...«

Evie sah auf. Ihr Herz zog sich bei Ashs Miene schmerzhaft zusammen. Sorgte er sich tatsächlich um ihr Wohlbefinden? Mist, das fühlte sich verdammt gut an. Jemanden zu haben, der sich um sie kümmerte. »Nein, es ist alles gut. Ich mochte es sehr.«

Ashs Augen blitzten. »Was genau? Drücken Sie sich deutlicher aus, Ms. Stevens, sonst muss ich ...« Ashs Finger gruben sich in ihr Fleisch, so dass Evie scharf einatmete.

»Vielleicht nicht in den nächsten zwei, drei Tagen«, murmelte sie.

Ash lachte. »Also was hat dir genau gefallen? Von mir Befehle zu empfangen?«

Evie stöhnte und wand sich an ihm. »Ja, ich mochte es, mal nicht die Verantwortung zu tragen.«

»Gut. Mir hat es auch gefallen. Und von mir übers Knie gelegt zu werden?« Evie wand sich unbehaglich. Eigentlich wollte sie nicht so genau über jede Einzelheit reden. Ash schien ihre Unsicherheit zu bemerken.

»Liebes, du musst mir alles sagen, was dich bewegt, was dir gefallen hat. Ich möchte auf deine Bedürfnisse eingehen und die kann ich nur erkunden, wenn du es mir erzählst. Deine Körpersprache ist zwar sehr aussagekräftig, aber sie sagt mir nicht alles. Also, was hast du empfunden? Hast du dich geschämt? Hat es dich geil gemacht?«

Evie sah auf und begegnete seinem offenen Blick. Darin lag so viel Fürsorge und Vertrauen, dass sie ihre

Ängste beiseiteschob und den Mut hervorholte, der sie all die Jahre hatte kämpfen lassen, um in einer Männerdomäne Fuß zu fassen. »Verdammt, ja. Es war beschämend, wie ein kleines Kind den Hintern versohlt zu bekommen, doch das Gefühl hat mich fast wahnsinnig gemacht. Mein Hintern unter deiner Hand, wie du immer wieder zwischen Schlägen und ... intimen Berührungen gewechselt bist. Verdammt, du hättest mich kommen lassen können, wenn du gewollt hättest und es hat mich wahnsinnig gemacht, dass ich nicht selbst Hand anlegen konnte.«

Ash knurrte. »Glaube mir, mich hat es auch wahnsinnig gemacht. Dein Hintern sah herrlich aus. Deine feuchte Spalte und deine Schreie. Verdammt.« Ash schob sie von sich, drängte sie auf den Rücken und spreizte ihre Schenkel mit seinen Knien. »Entschuldige, Evie, aber ...«

»Bitte«, keuchte sie und schob ihr Becken vor.

Ash richtete sich auf. »Bleib genau so liegen!«, befahl er, stand auf und hastete zu einer neben dem Bett stehenden Kommode. Hastig zog er eine Schublade auf und kehrte mit einem Kondom zurück. Evie beobachtete ihn dabei, wie er es sich überstreifte und dann zu ihr zurückkehrte. Doch statt sich gleich über sie zu schieben, hockte er sich zwischen ihre Schenkel und beugte sich über ihre Scham. Sie richtete sich leicht auf und beobachtete ihn neugierig.

»Was hast du vor?«

Ash grinste und schob die Zunge vor. Evie keuchte erschrocken auf, als seine Zungenspitze ihre empfindlichste Stelle umkreiste. »Erzähl mir von den Schlägen, davon, wie es sich für dich angefühlt hatte, von mir gefesselt zu werden und auf dem Schreibtisch gefickt zu werden wie eine ungehorsame Sekretärin.« Sein Atem glitt über ihre feuchten Labien, während er sprach. Evie sank zurück und schloss die Augen.

»Ich fand es unglaublich erregend, bestraft zu werden. Am liebsten würde ich wieder ungehorsam sein, nur um das Gefühl noch einmal erleben zu können.« Ihre Stimme schwand, während Ash sie verwöhnte.

»Und der Schreibtisch?«, murmelte er, bevor er seine Zunge in ihre Mitte schob.

»Das war absolut krass. Aber genau das, was ich gebraucht habe. Ash!«, keuchte sie und bog den Rücken durch. Ihre Schenkel erzitterten bereits. Ash richtete sich auf, vergrub seine Finger in ihren Oberschenkeln und kroch über sie, platzierte sich vor ihrem Eingang und drang mit einer einzigen fließenden Bewegung in sie ein. Evies Lider bebten vor Erregung, als seine Lippen die ihren trafen und sie in einem tiefen, innigen Kuss miteinander verschmolzen, während er sich sanft in ihr bewegte und sie vorsichtig zum Höhepunkt trieb. Als Evie schließlich kam, fühlte sie sich aufgefangen, geborgen und umsorgt. Sie stürzte in eine ihr noch nie gekannte Wärme, fühlte sich unglaublich gut, als würde sie in weicher, weißer Watte schweben, mit einem seligen Lächeln auf den Lippen. Dieser Orgasmus war anders, als der auf dem Schreibtisch. Vorhin hatten sie es wahrlich getrieben, aber das hier war viel intensiver, das hier fiel tatsächlich in die Kategorie Liebemachen.

Sie blieben noch etwa eine halbe Stunde eng ineinander verschlungen liegen, bevor jeder von ihnen in eine der am Ende des Ganges befindlichen Duschen verschwand. Die Nacht war himmlisch gewesen, doch insgeheim fürchtete Evie sich davor, Ash mit zu sich nach Hause zu bitten. Morgen war ein großer Tag und sie sollte dringend noch etwas Schlaf bekommen. Nichtsdestotrotz wagte Evie einen entscheidenden Schritt, indem sie Ash in der Tiefgarage ihre Adresse nannte. Er kannte sie ja bereits, doch für sie war das eine Geste des Vertrauens, wo sie sich doch vor ein paar Stunden wegen ihrer Adresse geneckt hatten.

»Nur für den Fall, dass du sie vergessen hast.« Mit großen Augen starrte er sie an, während sie eine Hand in seiner Jackentasche mit der seinen verschlungen hatte. Wie bei einem echten Pärchen. Evie war bereit, diesen einen wichtigen Schritt zu wagen.

»Ist das dein Ernst? Du nennst mir deine Adresse?«

Evie blickte zu Boden. »Ist kein großes Ding, da du sie ja bereits kennst. Du hast noch lange keinen Schlüssel für meine Wohnung, aber ja, ich nenne dir meine Adresse. So richtig offiziell.«

Ash atmete geräuschvoll ein, legte einen Finger unter Evies Kinn und hob es sanft an. »Doch, es ist ein großes Ding, zumindest für dich. Ich weiß diese Geste wirklich zu schätzen.« Er beugte sich vor und küsste sie zärtlich auf die Wange. »Danke.«

Jetzt kam sich Evie doch dämlich vor. Ash hatte sie durchschaut. Für sie war es ein großes Ding, sie wollte ihm zeigen, dass sie ihn schätzte, ihn mochte und ihm vertraute. Doch offensichtlich war da noch viel mehr, denn sie verspürte das dringende Bedürfnis, ihn bei sich haben zu wollen. Immer. Auch heute Abend.

»Ash, es gibt da noch etwas«, begann sie zögerlich. Er öffnete die Beifahrertür für sie und bedeutete ihr mit einer Geste einzusteigen.

»Und das wäre, Liebste?«

Evie rollte mit den Augen. »Nenn mich nicht so. Ich habe dann immer das Gefühl, eines dieser High Society Püppchen zu sein. Aber das bin ich nicht. Ich bin eine emanzipierte ...« Gerade als sie ansetzen wollte, ihren Status klarzustellen, setzte sie sich und ihr schmerzender Hintern erinnerte sie jäh daran, dass Ash diese selbstständige Geschäftsfrau übers Knie gelegt hatte. Mist. Evie biss die Zähne zusammen. »Vergiss es«, grummelte sie.

Ash lachte. »Auch emanzipierte Frauen dürfen sich danach sehnen, den Arsch versohlt zu bekommen. Das ändert nichts daran, wer du bist. Es stärkt dich nur noch.«

Evie hob eine Augenbraue. »Ach was.«

»Worum wolltest du mich bitten, Evie?« Ash legte den Arm auf das Lenkrad und wandte sich ihr zu. Himmel, sie schätzte seine Aufmerksamkeit. Ash Hunter würde nicht einfach losfahren und etwas mit ihr besprechen, wenn er das Gefühl hatte, dass es für sie von Bedeutung war. Nein, er würde warten und ihr seine ungeteilte Beachtung schenken.

Evie senkte den Blick und spielte mit dem Saum ihres Mantels. »Heute Abend werde ich den *Archer*«, sie blickte auf und sah ihn an, »das ist unser Programm, das die Krebszellen in ein bestimmtes Raster einordnet und bei der Diagnose der Art des Krebses, des Stadiums, et cetera, mithilft. Die Diagnostik wird damit revolutioniert. Jedenfalls werde ich heute Abend vor einer Menge bedeutender Wissenschaftler sprechen. Der Abend ist eher eine Gala, mit schicken Kleidern, Cocktailwürstchen und hohen Schuhen. Aber wir stellen den *Archer* der Öffentlichkeit vor und ich würde ... also ... es würde mich freuen ... wenn ...«, stammelte Evie.

Ash neigte fragend den Kopf, seine Augen funkelten amüsiert.

»Oh, du Mistkerl! Du quälst mich!«, jammerte sie.

Ash lachte. »Ja, das tue ich in der Tat. Also was möchtest du mich fragen, Ms. Stevens? Du leitest ein revolutionäres Start-up und lässt dir von mir den Arsch versohlen? Meinst du nicht, dass du mich nicht auch fragen kannst, ob ich dich begleiten möchte?«

Evie knurrte. »Na schön, Ash Hunter. Will dieser Mistkerl mich zu dieser Veranstaltung begleiten?«

»Als dein Date?«

»Wie bitte?«

»Fragst du mich gerade um ein Date?«

Evie wurde rot. »Ja, das tue ich.«

Ash lächelte. »Gerne.« Dann griff er nach dem Zündschlüssel und startete den Motor. »Siehst du, deswegen war es jahrhundertelang so, dass Männer die Damen um ein Date fragten. Ihr Frauen braucht einfach so lange!«

»Macho!«

KAPITEL 11

Evie hätte Ash gerne mit in ihre Wohnung genommen, trotzdem widerstand sie der Versuchung, denn sie ahnte, wie die Nacht und der Vormittag aussehen würde, wenn sie nachgab. Nein, sie musste schlafen und sich auf die Präsentation vorbereiten.

Am späten Vormittag stand sie auf und telefonierte zunächst mit dem Labor. Vor Erleichterung atmete Evie laut aus, als Greg, ihr Laborleiter, ihr die Ergebnisse durchgab. »Ich kann noch kein abschließendes Fazit geben, Evie, aber ich gehe davon aus, dass die Fehlversuche der letzten Testreihe auf Verunreinigung des Probenmaterials zurückgeführt werden können. Die finale Testreihe hat die Ergebnisse bestätigt. Wir können live gehen.«

»Oh, Greg, einen schöneren guten Morgen konntest du mir gar nicht bescheren. Die Präsentation heute

Abend hätte mir wie Blei im Magen gelegen, wenn du keine positiven Nachrichten für mich gehabt hättest.« Evie hätte den *Archer* dennoch vorstellen müssen, allerdings hätte sie dies mit Bauchschmerzen getan. So hatten Gregs Nachrichten eine tonnenschwere Last von ihren Schultern genommen. Unglaublich befreit atmete sie durch und setzte sich, nur mit seidenem Morgenmantel bekleidet, auf einen Barhocker. Hastig sprang sie wieder auf, als das verräterische Brennen sie an Ash Hunter erinnerte. Toll.

»Alles okay, Evie?«, hakte Greg verwundert nach.

»Ja, ja, alles bestens. Ich habe mir nur den Zeh gestoßen«, wiegelte sie ab.

»Ich hoffe, es ist nicht schlimm. Immerhin musst du heute Abend den *Archer* präsentieren.«

»Keine Sorge, Greg.« Sie klemmte sich den Hörer zwischen Kinn und Schulter fest und stolperte zur Kaffeemaschine, um sich einen Latte zu ziehen. »Ich bin perfekt vorbereitet. Schick mir die aktuellen Zahlen, ja? Ich pflege sie noch in die Präsentation ein und dann können wir starten. Gratulation, Greg!«

»Danke, Evie. Ich werde dann endlich schlafen gehen. Wir sehen uns heute Abend.«

»Greg, ruh dich aus. Bis nachher!«

»Bis dann, Evie.«

Evie hängte auf und griff nach ihrem Kaffee. Sie brauchte Koffein, viel Koffein. Und eine schmerzlindernde Salbe. Am Liebsten würde sie Ash verfluchen, aber das Brennen bescherte ihr auch ein zuckersüßes Gefühl zwischen ihren Beinen, so süß, dass sie fast daran dachte, ihn anzurufen. Aber nur fast.

Evie hatte sich gerade ihren Laptop auf dem Tresen in ihrer modernen Hightechküche zurechtgerückt und lehnte mit ihrem dritten Latte daran, um ihren Hintern zu schonen, als erneut das Telefon klingelte. Ein kurzer Blick darauf zeigte ihr, dass Ash aufgewacht war.

»Guten Morgen«, begrüßte sie ihn lächelnd. »Hast du gut geschlafen?«

»Ich hätte noch viel besser geschlafen, wenn du bei mir gewesen wärst. Wie geht es deinem Hintern?«

Evie verzog das Gesicht. »Bescheiden. Reden wir nicht davon, das erinnert mich nur daran, wem ich dieses Problem zu verdanken habe.«

Ash schnurrte leise. »Was hast du an?«

»Nichts, was dich etwas angeht. Ash, ich muss arbeiten. Holst du mich um sechs ab?«

»Meinetwegen. Aber heute Abend kommst du mit zu mir. Ich habe etwas vorbereitet. Das wird dir gefallen.«

»Du machst mich neugierig.«

»Das solltest du auch sein. Also pack deine Zahnbürste ein, mehr brauchst du nicht.«

Evie runzelte die Stirn. »Ich werde heute Abend ganz sicher einen Slip tragen.«

Ash gab ein verruchtes Lachen von sich. »Davon gehe ich aus. Wenn du es aushälst. Ich habe dir übrigens einen Boten geschickt. Er hat etwas dabei, was dir helfen wird.«

»Okay, bis nachher, Ash.«

Kurze Zeit später klingelte es an der Tür und ehe sich Evie versah, hatte sie eine braune Papiertüte einer Apotheke in der Hand, die eine kühlende Salbe mit Aloe vera enthielt.

»Dieser Mann ist unglaublich …«, murmelte sie versonnen.

*

Pünktlich um sechs klingelte es erneut an diesem Tag. Diesmal trug Evie allerdings nicht mehr ihren violetten Seidenmorgenmantel, sondern ein schwarzes Abendkleid. Der herzförmige Ausschnitt war mit teuren Swarovskisteinen besetzt. Der glitzernde Effekt der Steine setzte sich im Stoff des Kleides fort und so wirkte er, als würde ein funkelnder Sternenhimmel Evies Rundungen in Szene setzen. Der tiefe Rückenausschnitt endete knapp über ihrem Po. Darunter trug sie nichts weiter als einen knappen schwarzen Tanga, ein sündhaftes Teil, das sie sich per Kurier hatte liefern lassen. Es würde Ash wahnsinnig machen, wenn er sie so sah. Allein dieser Gedanke zauberte Evie ein Lächeln aufs Gesicht.

»Wow!«, entfuhr es Ash, als sie die Tür geöffnet hatte. Er ließ seinen Blick über sie schweifen. Evie hatte ihr Haar zu einer kunstvollen Hochsteckfrisur aufgetürmt. Schwarze Handschuhe komplettierten ihr Outfit. »Du siehst unglaublich aus.« Ash reichte ihr die Hand und sie nahm sie und ließ sich einmal von ihm herum drehen, bevor sie in seinen Armen landete. Ash legte seine Hand auf ihren Rücken und zog sie an sich. Zärtlich liebkoste er ihre Wange. »Hi.«

Evie sah auf. »Hi.«

»Ich stelle mir gerade vor, wie du nur mit diesen Handschuhen, deinem Höschen und den High Heels vor mir stehst. Meinst du, wir können so etwas einrichten?«

Evie lächelte. »Später vielleicht. Jetzt müssen wir los. Ich will es endlich hinter mich bringen.«

»Gerne.« Ash nahm ihre kleine Reisetasche mit einer missbilligend hochgezogenen Augenbraue, doch er sagte nichts. Evie schlüpfte in ihren Mantel, nahm ihre Handtasche und zog die Wohnungstür hinter sich zu.

»Auf in die Schlacht«, murmelte sie mehr zu sich selbst.

»Ich bin so froh, dass du bei mir bist«, fügte sie an Ash gewandt hinzu, als sie sich untergehakt hatte und mit ihm Richtung Aufzug ging. »Die Präsentation ist nicht das Problem, aber die Fragen. Ich muss ehrlich zugeben, dass ich mich ein wenig davor fürchte. Nenn es Lampenfieber.«

»Evie, du bist selbst stark genug. Heute Abend bin ich nur dein Anhängsel. Sieh mich als hübsche Dekoration deiner Einmaligkeit.«

Darauf wusste Evie nichts zu erwidern, außer vielleicht, dass Ash wie immer die richtigen Worte fand.

*

Evie hatte keine Ahnung, wie sie die nächsten Stunden überstand. Ihre Präsentation war erst nach dem Empfang geplant. Bevor sie die Bühne betreten würde, musste sie unzählige Bekanntschaften machen, sich zwei weitere Präsentationen ansehen, nett plaudern und entsetzlich lange in High Heels herumstehen. Ash wirkte wie ihr Fels in der Brandung, führte sie von einer Gruppe zur anderen und leitete galant durch jedes Gespräch. Sobald ein Thema ausführlich besprochen war, füllte er die Lücke mit einer netten Anekdote, erzählte von seinen Erfahrungen als Architekt oder brachte eine Spitze über ein Gebäude oder ein Gemälde ein. Sein kunstgeschichtliches Wissen war unglaublich.

»Woher weißt du das alles? Du bewegst dich auf gesellschaftlichem Parkett wie kein Zweiter«, raunte sie ihm in einem Moment der Zweisamkeit zu, während sie durch den Saal schlenderten. Langsam wurde es Zeit für Evie, hinter die Bühne zu treten. Greg war ihr auch bereits über den Weg gelaufen. Er hatte sich in einen Smoking geworfen und erwartete sie bereits neben dem Bühnenaufgang. Sie hätte ihn fast nicht wiedererkannt, so ohne Laborkittel und mit ordentlich gekämmten Haaren. Steve, einer ihrer Programmierer, hockte in der Technik und würde den Ablauf der Präsentation überwachen und ihr auf ausgemachte Stichworte hin die passenden Grafiken und Diagramme liefern, während Greg ihre Präsentation mit dem nötigen Fachwissen untermauerte und als wissenschaftlicher Experte auftrat. Doch die Moderation selbst musste Evie ganz allein übernehmen. Zu Schulzeiten hatte sie sich immer gefürchtet, vor einer großen Menschenmenge zu sprechen. Selbst im ersten Semester ihres

Informatikstudiums war es ihr noch unglaublich schwergefallen, aber sie hatte sich durchgebissen und wann immer es ihr möglich war, versucht, öffentlich zu sprechen. Mit der Zeit war sie sicherer geworden, konnte geschickt durch Verhandlungen führen und selbstbewusst auftreten, doch heute Abend fühlte sie sich wie in der fünften Klasse, als sie ihren ersten Vortrag hatte halten müssen. Damals war sie so nervös gewesen, dass sie sich am liebsten auf der Toilette verkrochen hätte. So viel hing von ihr ab. Der alte Druck senkte sich wieder auf ihre Schultern und erschwerte ihr das Atem. Panisch starrte sie zum Bühnenaufgang und verkrampfte.

»Ich kann das nicht …« Ashs Antwort auf ihre Frage, woher er sein immenses Wissen nahm, hatte sie überhaupt nicht wahrgenommen. Abrupt hielt er inne, stellte sich hinter sie und legte seine Hände auf ihre Schultern.

»Doch, du kannst es.« Ash brachte seine Lippen ganz dicht an ihr Ohr. Sein Atem glitt liebkosend an ihrer Ohrmuschel entlang und streifte über ihre Wange. Evie erschauerte wohlig und lehnte sich gegen ihn. »Hast du schon vergessen, was ihr geleistet habt? Dieses Programm wird die Krebsdiagnostik revolutionieren.«

»Du hast keine Ahnung vom *Archer*«, murmelte Evie.

Ash räusperte sich. »Dann erklär‘s mir, nur mir. Ich stelle mich mitten in den Saal und du kannst mich ansehen und so tun, als ob du nur zu mir sprechen würdest. Wirst du das für mich tun? Wirst du mir gehorchen?«

Evies Blick huschte zur Seite. Ashs Augen funkelten lüstern, als ob er sie herausfordern wollte, ihm zu widersprechen. »Bekomme ich dann eine Belohnung, Sir?«

Ash grunzte. Seine Hände glitten über ihren Rücken, hinab zu ihrem Hintern. Zärtlich drückte er ihren Po.

»Mach mich stolz«, murmelte er und schob sie vorwärts.

Evie erschauerte wohlig. »Ja, Sir.«

*

Evies Knie zitterten. Doch nicht vor Aufregung, eher vor Erregung. Sie wollte ihn stolz machen, verdammt. So absurd der Gedanke auch war, gerade von ihr, sie wollte heute Abend gut sein, weil es Ash stolz machen würde. Allein dieser Umstand hätte sie vor sich selbst zurückschrecken lassen sollen, aber die Erregung überlagerte so sehr ihren Verstand, dass ein solcher Gedanke erst gar nicht zu ihr durchdrang. Ihre Lust pulsierte, als sie ans Pult trat und Ash Hunter in der Menge suchte. Kurz ließ sie ihren Blick über die vielen, ihr aufmerksam zugewandten Gesichter gleiten, bis sie ihn fand. Kein Lächeln zierte seine schönen Lippen, nein, ein harter, fordernder Zug umspielte seine Mundwinkel. Erwartungsvoll sah er sie an und verlangte mit einem Nicken von ihr, anzufangen. Sein Blick fuhr ihr durch Mark und Bein, ja, sie wollte ihn stolz machen. Evie nickte ihm zu und legte ihre Hände aufs Rednerpult. Sie räusperte sich kurz.

»Guten Abend, meine Damen und Herren. Heute habe ich die Ehre, Ihnen eine Revolution in der Krebsdiagnostik vorstellen zu dürfen. Den *Archer*!« Sie nickte in Steves Richtung, woraufhin sich der Raum verdunkelte, die Leinwand hinter ihr erstrahlte und das Logo ihrer Firma erschien.

Während Evie den Archer vorstellte, verschwammen die einzelnen Gesichter in der Menge. Sie nahm sie nicht mehr als Individuen wahr, sondern als eine einzige große Masse, deren Zentrum – Ash – sie nicht sehen konnte. Aber Evie braucht ihn auch nicht länger. Es genügte der Gedanke, dass er im Zuschauerraum stand, sie erwartungsvoll anblickte und zuhörte. Dieses Wissen machte sie an und sie konnte spüren, wie ihre Lust von Minute zu Minute anschwoll. Himmel, wenn sie fertig war, würde sie es keine Sekunde länger mehr hier aushalten. Sie würde mit ihm nach Hause fahren und ... Leider war Greg mit seinem Redepart fertig, so dass sie wieder übernehmen musste und nun dazu überging, Fragen aus dem Publikum zuzulassen. Die Anwesenden nahmen den *Archer* überwiegend positiv auf. Zwar sah sie hier und dort auch Skepsis, aber die Zahlen sprachen für sich und nach dieser Veranstaltung erwartete sie einen regelrechten Zustrom an Anfragen.

Evie beendete schließlich glücklich ihren Vortrag und wandte sich, den begeisterten Applaus des Publikums genießend, dem Bühnenaufgang zu. Einem inneren Antrieb folgend wollte sie zu Ash und mit ihm zusammen auf ihren Erfolg anstoßen, doch sie war so dermaßen von Gratulanten umringt, dass sie kaum einen

Meter vorankam. Sie bekam unzählige Visitenkarten zugesteckt, musste Versprechen abgeben, dass man sich auf jeden Fall am Montag melden würde, und so weiter, und so fort. Bis Evie endlich Zeit hatte, durchzuatmen und nach Ash zu suchen, war seit dem Ende ihres Vortrags mindestens eine Stunde vergangen. Ihr Magen knurrte und sie brannte regelrecht darauf, Ashs Meinung zu hören. Sie wollte unbedingt wissen, ob sie ihn beeindruckt hatte.

Im Vorbeigehen griff sich Evie ein Glas Sekt, bis sie glaubte, Ashs breiten Rücken in dem unverkennbaren Sakko auf dem Balkon, den man vom Saal aus betreten und einen grandiosen Ausblick auf die Stadt und den Hudson genießen konnte, zu erkennen. Freudigen Schrittes strebte sie Richtung Flügeltüren, als Ash einen Schritt zur Seite machte und eine blonde Schönheit neben ihm sichtbar wurde. Vertraulich beugte sie sich zu ihm und hauchte ihm einen Kuss auf die Wange. Ash wandte sich ihr zu und strich ihr zärtlich eine Strähne, die sich aus ihrer kunstvoll auftoupierten Frisur gelöst hatte, hinters Ohr. Die Blondine trug ein elegantes Abendkleid, mit so tiefem Rückenausschnitt, dass es fast schon unanständig wirkte. Evies Magen krampfte sich zusammen, als Ashs Hand sich vertraulich auf ihren Rücken legte.

Schockiert beobachtete Evie ihn und konnte nur hilflos dabei zusehen, wie der Mann, dem sie die letzten Tage bedingungslos vertraut hatte, der Mann, dem sie sich geöffnet hatte, derjenige, von dem sie sich hatte übers Knie legen lassen, schamlos mit einer anderen flirtete. Natürlich hatten sie einander keine Versprechungen gegeben, aber Evie war davon ausgegangen, dass das, was sie miteinander erlebt hatten, sie in irgendeiner Weise verband. Zumindest hatte sie gefühlt, dass da mehr war, als eine flüchtige Bekanntschaft, die in grandiosem Sex mündete. Himmel, sie hatte ihn *Sir!* genannt und war dabei gekommen! Sie hatte sich komplett entblößt, emotional wie körperlich. Und was tat er! Grabschte an einer anderen Frau herum, während er eigentlich mit ihr feiern sollte!

Wut einer dunklen Gewitterwolke ähnlich umwölkte Evies Verstand. Sie war sogar fest davon überzeugt, einen hochroten Kopf zu bekommen. Aber nein, sie würde hier keine Szene machen und Ash seine Verfehlungen auf den Kopf zusagen, oh nein, sie würde einfach gehen und ihren Frust ertränken. Sie würde sich nicht so entblößen, schon gar nicht vor all den potentiellen neuen Kunden. Wütend pfefferte Evie ihr Sektglas auf ein vorbeischwebendes Tablett. Der Kellner war gehörig damit beschäftigt, nicht das Gleichgewicht zu verlieren. In dem Augenblick wandte sich Ash dem Besucherraum zu und erblickte sie. Ihre Augen kreuzten sich und er hob die Hand, um ihr zu winken, doch Evies Blick fiel auf die Frau neben ihm und dann machte sie auf dem Absatz kehrt und floh. Sie wollte gar nicht wissen, was er zu seiner Verteidigung vorzubringen hatte, nein, sie wollte einfach nur noch nach Hause! Dieser Tag sollte der Höhepunkt ihrer beruflichen Karriere werden und Ash Hunter hatte alles zerstört. Das würde sie ihm niemals verzeihen!

KAPITEL 12

»Ich glaube, du hast ein Problem«, kommentierte Amalia Newport Evies Abgang. Ash verfolgte entsetzt, wie Evie Amalia mit einem Blick bedachte, den er ihr nicht im Traum zugetraut hatte. Diese Frau konnte tatsächlich eine Bitch sein. Er hätte sich nicht wirklich gewundert, wenn sie die Krallen ausgefahren und sich wütend auf seine Schwester gestürzt hätte. Und dann dämmerte ihm plötzlich, was in ihr vorgegangen sein musste, als sie Amalia und ihn auf dem Balkon gesehen hatte. Seine Schwester war mit ihrem Mann ebenfalls auf der Gala gewesen, was keine große Überraschung war. Andrew Newport war Teilhaber einer renommierten Privatklinik und da auf dieser Veranstaltung Neuerungen aus Medizin und Technik vorgestellt wurden, war er natürlich hier. Genau wie seine Schwester. Ash seufzte.

»Vielleicht hätte ich ihr sagen sollen, dass die Hunters eine einflussreiche New Yorker Familie sind und ich nur das schwarze Schaf.«

Lachend legte Amalia ihm eine Hand auf den Arm. »Ach, das stimmt doch nicht. Du hast nur nicht Vaters geschäftstüchtiges Interesse geerbt. Los, lauf ihr schon hinterher. Mit ihr an deiner Seite könntest du unseren alten Herrn tatsächlich vergessen lassen, dass du kurz davor warst, seine Firma zu ruinieren.«

»Eine seiner Firmen«, setzte Ash bitter nach, drückte Amalia einen Kuss auf die Wange und sein Sektglas in die Hand. »Ich hasse dich, Schwester.«

»Ich dich auch, kleiner Bruder. Sehen wir uns Sonntag beim Dinner?«, rief sie ihm noch hinterher.

»Auf gar keinen Fall!«, entgegnete Ash und lief in den Saal. Zum Glück hatte Evie High Heels an den Füßen, so schnell wie sie lief, hätte er sie mit dem richtigen Schuhwerk nie eingeholt. Ash erwog, vielleicht irgendwann einmal mit ihr Joggen zu gehen, nur um herauszufinden, wie schnell sie wirklich war. Doch der Gedanke sauste so schnell durch seinen Kopf, wie er gekommen war. Evie war stinkwütend und er sollte sich lieber mit der Klarstellung der Umstände befassen, als schon Zukunftspläne zu schmieden. Gerne hätte er einem inneren Bedürfnis folgend ihren Namen gerufen, doch das hätte nur die Aufmerksamkeit der Anwesenden auf sie gezogen und Evie wäre bestimmt nicht begeistert gewesen, wenn zukünftige Partner ihre Beziehungskrise mitbekommen hätten. Nicht, dass Ash überhaupt an eine Beziehungskrise glaubte. Doch als er sie aus den Augen verlor, fühlte er zum ersten Mal, seit sie ihn mit seiner Schwester auf dem Balkon gesehen hatte, so etwas wie Panik. Evie war ihm wichtig, er wollte sie nicht verlieren. Nicht wegen eines schnöden Missverständnisses.

Hastig sah Ash sich um, als er den Ausgang erreicht hatte und ihm ein Junge bereits nach seiner Parkkarte fragte. Er reichte dem Jungen das Gewünschte und sah sich weiter um. Evie konnte unmöglich von hier fort. Die Veranstaltung fand weit außerhalb der Stadt statt. Wenn sie nicht zu Fuß und mit High Heels mehrere Meilen laufen wollte, würde sie wohl oder übel mit ihm fahren oder sich ein Taxi rufen müssen. Ash grinste. Na also.

Kurz darauf lenkte der Junge seinen Wagen in die Auffahrt, stieg aus und überreichte Ash die Schlüssel. Ash langte nach einem Zehndollarschein und drückte ihm den Geldschein in die Hand. »Sag mal, Kumpel, wo ist der Taxistand?«

Irritiert starrte die Junge erst auf den Wagen und dann auf Ash. »Ähm«, machte er.

»Nicht für mich, ich glaube, meine Freundin versucht mir aus dem Weg zu gehen.« Der Junge nickte verstehend.

»Ein paar hundert Yards die Straße runter. Sie können ihn eigentlich gar nicht verfehlen.«

Ash bedankte sich höflich.

»Viel Glück mit Ihrer Freundin, Mann!«

*

Evie verfluchte ihr Schuhwerk. Das nächste Mal, wenn sie vorhatte, auf einer Veranstaltung zu sprechen, die sich in einem Hotel weit außerhalb der Stadt befand, würde sie Turnschuhe einpacken. Selbst wenn die viel zu groß für ihre Clutch waren. Dann würde sie einfach eine größere Tasche mitnehmen! Pah, wer brauchte schon eine Mini-Handtasche, in die nichts reinpasste, nur damit sie zum Kleid passte. Outfits, die keinen Stauraum für bequemes Schuhwerk vorsahen, waren sowieso Mist. Und überhaupt, was hatte sie sich eigentlich dabei gedacht, sich so für einen Kerl herauszuputzen, der bei der erstbesten Gelegenheit mit einer anderen herummachte. Evie schnaubte wütend. Ash Hunter konnte ihr gestohlen bleiben. Und das, was er mit ihr anstellte, brauchte sie sowieso nicht. Gleich morgen würde sie sich einen elektrischen Freund bestellen. Die gingen wenigstens nicht fremd! Jawohl!

»Brauchen Sie eine Mitfahrgelegenheit, Ms. Stevens?« Evie fuhr erschrocken zusammen, als ein Wagen im Schritttempo neben ihr herfuhr. Eigentlich hätte sie die Scheinwerfer sehen müssen, aber sie war viel zu sehr mit ihrer Schimpftirade auf Ash Hunter beschäftigt gewesen, um auf den Verkehr zu achten.

»Nein, ich laufe!«, fauchte sie und beschleunigte ihre Schritte. Selbstredend, dass sie gegen Ashs Prius keine Chance hatte.

»Evie, nun warte doch!« Der Wagen rollte wieder neben sie. »Die Frau auf dem Balkon. Bist du eifersüchtig?«

Abrupt blieb Evie stehen. Eifersüchtig? Sie? Niemals! »Nein! Wieso sollte ich auch eifersüchtig sein!«, fauchte sie und wandte sich Ash zu. Allerdings konnte er nicht so schnell bremsen, wie sie stehen blieb, und so rollte er mehrere Meter weiter. Ash stöhnte genervt auf und setzte zurück.

»Bist du? Eifersüchtig?«, fragte er mit einem Schmunzeln.

»Nein!« Evie verschränkte die Arme vor der Brust und stolzierte weiter, die Clutch klemmte sie sich zweckmäßig unter die Achseln. Ash fuhr wieder an und folgte ihr.

»Aber warum reagierst du dann so?«

»Ich reagiere nicht, ich reagiere mich höchstens ab. Um einen kühlen Kopf zu kriegen!« Doch tief in ihrem Inneren wusste Evie, dass sie genau das war, was Ash vermutete. Sie war eifersüchtig. Als sie ihn mit dieser Frau gesehen hatte, war irgendwo in ihrem Kopf eine Sicherung durchgebrannt. Evie war noch nie eifersüchtig gewesen und sie kam zu dem Schluss, dass es kein schönes Gefühl war. Es raubte ihr die Fähigkeit, rational zu denken. Sie war zu einer regelrechten Furie geworden, reagierte emotional und schlug verbal um sich, ohne ihre Worte vorher abzuwägen. Eigentlich hätte sie Ash fragen sollen, wer die Frau war. Erst mit allen benötigten Informationen hätte ihr eine Meinung zugestanden. Sie hätte Ash zumindest anhören müssen, bevor sie gleich das Schlimmste vermutete. Evie fühlte Dinge, die absolut nicht erklärbar waren. Zumindest nicht für ihren gewohnt logisch funktionierenden Verstand. Abrupt blieb sie erneut stehen, so dass Ash wieder vorrollen und zurücksetzen musste. Amüsiert beobachtete sie ihn dabei. Trotz der in ihr gärenden Wut war das wirklich witzig.

»Können wir das nicht lassen? Du steigst ein und ich lasse das Verdeck runter? Dann kannst du dich abkühlen und ich muss nicht ständig so ein Theater veranstalten.«

Evie verzog das Gesicht. »Warum bist du hier, Ash?«

Verblüfft blickte er sie an. »Wieso? Warum sollte ich denn nicht hier sein? Du bist meine Freundin und in diesen schrecklich unpraktischen Schuhen unterwegs. Ich lasse dich ganz bestimmt nicht zu Fuß in die Stadt laufen.«

Evie hob eine Augenbraue. »Ah ja, und diese Frau? Wer ist sie?«

Ash grinste. »Das sage ich dir erst, wenn du zugibst, eifersüchtig zu sein.«

Evie rollte mit den Augen. »Ich bin nicht ...« Ergeben seufzte sie und gab nach. »Okay, ja, ich bin eifersüchtig. Also, wer ist sie?«

Ash nickte zufrieden. »Na also. Das war meine Schwester, Amalia Newport. Keine neue Flamme, falls du das meinst.«

Verblüfft sah Evie ihn an. »Du hast eine Schwester? Seit wann denn das?«

»Schon mein ganzes Leben lang, Sie ist ein paar Jahre älter als ich.«

»Aber du hast sie nie erwähnt ...«

»Nein, habe ich nicht. Wir waren ja mit anderen

Dingen beschäftigt als uns Lebensgeschichten auszutauschen.«

Evie nickte, das stimmte. Aber sie fand, er hätte ruhig mal erwähnen können ... Moment ... Amalia Newport war seine Schwester? Ihr Mann Andrew Newport gehörte eine Privatklinik. Über seine Frau war er mit der Hunter Inc. verwandt. Dann war Ash Hunter ... verdammt. Evie biss sich auf die Unterlippe.

»Dein Vater ist nicht zufällig Gerald Hunter, der Immobilienmogul?«

Ash rollte mit den Augen. »Ja, ist er und ja, ich hab sein Architekturbüro letztes Jahr fast in Brand gesteckt. Genau der bin ich. Könntest du jetzt bitte einsteigen? Dann erzähle ich dir alles.«

Als Evie endlich saß, musterte sie ihn genau. »Aber ich kann mich an keinen Brand bei der Hunter Inc. letztes Jahr erinnern.«

Ash seufzte. »Das war bildlich gesprochen. Ich hab ein paar Aufträge in den Sand gesetzt und mein Vater meinte, es wäre wohl das Beste, mich mit einer ordentlichen Apanage vor die Tür zu setzen, damit ich keinem mehr schade. Seitdem hab ich mein Hobby zum Beruf gemacht und fotografiere.« Ash lenkte den Wagen Richtung Stadt, während er sprach. »Möchtest du sonst noch etwas wissen?«

Evie schüttelte den Kopf. »Ich hab mich ziemlich dumm benommen, oder?«

Ash lachte. »Nein, du warst fantastisch. Unglaublich souverän. Ich bin sehr stolz auf dich.«

»Das meine ich nicht. Ich meine die Sache mit deiner Schwester.«

Ash warf ihr einen undefinierbaren Blick zu. »Darling, du warst eifersüchtig. Welch schöneren Beweis deiner Zuneigung könnte es geben?« Er warf ihr einen liebevollen Blick zu. »Männer stehen darauf, wenn ihre Frauen eifersüchtig sind.«

Evie hob den Kopf. »Du bist nicht böse?«

»Oh nein. Aber wenn du möchtest, könnte ich so tun, als ob ich böse wäre und …« Er ließ seinen Satz verklingen und legte seine Hand auf Evies Knie. Sie erschauerte wohlig.

»Ich weiß nicht, ob es das ist, was einer versprochenen Belohnung entspricht.«

»Ah, stimmt, deine Belohnung. Nun gut, dann fordere ich hiermit meinen zweiten Gefallen ein, den du nicht ablehnen darfst.« Lustvoll ließ er seinen Blick über ihren Körper schweifen. »In den nächsten Stunden werde ich dich verwöhnen und mich nur deiner Lust widmen.«

Evie erschauerte. Trotzdem fühlte sie einen faden Beigeschmack. Nicht wegen Ash, eher wegen ihrer Reaktion auf seine Schwester. Er hatte recht, sie war eifersüchtig gewesen. Nur warum? Warum war sie auf eine andere Frau an seiner Seite eifersüchtig? Empfand sie etwa mehr für ihn, als er für sie? Zitternd schloss Evie die Augen und genoss Ashs Berührungen. Allmählich fiel der Stress der letzten Tage von ihr ab und sie erlaubte sich ein paar Stunden des Loslassens.

KAPITEL 13

Ashs Wohnung lag in Upper Manhattan, ein Penthouse direkt am Central Park. Er bewohnte eine Vierteletage. Evie erkannte es daran, dass noch drei weitere Türen von dem Flur abgingen, wo der Fahrstuhl endete. Ash führte sie in seine großzügige offene Wohnung. Direkt gegenüber der Eingangstür erstreckte sich eine offene Fensterfront, die zwei Seiten der Wohnung einnahm. Schwarzer Marmor stand im Kontrast zu den glitzernden Lichtern der Stadt, zig Stockwerke unter ihnen. Automatisch glitt Evies Blick zur verglasten Front. Direkt davor umspannte eine weitläufige Terrasse das Stockwerk, hinter ihr lagen mehrere abgehende Räume, eine üppige Wohnlandschaft aus weißem Leder und einem schwarzen Beistelltisch vor einer umfangreich ausgestatteten Multimediaanlage. Der Flatscreen war leicht gewölbt. Evie kannte sich genug aus, um den Preis problemlos auf fünfstellig zu schätzen. Dazu reichte ein flüchtiger Blick auf den Hersteller, sowohl des Screens als auch der Soundanlage. Hastig riss sie sich los, sie wollte auf gar keinen Fall oberflächlich erscheinen. Viel Geld zu haben fühlte sich für sie immer noch ungewohnt an, für Ash hingegen schien es normal zu sein.

Evie ließ ihren Blick weiter schweifen, glitt flüchtig über die geräumige Küche zu ihrer Linken. Eine einzelne Kaffeetasse auf dem Tresen deutete darauf hin, dass Ash tatsächlich hier lebte – alleine. Ein Lächeln schlich sich auf ihre Lippen, bevor sie an die Fensterfront trat und vorgab, die Aussicht zu genießen. In Wahrheit versuchte sie sich nur auf ihre Atmung zu konzentrieren und ihren Herzschlag zu beruhigen. Die Aufregung, was Ash tun würde, brachte sie geradezu um den Verstand.

»Wahnsinns Aussicht«, murmelte sie, als sie es praktisch nicht mehr aushielt.

»Oh, ich sehe nicht aus dem Fenster«, erwiderte Ash und legte seine Hände auf ihre Schultern. Evie erschauerte, als er zärtlich die Träger ihres Kleides von ihrer Haut schob und hauchzarte Küsse auf ihrem Schlüsselbein verteilte. Genüsslich legte sie den Kopf in den Nacken und lehnte sich gegen ihn. Ashs Hand glitt über ihren Bauch, liebkoste ihre Brüste und spielte mit dem Träger. Langsam schob er auch den zweiten herunter, so dass sie einem Reflex folgend, das Kleid festhielt. Ash sog scharf die Luft ein und trat zurück. Unwillkürlich folgte Evies Blick ihm. Ashs Augen weiteten sich erregt.

»Scheiße«, knurrte er.

»Ash?« Verunsichert sah sie ihn an. Scharf atmete er ein und fuhr sich durchs Haar.

»Es tut mir wahnsinnig leid, Evie, aber könntest du bitte genau so stehen blieben?« Irritiert runzelte sie die Stirn.

»Wenn du mir erklärst, was dir gerade durch den Kopf geht? Oder gehört das zum Spiel?«

Ash lächelte. »Wir spielen gerade nicht. Nein, du siehst hammergeil aus. Ich muss ...« Fahrig fuhr er sich durchs Haar. »Darf ich dich ablichten? Genau so, wie du mich gerade ansiehst? Du bist unglaublich schön. So verletzlich und stark zugleich. Dein Blick ist grandios, deine Ausstrahlung ... bitte?«

Evie stockte. »Du willst mich fotografieren?«

Ash nickte begierig und trat wieder an sie heran. »Aber etwas fehlt noch ... Darf ich?« Zögerlich streckte er seine Hand nach ihrer Frisur aus. Evie nickte. Ash zog geschickt die Klemmen und Nadeln aus ihrem Haar, bis es ihr in einer gelockten Masse über den Rücken fiel. Ash trat zurück und betrachtete sie eingehend. »Das ist perfekt. Bleib so.« Und damit hastete er in den Nebenraum. Evie runzelte irritiert die Stirn. So hatte sie sich den Abend nicht vorgestellt, aber Ash hatte so eine Begeisterung gezeigt, dass sie sich ihm nicht verweigern würde. Nein, sie war beinahe bereit, alles zu tun, damit diese Melancholie aus seinem Blick verschwand, die sie schon an ihrem ersten Abend wahrgenommen hatte. Er hatte so traurig gewirkt, so verletzlich, und doch hatte er sich ihr hingebungsvoll gewidmet.

Als Ash zurückkehrte, hatte sie es tatsächlich geschafft, sich nicht zu bewegen. Er hatte eine Kamera in der Hand und blieb ein paar Meter von ihr entfernt stehen. »Sieh mich an, Evie«, murmelte er und sie schlug die Augen auf, blickte ihn direkt an. Ein Lächeln umspielte seine Lippen. »Nicht erschrecken, wenn es blitzt«, raunte er ihr zu und schoss ein paar Fotos. Immer wieder veränderte er seine Position.

»Und jetzt lass das Kleid fallen«, forderte er sie auf.

Evies Augen weiteten sich. »Vor der Fensterfront?«

Ash biss sich auf die Unterlippe. »Oh ja ... Es wird dich niemand sehen. Wir sind viel zu weit oben. Aber wenn es dich reizt ...«

Lustvoll pulsierte es zwischen ihren Beinen. Verdammt, es reizte sie. Evie atmete tief ein und ließ das Kleid los. Ash stand so, dass er nur ihre Rückenansicht fotografierte, ihre Brüste blieben der Kamera verborgen, doch allein der Gedanke, jemand könnte sie so sehen, machte sie an.

»Und jetzt beweg dich für mich, bitte. Wie du es magst und es sich für dich gut anfühlt. Ich suche mir dann die Positionen.« Evie lächelte zögerlich, fühlte sich wie magisch von Ashs Kamera angezogen und genoss die nächsten Minuten, nackt von ihm fotografiert zu werden. Irgendwann legte Ash die Kamera beiseite und kam zu ihr. Zärtlich legte er seine Hand an ihre Wange, hob sanft ihr Kinn und suchte ihren Blick.

»Ich danke dir. Seit Monaten habe ich meine Inspiration verloren. Dein Anblick hier hat irgendetwas losgetreten und plötzlich war sie wieder da. Danke.«

Zärtlich senkten sich seine Lippen auf die ihren, während seine Hände über ihren Rücken hinab zu ihrem Hintern glitten.

»Ash«, seufzte Evie und legte den Kopf in den Nacken, spürte, wie er sie umdrehte und gegen die Fensterfront drängte, sich an ihrem Hals hinab küsste und schließlich vor ihr kniete. Ashs Hand glitt unter ihre Kniekehle und hob sanft ihr Bein an. »Darf ich?« Evies Lider zitterten, sie hatte keine Ahnung, was er vorhatte, doch da sie ihm komplett vertraute, nickte sie träge. Sein Lächeln sah sie nicht, als er ihr Bein anhob und es sich über die Schulter legte. Kühle Luft streifte ihre empfindlichste Stelle und als Ashs Kopf zwischen ihren Schenkeln verschwand und sie die hauchzarte Berührung seiner Zunge spürte, erfasste sie eine ungeahnte Welle der Lust. Evies Knie zitterten, ihre Hände vergruben sich in seinem Haar und als Ash noch ihr zweites Knie über seine andere Schulter schob, wurde ihre pulsierende Lust zum Mittelpunkt ihres Seins. Ihr Körper verlor jeglichen Halt, sie löste sich praktisch auf. Ash steigerte diese Empfindungen sogar noch, als er sich erhob und sie mit dem Rücken an der Scheibe lehnend nach oben schob. Evie keuchte und stöhnte, klammerte sich haltsuchend an ihn, während Ash sie mit sanften Zungenschlägen vor sich hertrieb, so sanft, dass sie sich nach seiner Härte sehnte, danach, von ihm ausgefüllt zu werden und seine Kraft zu spüren.

»Ash!«, schrie sie warnend, als sie die sanften Wellen eines Höhepunkts auf sich zurollen spürte. Er begann in den Zehen und Fingerspitzen. Die feinen

Härchen auf ihrer Haut stellten sich auf, ihre Brustwarzen versteiften sich und ihr Rückgrat fühlte sich an, als würde ein Nudelholz, gespickt mit winzigen Nadeln, darüber rollen. »Bitte!«, flehte Evie, wusste nicht, ob sie Ash dazu anhalten sollte, aufzuhören, oder ihn anflehte, unbedingt weiterzumachen. Und dann stieß er sie mit dem nächsten Schlag seiner Zunge über die Klippe, umklammerte ihre Schenkel und trieb sie so lange vor sich her, bis ihre Schreie nachließen und ihre Muskeln erschlafften.

Langsam ließ Ash sie in seine Arme gleiten und trug sie zum Sofa, wo er sie vorsichtig ablegte. Evie räkelte sich schläfrig und beobachtete Ash unter halb geschlossenen Lidern, wie er sich entkleidete und sich schließlich auf sie legte. Sanft drang er in sie ein.

Evie legte ihre Hand an seine Wange. »Was ist das nur mit uns«, murmelte sie und streckte sich stöhnend, schob ihm begierig ihr Becken entgegen. »Was genau sind wir?«

Ash keuchte. »Ich will dich, Evie, nur dich. In jeder Stellung, die du dir vorstellen kannst. Ich will, dass du vor mir kniest, mich reitest, mich in den Wahnsinn treibst, ich dich in den Wahnsinn treibe. Ich habe Fantasien, unzählige. Du spornst mich an. Durch dich kann ich wieder frei denken. Seit unserem ersten Tanz spürte ich, wie die Melancholie, die ich seit Monaten mit mir herumschleppe, langsam weniger wird. Ich kann wieder kreativ sein und das habe ich nur dir zu verdanken.«

Evie sah auf, spürte ihn tief in sich. »Was hat das zu bedeuten? Willst du ... fest mit mir zusammensein?«

Ash stieß sich vorwärts und Evie schlang ihre Beine um seine Hüften, zog ihn eng an sich, um ihn noch viel tiefer und intensiver spüren zu können. Ash stöhnte gequält auf. »Ja«, keuchte er. »Ja, ich will mit dir zusammensein. Vom ersten Tag an.« Ihr Innerstes pulsierte freudig auf. »Willst du es denn auch? Ich wusste nicht, wie du dazu stehst. Du bist nicht der Typ Frau, die sich an einen Kerl wie mich bindet. An jemanden, der eigentlich nur dazu da ist, das Geld seiner Familie zu verprassen.«

Evie lächelte, legte ihre Arme um Ashs Nacken und zog ihn enger an sich. »Du bist ein Künstler. Sei dankbar, dass du deine Kunst ausleben kannst, ohne dich um deinen Lebensunterhalt sorgen zu müssen. Außerdem hätten wir uns nie kennengelernt, wenn du nicht das nötige Einkommen für den Club gehabt hättest.« Ash beugte sich über sie und küsste sie zärtlich.

»Stimmt. Also ist das ein ja?«

»Definitiv. Und jetzt dreh dich um. Ich will anfangen, deine Fantasien umzusetzen.« Fragend hob Ash eine Augenbraue.

»Du willst was?«

Evie zog ihn an sich und brachte ihre Lippen ganz nah an sein Ohr. »Ich will dich reiten.«

Ash knurrte und wirbelte sie auf der breiten Ottomane herum, so dass er auf dem Rücken zum Liegen kam und Evie sich aufrichten konnte. Sie stemmte ihre Hände in seine Brust und begann damit, sich langsam zu bewegen. »Und morgen«, murmelte sie und platzierte seine Hände auf ihrer Taille, ließ sich von ihm stützen, damit sie besser den Rhythmus vorgeben konnte. »Morgen gehen wir in den Club. Ich bin auf deine schmutzige Fantasie gespannt.«

Kapitel 14

Evie wusste, dass sie kein sonderlich kreativer Mensch war. Ashs Ideenreichtum allerdings kannte keine Grenzen. Es war fast so, als hätte er Fantasie für sie beide. Während sie an der Bar im Saints saß und einer Stripshow zusah, wo zwei Frauen sich über einen gut gebauten jungen Mann hermachten, dachte sie über die vergangene Nacht in Ashs Wohnung nach. Ja, sie hatte von Anfang an gespürt, dass da mehr zwischen ihnen war, als bloße sexuelle Anziehung. Er hatte etwas in ihr gesehen, und sie war auf seine Ausstrahlung angesprungen. Es waren nicht nur die hübschen blauen Augen und das jungenhafte Grinsen, was sie dazu veranlasst hatte, nachzugeben. Nein, es war vor allem seine düstere Ausstrahlung und seine unermüdlichen Versuche, ihr zu zeigen, wie sie sich fallen lassen und ihm die Kontrolle übergeben konnte. Hätte sie gewusst, wie gut es sich anfühlte, manchmal den Kopf auszuschalten, sie hätte es schon viel früher getan. Manchmal den Verstand abzuschalten verschaffte ihr eine Klarheit, die ihr zudem half, nicht unter dem enormen Arbeitspensum, das ihre neue Firma mit sich brachte, zusammenzubrechen. Ja, Evie würde sogar so weit gehen und stimmte sich selbst zu, wenn sie daran dachte, wie gut ihr Mr. Hunter tat. Sie schmunzelte noch über die Erkenntnis, als jemand hinter sie trat. Sie spürte die Wärme seines Körpers an ihrem nackten Rücken. Der tiefe Rückenausschnitt entblößte ein wenig Po. Ashs Hand glitt unter den Stoff und ein Finger teilte ihre Ritze. Evie richtete sich auf.

»Ich muss doch sehr bitten!«, empörte sie sich gespielt. Ashs Hand glitt ungeniert weiter, entdeckte, was nicht vorhanden war und hielt inne. Scharf atmete er aus, verwirbelte ein paar Härchen, die sich aus ihrer Frisur gelöst hatten, in ihrem Nacken.

»Sie tragen keinen Slip!«

»Natürlich nicht. Sie haben es mir selbst verboten, Sir.« Evie lächelte innerlich, sie wusste, wie sehr er darauf stand, wenn sie ihn so ansprach.

Ash knurrte und legte seine Hand um ihren Nacken. »Sehr gut. Vielleicht hast du dir eine Belohnung verdient. Willst du vor mir auf die Knie gehen und mir zu Diensten sein?«

Evie beugte sich vor, als Ashs Finger sich bog. »Ja, Sir, ja, ich will.«

»Gut, dann lass uns nach oben gehen und sehen, welcher Raum heute Nacht frei ist.« Evie rutschte von dem Sitz und ließ sich von Ash Richtung Fahrstuhl führen. Noch vor ein paar Wochen hatte sie nur einen Bruchteil des Clubs erkundet, doch allmählich lernte sie durch Ash, auch die anderen Vorzüge einer Mitgliedschaft im Black Orchid kennen und sie würde den Teufel tun, und hier kündigen, nein, das Gegenteil war der Fall. Sie hatte sogar schon mit dem Gedanken gespielt, ihre Mitgliedschaft auf den dritten Stock auszuweiten und brannte regelrecht darauf, auch die dortigen Räume in ihr sinnliches Spiel mit einzubinden.

~ Ende ~

Danksagung

Mittlerweile sind wir schon beim vierten Teil der Reihe um den exklusiven Nachtclub angelangt. Ich hoffe, ihr habt noch genauso viel Spaß, wie Katie und ich. Ich hoffe, die Geschichte um Ash und Evie hat euch gefallen. Wenn ihr mögt, könnt ihr mir eine kleine Rezension hinterlassen.

An dieser Stelle möchte ich mich bei meinen Helferlein bedanken. Renee war wie immer sehr geduldig bei der Erstellung des Covers. Ich kann euch sagen, dass es nicht einfach ist, einen heißen Kerl zu finden, der auch noch was anhatt. ;) Zu gerne hätte ich ja was fürs Auge, aber leider haben wir uns die Regel auferlegt, unsere Cover-Boys nicht nackig rumlaufen zu lassen.

Mein weiterer Dank gilt Steffy, die unermüdlich Fehlerchen raussucht und mir ehrlich ihre ungeschönte Meinung sagt. Diesmal habe ich mir noch zwei weitere Unterstützer ins Boot geholt. Carmen und Christine haben einen zusätzlichen Blick auf die Rechtschreibung geworfen, so dass hoffentlich jedes Fehlerchen ihrem geschulten Blick aufgefallen ist.

Ja und dann bleibt mir nur noch, euch auf den nächsten Teil aus dem Black Orchid zu vertrösten. Wenn ihr mögt, könnt ihr euch gerne bei meinem neu eingerichteten Newsletter registrieren. Dort erfahrt ihr dann immer brandheiß, wann es etwas Neues von mir zu lesen gibt. :)

Vielen Dank!

Eure Kitty

Homepage: Http://www.kitty-harper.de

Newsletter: http://www.kitty-harper.de/newsletter

Leseempfehlungen

»Princess Unchained – not a Fairy tale«

Prinzessin Katherine von Montegrovien hat ihr Leben wohlbehütet hinter sicheren Palastmauern verbracht. Doch als sie und ihre Familie den Sommer in Los Angeles verbringen, will sie das Nachtleben endlich in vollen Zügen genießen.

In einem Nachtklub lernt sie den smarten Dorian kennen, der seinen eiskalten Verstand hinter einem sympathischen Äußeren versteckt. Davon geblendet entflieht sie dem goldenen Käfig – ins Ungewisse.

Wird die Prinzessin die neue Attraktion auf seiner geheimen Vergnügungsinsel? Kann sie Dorians kriminellen Machenschaften entkommen?

Princess Unchained - Not a fairy tale ist der erste Teil einer spannenden und düsteren Dark Romance mit widerspenstigen Frauen und dominanten Männern!

Riskiert einen Blick in die dunkelsten Abgründe, aber seid gewarnt: *Princess Unchained* ist KEIN Märchen!

Als eBook bei Amazon erhältlich. Taschenbuch überall im Handel.

»Princess Unchained – Winter's Choice«

Alle Mädchen träumen davon, eine Prinzessin zu sein. Doch was passiert, wenn das Leben einer echten Prinzessin aus den Fugen gerät? Sollen Märchen dann immer noch wahr werden?

Endlich glaubt sich Prinzessin Katherine in Sicherheit. Doch um ihre Familie zu schützen, hält sie sich weiterhin versteckt. Nach einer leidenschaftlichen Nacht mit ihrem Retter, begeht sie einen verhängnisvollen Fehler. Nicht nur sie selbst, sondern auch die Menschen, die ihr am Herzen liegen, schweben in Lebensgefahr.

Kann Niels Winter sie und ihre Lieben ein weiteres Mal retten?

Princess Unchained – Winter's Choice ist der zweite Teil der spannenden und düsteren Dark Romance um eine eigensinnige Prinzessin und ihren schwarzen Ritter.

Als eBook und Taschenbuch überall im Handel.

»Der Deal: Ein unmoralisches Angebot«

Sinnlicher Erotik-Roman mit expliziten Szenen, dominanten Liebhabern, widerspenstigen Frauen und einer Happy-End-Garantie!

Es ist leicht, moralisch zu sein, wenn das Leben rund läuft. Aber sobald man in den Grundfesten erschüttert wird, ist man bereit, alles zu geben, um zumindest den Schein zu wahren. Logan Rush, Jungunternehmerin, steht am Abgrund. Das erste Mal in ihrer Karriere braucht sie Hilfe, um das Lebenswerk ihres Vaters zu retten. Zak Sutton bietet sich als Retter an – mit einer unmoralischen Zusatzvereinbarung. Er verlangt eine Nacht, in der sie ihm bedingungslos gehorcht – oder sie verliert alles.

Doch Zak Sutton hat weitere Pläne. Statt sie wie andere Frauen für sein persönliches Vergnügen zu benutzen, zwingt er sie und ihre Firma in einen Milliarden-Deal. Doch dann kommt alles anders: Er hat nämlich nicht bedacht, dass er sich auch verlieben könnte.

Als eBook und Taschenbuch überall erhältlich.

»Der Chauffeur: Ein indiskreter Auftrag«

Sinnlicher Erotik-Roman mit expliziten Szenen, dominanten Liebhabern, widerspenstigen Frauen und einer Happy-End-Garantie!

Die Vergangenheit ist ein Marathonläufer, dessen Durchhaltevermögen immer größer ist als dein eigenes. Du kannst so viel und so lange rennen, wie du willst. Entkommen wirst du ihr nicht. James ist mit seinem Job als Zak Suttons Chauffeur zufrieden. Zudem genießt er seine Freundschaft und sein uneingeschränktes Vertrauen. Dachte er. Doch nach einem Vorfall entfremden sich die beiden und Zak bestraft James, indem er ihn zum Fahrer einer reichen Lady degradiert. Doch Raffaela Silberbauer ist nicht die Tussi, für die sie sich ausgibt. Sie hat es faustdick hinter den Ohren und zieht James – ob er es will oder nicht – in einen privaten Rachefeldzug. Neben einer sexy Blondine muss er sich auch seiner Vergangenheit stellen. Denn die ein oder andere Leiche liegt dort begraben.

Als ebook und Taschenbuch überall erhältlich.

ISBN 978-3-7541-3234-0
9 783754 132340 00001
www.epubli.de